岩 波 文 庫

31-042-13

問はずがたり・吾妻橋

他 十 六 篇

永 井 荷 風 作

岩 波 書 店

目　次

I

I

問はずがたり

Débauché par ennuie, mais triste par nature.

Portia——De Musset.

修らぬ行《おこない》は世に飽きし無聊のため。歎き悲しむ心は生れながら。

詩篇ポルシヤ。ミユツセ

上の巻

一

まだ九月にはならないけれど、一雨ごとに今年の秋は驚くばかり早くふけて行く。

蟋蟀《こおろぎ》は昼間から家の中でも鳴音《なくね》を立てるようになった。そう言ったら、いかに人気《ひとけ》のない家だということが察せられるであろう。去年夏のはじめに幾年間同棲していた辰子がなくなってから、家には雪江という娘と松子という女中がいるばかり。一人《ひとり》は外からまだ帰って来ず、一人は今しがた洗湯へ行った。

戦争になってから、殊に英米の二国と戦端をひらくようになってから、この二、三年、僕は殆《ほとん》ど画室で仕事らしい仕事をしたことがない。材料が乏しいばかりではない。炭薪がないので、春も半過《なかばすぎ》から秋の末頃までしか画室には居られないからだ。こうして惘然《ぼうぜん》アトリエの長椅子《デワン》に横たわり、そのあたり一ぱいに立掛けてある自分の旧作を眺めまわしながら、過去半生の思出をたのしむのも、もう暫《しばら》くのあいだだ。今年は例年よりも早く冬になるのではないかと思われる。蟋蟀は物のかげから二、三匹床の上に飛出して鳴いている。庭木をゆする風の音ばかりではない。どうやら雨もふって来たようだ。秋の夜はしみじみと長い。昨夜から不図《ふと》思いついたまま、僕は二十年近く一緒にくらした辰子と、雪江というその娘の事とを手帳にかき留めている。人に読ませるつもりではない。ただ老《おい》の寝覚の無聊を慰めるために過ぎない。

雪江は今年二十《はたち》になる。二年前から徴用を避けるために、丸の内の或《ある》会社の事務員に雇われているのだが、いつからともなく夜にならなければ帰って来ないようになった。

去年の夏頃からは泊ってくることさえあるようになった。申訳《もうしわけ》は友達の家へ遊びに立寄って切上時間の早くなった電車の間に合うまいと思ったというのである。秋雨はいつか降りまさって明取《あかりと》りの窓の硝子《ガラス》にも雫の音がしはじめた。雪江は今夜も大方かえって来ないだろう。

雪江は僕の生ませた娘ではない。その母が僕と同棲してから後僕の家へ引取られた時、その年齢《とし》はまだ三、四歳にしかなっていなかったので、たとえその母が生前事実を打明けて話をしたことがあったにしても、雪江ははっきりその生れた時の事を知っているべき筈《はず》がない。ましてや、母の身に取って、それは僕にさえあからさまには語り得なかった事であるから。思えば二十余年のむかしになる。初て僕が雪江の母辰子を見知った時、辰子はまだ娘であった。しかもその年齢を考えると、現在の雪江よりもなお二ツ三ツ若かったのだ。

＊　＊

僕はまだ美術学校の学生であった。同級の親友で、後に巴里《パリイ》へ遊学中病死した田嶋という画家と、その同郷の青年で、これは音楽家になって、矢張り洋行中、南伊太利亜《イタリア》の女と結婚したまま、今だに日本には帰って来ない佐藤と云う男と、三人して小石川牛天神の裏に家を借りて無頼気儘《ぶらいきまま》な生活をしていたことがある。青春の夢ほど懐《なつか》しいものはない。年をとれば猶更《なおさら》のこと。僕は今日になっても、あの辺を通りかけると、わざわざ電車を降りて、返らぬ昔の夢の跡を尋ね歩くことさえある。

処は江戸川の方面から来ると、安藤坂の下から牛天神の岡に添い、崖のふもとを巡る急な坂を登りきって、富坂上の電車通へ出ようとする静《しずか》な片側町だ。震災後砲兵工廠の建物が取払になってからも、片側は依然として樹木の茂った塀つづき。片側には二、三軒つづいた古寺が日限不動《ひぎりふどう》の祠《ほこら》と共に、むかしから見馴れたままの堂宇と門とをそばだてている。

吾々三人の学生が借りた家はこの古寺と、不動尊との間の路地に潜門《くぐりもん》をひかえた二階家で、庭は墓地につづき、路地は安藤坂上の静な狭い大門町《だいもんちょう》の裏町へ出る抜道《ぬけみち》である。僕と田嶋とはあまり贅沢のできる身ではなかったが、ピアノを学んでいた佐藤は新潟で屈指な素封家の悴《せがれ》だったので、一寸《ちょっと》料理さえできる飯炊《めしたき》の婆を雇い、十畳の下座敷に絨《じゅう》毯《たん》を敷きピアノと寝台を据え、家賃も自分から進んで半分払うという勢《いきおい》。僕等二人はまるで同居人らしく、二階の六畳を部屋にした。

初め三人が引越して来た時は、十二月の初頃ではあったし、また僕等二人は通学の傍《かたわら》、仏蘭西《フランス》語の夜学にも行っていたので、隣近処の様子には一向気がつかずにいたが、やがて寺の庭に梅が咲き、鶯《うぐいす》が囀《さえず》り、どこの家でも窓や縁側の障子をあけるようになるが早いか、竹垣を境にした表隣の家に姉妹らしい女が二人住んでいるのを知った。

一人は吾々の見たところ、年は二十七、八、一人は二十になるかならずで。いずれも中肉中丈《ぜい》、顔立も能《よ》く似た中高《なかだか》の細面《ほそおもて》。二人ともその頃流行した天平風《てんぴょうふう》の耳隠しに髪を結い、年上の方は飛模様の派手な羽織。わかい方は臙脂《えんじ》の荒いお召《めし》に、揃いの羽織を襲《かさ》ねたりして、夕方から折々どこへか出かけて行くのを見かけたが、家の中はいつも留守のように静で、レコードや琴三味線などの音もせず、高嶋屋と三越の制服をきた男の絶えず物を持ってくる外には、殆ど人の出入《ではいり》する様子がなかった。田嶋と僕とは二人とも富豪の妾だろうと言い、佐藤は若い未亡人に令嬢だろうと言う。何は兎《と》もあれ、若い身空の吾々三人は、一日も早く交際の糸口を見つけたいものだと、めいめいその機会を窺っていた。

機会は意外な方面から突然吾々を驚した。いきなり棚から牡丹餅《ぼたもち》が落ちて来たのだ。或日の夕方である。吾々三人が茶ぶ台を囲んで箸を取りかけた時、御飯焚の婆さんがピヤニスト気取りの佐藤に向って、表の小林さんからピアノの御稽古がしていただけるか、どうか。それとなく伺って見るようにと頼まれたとのはなし。婆さんはもと本郷辺で素人下宿をしていた事もあったそうで、万事如才がなく、気がきいているかわり、なかなか食えないところもあるので、初は冗談に人をからかうのではないかと、吾々は暫く顔を見合したくらいであったが、婆さんは至極《しごく》真面目な顔付で、お妹さんの方がお稽古をなさりたいんですと言添えた。そして夕餉《ゆうげ》の給仕をすますが否や、婆さんは佐藤の返事をつたえに出て行く。程なく格子戸に艶《なまめか》しい声がきこえる。

僕と田嶋とは二階の部屋へと座をはずし、やがて女の帰るのを遅しと、再び下におりて様子をきくと、佐藤は得々として彼女は年は十八で、名は辰子さんといい、一年ばかり帝劇の女優学校へ通っていたそうだが、上級の生徒も多いし、いつ舞台へ出られるのやら分らないので、退校したまま何もせずに遊んでいた。その中《うち》ふとピアノでも習って見たいような気がしだした時、丁度吾々がここへ引越して来た。そして僕のひくピアノを聞き一日も早くと思いながら、紹介される手蔓《てづる》もなく、気まりもわるいので、今日まで延び延びになっていたとの事。そして明日の晩稽古がすんだら、君達二人を紹介する約束をしたと言うのであった。

吾々三人の生活は俄《にわか》に一変した。吾々は程なく満枝というその姉とも心易《こころやす》くなって、丁度その頃帝国劇場や有楽座で興行せられた露西亜《ロシア》オペラを聴きに行ったのを手始に、銀座や上野の広小路などへも散歩に行くようになった。

町の柳はもう夏らしい蔭をつくっている。砲兵工廠の構内に茂った椎の梢から落ちる木の葉が牛天神裏の静な道を埋め尽すと共に、人を酔わすような椎の花の匂《におい》が朝夕は殊に強くあたりに漂いわたる頃となった。五月半《なかば》の或《ある》日曜日である。佐藤は辰子さんを誘って、或演奏会へ出かける。田嶋は前々から仲の好いモデルと連立って郊外へ行く。僕は何というわけもなく出そびれて、ひとり家に居残ってしまったものの、ふと気がついて見れば、あまりにも好く晴れた心持のいい初夏の昼過、ひとりぎりの身のまわりが急に物さびしく、遊びに出かけた人達が俄に羨しいような心持になって、ぼんやり庭に佇《たたず》み、黄いろくその実の熟しかけた枇杷《びわ》の梢に小鳥の来て鳴くのを眺めていた。竹垣は破れているので、一方は不動堂の裏手、一方は小庭を前にした隣の家の縁先までが、照り輝く日の光でよく見通される。すると縁先に並べた皐月《さつき》の花の盆栽に水をそそいでいた姉の満枝が僕の姿を見つけて、

「太田さん。あなた、お留守番。」

「ええ。あなたもやっぱり………。」

「そうなの。誰もさそって下さらないから。」

「じゃ、わたしでよろしかったら。」

「どうぞ。まアお茶でもあがりに入らっしゃい。」

僕と満枝とのあいだはこの日から忽《たちま》ち普通《あたりまえ》でなくなったのだ。

二

これは程過ぎてから後知ったことであるが、満枝はやはり吾々が初に推察したような境遇の女であった。しかしその年齢《とし》は吾々が見たよりはずっと上で、もう三十になっていた。一度も正式に結婚したことのないだけに、世話をして貰った男の数はかなり多いと見ねばならない。

その頃、僕は飜訳小説や何かを読み、機会があったら人妻でなければ若い未亡人、とにかく年上の女に接近して見たくてならなかった矢先である。紫陽花《あじさい》にも譬《たと》うべきこの三十女の言うこと為すことが、いかに能《よ》く予想したより以上に、僕の好奇心を満足させてくれたであろう。別れて後十年近くも過ぎてから、僕が偶然その妹の辰子に出会い、殆《ほとんど》無理やりに関係をつけてしまったのも、つまりは姉満枝を忘れかねたその思出のさせた業《わざ》である。

一年あまりの月日は夢のように過ぎた。美酒に酔った春夜の夢よりも更に一層濃艶な夢であった。しかし夢はいかに覚めまいとしても、時が来れば覚めずには居ない。学校を出ると共に吾々三人の中で、田嶋が一番先に洋行した。次は佐藤である。僕が最後にその後を追うて仏蘭西へ行くと間もなく、最初に行った田嶋が有為の才を抱きながら異郷の土となった。生来胸に病があった故《ゆえ》である。
五年の後、僕は東京へ帰って来た。

東京の市街は震災の為に全滅したように噂されていたのだが、帰って来て見ると、被害の跡は殆認められないばかり、迅速に復興しようとしている最中であった。銀座通を初めいずこの町々にも女の大勢居る一種不可思議なカフェーなるもの(仏蘭西人ならBrasserie de femmeとでも言うのだろう。)が出来ていて、街上には無暗《むやみ》矢たらに燈火が輝き、ラジオとレコードの奏楽が終日人の耳を聾するばかり。劇場、公園、映画館、舞蹈場、百貨店、どこへ行っても群集の雑沓していることは、紐育《ニューヨーク》や市俄古《シカゴ》の如き米国の大都会も及ばぬらしい。全市に漲《みなぎ》りわたった活気、と云うよりも寧《むしろ》殺気に満ちた紛乱の情勢は、新《あらた》に帰朝した僕の目には漠然たる恐怖と嫌悪とを覚えさせた。僕は惘然《ぼうぜん》として故国の社会を眺めわたすにつけ、生涯おれはかえるまいよと言っていたピアニスト佐藤の事をしみじみと思返さざるを得なかった。佐藤は僕がそろそろ帰り支度をしはじめた時分、伊太利亜生れの若い未亡人と正式に結婚し、日本に残して在った財産をすっかり取寄せ、ダヌンチオの生地として世に知られたペスカラに近い静な海辺の町に行き、生涯そこに隠棲する計画をしていたのだ。彼は思うに「死の勝利」をよみ、アドリヤチコの海辺の風景と、それを描写した名家の文章とに感激したのだろう。

僕は新帰朝の美術家が誰しも一度は必《かならず》挙行する個人展覧会などを、百貨店の楼上に開いて見るような気にもならず、一応礼儀として先輩の諸名家を歴訪して歩いた後は、暫《しばら》く岡山の郷閭《きょうりょ》に引込み、瀬戸内海の風光にも見飽きてから、一《ひ》トしきり長崎の町はずれに卜居したこともあった。

或日日用の物を買いにと町へ出た道すがら、諏訪神社の境内から港の景色を眺めて、ピエール、ロチの文などを思出していた時である。洋装した小《こ》ぶとりの女が通りすがりに、しげしげと僕の顔を見て、

「あら。太田先生。あなた。長崎にいらしったの。」とすこし頬をあからめながら挨拶をした。

洋行すると間もなく巴里で客死した田嶋の情婦《メートレス》で、モデルをしていたお花さんである。モデルをしていたからその裸体は僕も見飽るほど見て知っている女だ。

「お花さん。あなたの家は長崎………?」

お花はそうだとも、そうでないとも言わず、またしげしげと僕の顔ばかり見ている。

僕はお花が田嶋の死んだことを知っているのか、どうか。その事を言出した方がいいか、どうかと思いなやんで、同じように相手の顔を見たまま何も言わずにいた。もともとお

花は評判の浮気者で、田嶋ばかりでなく、美術家仲間には随分御親類があったような噂の女なので、突然その日、東京からは遠い、日本のはずれのこの港町で出会ったのも、考えれば別に不思議と云うほどの事ではない。僕は話題を転じて遠廻しにその後のことを聞こうと思い、

「もう、あの商売はよしたのか。あんまり楽な方でもないからな。」

お花は初め僕を見た瞬間、一寸《ちょっと》眼を潤ませていたのだが、今はわざとらしく笑顔をつくり、

「もう、年をとりましたもの。誰も使っては下さいません。」

「一たい、いくつになったの。」

「二十六。」

「そうか。」と言いながら、僕も心の中で過去《すぎさ》った年月と、自分の年齢とを数えた。牛天神裏のむかしの事が突然言い知れず懐しく思返された。その時お花は、

「先生、あなた、小林さんの事御存じ……御存じでしょう。御気の毒でしたわねえ。」

「いや何《なんに》も知らない。帰って来た当座、尋ねたいと思っても、居処が分らなかったし。きく処もなかったし、二人とも……。」

「姉さんの方、満枝さんでしたわね。箱根へ遊びにいらしっていて、地震で行衛《ゆくえ》知れずにおなりなんですッて。」

「死んだのか。そうか。」

「わたしその後、思いがけない事でお妹さんと仲好しになったんですの。」とお花は腕時計を見ながら、「わたし今夜東京へかえります。わたし、みんなお話しますわ。わたし今東京でダンサアしていますの。辰子さんもやっぱり……お姉さんがなくなってから、自活しなければならないようになって、偶然ホールでお目に掛ったんです。東京でわたしと同じアパートにおいでですわ。」

「そうか。それは奇遇だったね。僕もその中《うち》東京へ行くつもりだから、尋ねたいよ。居処だけ教えて貰えないだろうか。早速手紙を出そう。」

僕はアパートの所在をきいただけで、お花が長崎へ遊びに来た訳などはその儘《まま》にして、その時は別れた。

町はずれに借りた僕の家には旅館で周旋してくれた月ぎめの女がいたので、その仕末《しまつ》をしてから、僕は半月程たって後、東京へ舞い戻って行った。何の訳もなく都会がいやになって旅に出た時の心持と同じく、今度はただ何がなしに旅にも飽きて、再び東京の騒しい町が見たくなったのだ。

三

東京には臨時の宿になる親戚の家もあるので、そこに荷物を預け、僕は着いた翌日の午後、電話もかけず人形町のアパートを尋ねた。そして入口の事務室で教えられた室の戸口に立寄り、その戸を叩くと、鍵がかけてなかったと見えて、戸は風に押されるように音もせず半分あいた。その隙間から僕は細帯をしめた女が二人小さなテーブルを間にして食事をしている姿を見た。

一人は長崎で会ったお花、一人は満枝の妹の辰子である。辰子はあわてて、両方の袖を重ねて細帯のあたりを隠そうとしたが、お花はモデルの経験があるためか、別に驚く様子もなく、椅子の上の座布団を裏返しながら、

「お手紙、昨日《きのう》つきました。」

「御食事中すみません。」

「いいえ。もうすみましたの。どうぞ。」とお花は卓上《うえ》の物を片づける。

「辰子さん。ちっとも知りませんでした。これから何でも御用があったら、御遠慮なく仰有《おっしゃ》って下さい。」

「ええ。ありがとう。こんな汚いところですけど、これからどうぞ。いつでも今時分

なら居りますから。」

辰子は紅茶を入れかける。その姿とその顔立。年を数えると、お花と同じく二十五、六にはなっている筈で、小石川牛天神の裏で初めて見た時、若づくりの姉満枝と全くの瓜二ツ。僕の目には死んだと云う満枝が生きているとしか思われない。僕は覚えずじっと目を据え、

「姉さんに。実によく似ていらッしゃるなア。」

「あら、わたしなんぞ、とても。」

「姉さんは若く見えたんだが、あなたの方はほんとにまだお若いのだから。」

「先生。ホールでは一番ですのよ。」とお花は言いながら、辰子が手を挙げて打つまねをするのを機会《しお》に廊下へ出て行った。

お花はそれとなく間接に、辰子を取持ってくれたのも同様な役目を務めた。お花がいなかったら、僕はその後、そうたびたび辰子を訪問するわけにも行かなかったであろう。その日もお花がいてくれたばかりに、別に話もないのに、二人がダンス場へ行く支度をする頃まで長坐《ながい》をしていることができたのだ。

やがて僕はホールへも行くし、その帰りにはこう云う女達を顧客《とくい》にする飲食店へも出入をするようになった。年がいもなく、僕はすっかり昭和時代のモダンボーイになって

しまったのだ。僕は親戚の家に長く厄介になっている事を好まないので、明間《あきま》のあったのを幸《さいわい》に同じアパートの一室に引移った。二人の女と僕との間はいよいよ近しくなって行った。

二人はもと別々の室を借りていたそうであるが、僕の訪問し初めた頃には間代を節する為《ため》二人一ツの寐台に起伏《おきふし》するようになっていた。或晩《あるばん》僕は二人が踊場から帰って来る刻限を見はからってその室へ行って見ると、お花の姿は見えず、辰子一人がベッドに腰をかけ、片脚を挙げて靴足袋をぬぎかけているところであった。僕はやがてお花が帰って来るものとばかり思込んでいたので、いつものように三人して何か食べようと、そのまま遠慮せずに話込んでいた。

天気は二、三日前から梅雨になっていたと見えて、朝の中からその日もびちゃびちゃ窓に雨だれの音がして、室の中はいやに湿《しめ》ッぽく肌寒いような心持がしていた。辰子は酒が飲めるようになっていたらしく、次の間からビール罎を持出し、帰掛けに買って来たサンドイチの紙包を解いたりしていたが、お花は帰って来ない。

「どうしたんだろう。また長崎へでも行ったんじゃないかね。」

「そうかも知れないわ。あなた。あっちで、長崎で、花ちゃんの彼氏にお逢いになって。」

「いや。諏訪公園で立談《たちばなし》をしただけですよ。彼氏と旅行したんですか。大方そうだろうと思ってました。むかしからその方は盛《さかん》でしたからね。」

「ほんとに帰って来そうもないわね。」と辰子はコップのビールを一息に半分飲干《のみほ》し、サンドイチの一片を頬張ったまま寐台の上に寐そべった。肩からすべり落ちそうな肌着一ツ。靴たびをぬいだ後の両足は膝の上までむき出しである。

僕はふと姉の満枝と郊外のホテルへ泊った晩、満枝が寐台の上に横たわり、サンドイチを片手にビールを飲干す時の姿を思出した。満枝は茶も立てるし花もいけるし、女礼式は一通り何でも心得ていた身でありながら、或る場合には羞恥《しゅうち》の念がないのかと思われるような、あられもない姿をわざとらしく見せる癖があった。僕は妹辰子の身中にも同じような婬蕩な血が流れているらしい事は、既にその前からそれともなしに見ていたので、無理強《じ》いにビールのコップを重ねさせ、酔のまわる頃合を窺い、突然抱きしめてその頬に接吻をして見た。

辰子は何とも言わない。また強いて拒《こば》みもしなかったが、つと起直ると共に肌着のすべり落るのもその儘に、戸口の方へと大股に歩いて行ったので、僕は廊下へでも逃出すのだろうと、あわてて追いすがろうとすると、そうではなく、辰子は室の戸につけてある掛金をかちりと下《おろ》したのだ。お花が帰って来ても黙っては入れないように用心したのだ。僕は嬉しさに上気しながら、壁の上を手さぐりにスイッチをひねって室内を真暗にした。

辰子は小石川にいた頃とはちがい、今は絶えずその日の生活に追われているらしい様子から、僕はこの夜突然の出来事が、出来てしまった後では寧《むしろ》おそ過ぎていたような心持さえした。辰子は忘れたようにピヤニスト佐藤の事はもう口にも出さなかった。境遇の変化はその情操をも変化させ、七年前には令嬢としか見えなかった辰子をして、今はモデル上りのお花と同じく娼婦まがいの町の女にしてしまっていたのである。

僕はむしろこれを喜んでいたと言っても差問《さしつかえ》はない。僕は男の情欲を挑発する力に乏しい女を、存在の意義がないものとしていた。僕の目に映ずる女性の美は小禽や小犬の可愛らしさや美しさと、さしたる差別がない。僕は画工《えかき》だ。しかし僕は未だ曽てジャンダルクを描いたジイペイ、ローランス。聖女《サント》ジュネイエヴを描いたピユイスド、シャワンのような大作家になろうなどと、そんな及びもつかない大望を抱いたことはない。王侯英雄の肖像を描こうと思ったこともなければ、宮殿城郭の図をつくろうと企てたこともない。僕は一生の間に色と光との音楽的効果を示した小品の一枚でも作り得たならば画筆を持つことを学んだかいがあったと思っている。街頭の灯影に照された柳の黄葉に秋雨のしとしとと囁《ささや》くように降りそそぐその響と、娼婦の化粧のあせ行くような黄昏の町の色調とを画布《トワル》の面に表現して、門附《かどづけ》の悲しいボレロを聯想《れんそう》させるような軽い哀愁を、見る人の胸に残すことができたなら、僕が一生の望はそれで足りるのだ。僕は思想よりも信仰よりも、何よりも先《ま》ず官覚の表現を芸術に求めている。異性に対しても僕は官能の陶酔より外には何物をも要求していない。僕は絶間なき製作の苦悶と、人生に対する疑問、社会に対する不満と義憤とを、その瞬間だけでも忘れさせてくれる抱擁の快楽を捜している。辰子の淪落したその生涯と衰頽しかけたその風姿とは、僕の常に求めて歇《や》まざるその要求に適合している。

辰子は厳格な家庭の夫人となるべき女ではない。遊蕩の伴侶にしかならない女であることを知るにつけ、僕の愛情と惻隠の心とは接触するたびごとに弥々《いよいよ》深く弥々激しくなるばかり。遂にアパートを引払わせ家一軒を持たせて、そこに僕も同棲することにした。この時になって今まで隠されていた秘密が始て暴露された。

秘密とは何か。辰子には娘が一人あって、人の家に預けてある事が知れたのである。姉の満枝が死んでから生活に困って、人の妾にでもなり、その間に生んだものらしく、年はその時四歳《よっつ》になっていた。家を郊外に借りた当初半年ばかりの間はそのままにして養育費だけを仕送っていたのであるが、行末の事や何やかやを思遣《おもいや》って、遂に母親の手許に引取らせることにした。

現在《いま》僕の家から毎日男のズボンをはいて会社に通勤している娘雪江は即ち今から十七年前に引取ったその女の子である。

四

僕はもうじき五十になろうとしている。辰子は去年四十の声をきいて世を去った。駒場の家に僕を訪問してそのアトリエをのぞいたことのある人達の中には、汚れた板バメの上に幾年間掛けはなしにしてある旧作の中、二人の女が出来合の安ッぽい外套の襟に白粉を濃くしたその頤《おとがい》を埋め、海老茶色の小さなパラソル一本のかげに夜の吹雪をよけつつ電車を待っている作品のあったことを記憶しているものもあるだろう。辰子とお花の二人をモデルにしたのである。

お花はその後も折々遊びに来たが、今はどこにどうしているのかわからない。辰子は醜い老婆になってしまわない中《うち》に死ぬのは、女の身には却《かえっ》て仕合せだと言って、静に目を瞑《つぶ》った。この世に一人取残された僕に取ってあの「雪の夜の町」と題した制作はむかしを語る何物にも換えがたい紀念である。それのみではない。時勢の推移するに伴って今は消え失せた都会生活の形見として史的価値をも帯びるに至った。一時買おうと云う者があったが、手放しかねて売らなかったのは、何よりの幸福であった。もともとボナールを模倣した拙作であるが、今日になって見れば哀れむべき模倣の跡さえ僕の身には懐しいものの一ツである。

僕は辰子と家庭をつくるようになってからも、なお二、三年の間は折ある毎に旅へつれ出して諸処の温泉宿に泊った。倦怠に陥りやすい同棲生活の単調を破り、一年でも永く町の女の面影を失わせまいと思ったがためで。子供には保姆《ほぼ》をつけて世話をさせたのであるが、瞬く中に月日は過ぎ、雪江が忽《たちまち》小学校へ行くようになった頃には、僕も漸《ようや》く中年の疲労を覚え、静な燈火の下に、或時《あるとき》は制作よりも、寧《むしろ》読書と追憶とに言いがたい慰藉を求めることさえあるようになった。

辰子はもうすっかり奥様らしくなっていた。年は僕より六ツ違っているのだが、わかい時の艶《なまめか》しさはまだ全く消去らず、知らぬ人の目にはいろいろあられもない想像を逞しくさせるような垢抜けのした年増になった。僕は静な燈火のもとに編物やレースの仕事をしているその横顔、その弱々しげな肩や首筋を見る時、晩秋の夕陽を浴びて立つ葉雞頭のさびしさ、前の世のすたれた唄をきくような哀愁を覚え、思うともなく初てその姉満枝の姿に魅せられた時のことを思起《おもいおこ》さずには居られなくなるのだ。むかしの春が突然立戻ってきたような心持になるのである。(姉と妹二人の面立の能《よ》く似ていたことはもう幾度も書いて置いた筈だ。)

或夜子供も寐かしてしまった後である。僕は浩瀚なテーンの美術論を読み終えて覚えず疲れた息をつく。仕事を片づけた辰子はやがてコニャクの盞《さかずき》を添えて珈琲《コーヒー》を持って来てくれたのを見れば、盆の上には茶碗も盞も一ツしか載せてないので、

「お前は飲まないのか。」

「眠《ね》られなくなると困りますから。」

「じゃ、コニャクだけ、どうだね。お前、この頃はさっぱり飲めなくなったね。人形町時分にはどうかすると、僕より強いくらいだった……。」

「あの時分は毎晩飲み馴れていましたもの。それにまだ二十代《はたちだい》でしたもの。」

「姉さんは三十になっても飲んだじゃないか。小石川にいた時分、初て逢った時、年は今のお前くらいだろう。いや一ツ二ツ上だったかも知れない。」

「姉さん。ほんと、ほんとにそうでしたわ。」

と辰子は軽く瞼を閉じ指を折って年を数えた。

「姉さんはアルコールどころか三十になっても浮気をする元気があったじゃないか。」

「だって、わたしとは境遇がちがいましたもの。恵まれていたようで、その実は淋しい生活でしたもの。仕方がありませんわ。」

辰子は初て姉の話を委《くわ》しく聞してくれた。満枝はその時分、九州に鉱山を持っていた

富豪の妾であった。その人は姉の外に京都にも、大阪にも、広島にも妾を持っていた。東京には月に千円の給金を出して姉を抱え、三月《みつき》か半年目に上京して、それもわずか一週間か十日滞在している間、旅館へ呼寄せて身のまわりの世話をさせていたのに過ぎない。留守中は何をしていようが少しも咎《とが》め立《だて》をしない代り、主人の名はどんな場合にも口外しない事だけを条件にしたと云うのである。

「姉さんがわかい人と箱根へ行って地震で死んでからです。旦那の秘書をしていた人がわたしを呼んで姉さんの後継《あとつぎ》になれと言ってくれたんですけれど、どうしてもいやだと云うと、それでは自分のものになれと、無理やりに承知させようとするんでしょう。その態度があんまり横暴でしたから、何もかも向《むこう》の言うことは突刎《つっぱ》ねてしまったんです。それでわたしはその日から一人で生活して行かなくッちゃならないようになってしまったんです。」

「そう。そういうわけなのか。」

僕は日頃辰子の身の上について、大体の事は承知していたものの、なお委しく聞いて置きたいと思っていたことがまだ沢山残っていた。しかし一時に何もかも根掘り葉掘り問詰めて、その返答を促すよりも、成るべく辰子自身の口から話し出されるのを待つに如《し》くはない。それにはその晩ほど好い折はないと見て、僕はパイプに煙草をつめなが

ら、

「なぜ、西洋にいる佐藤君の処へ手紙を出して救《すくい》を求めなかったのだ。居処も大抵わかっていたんだろう。僕もお前の手紙は一度見せて貰ったことがあった……。」

「佐藤さんの財産家だっていう事は知ってましたから、お願いしたら、その時入用《いりよう》なものくらいは送って下さるかも知れないと思ったんですけど、日本にはもうお帰りがないと云うことは、その前の御手紙で承知していましたから、どの道御縁がないものだと、あきらめをつけて居ました。」

辰子は初め飲みたくないと言っていたコニャク――僕の盃に半分あまり残っていたのを飲んでしまった。

「佐藤が今突然帰って来たら、辰子、お前はどうする。」

辰子は笑いたくないのを無理に笑おうとする時のような顔をしたが、佐藤はどんな事があっても帰って来る筈はないと思込んでいたらしく、また僕の言うことはその場の軽い冗談に過ぎないものと気がついたらしく、同じように軽い調子になり、

「どうするッて、あなた。今更どうしようもありませんわ。わたしばかりが悪いんじゃないんですもの。」

「それは成程そうだね。どっちが悪かったか、詮議をしたら、それは僕の方だったたか

も知れない。僕があのまま黙って、おとなしくしていたら、まさか、お前の方から言出しもしなかったろうからね。」

「でも、わたしほんとに懐《なつか》しい気がしましたわ。花ちゃんが長崎から帰って来て太田さんに逢ったッて、その話をされた時には、何ていうことなしに二人とも手を握って泣いたくらいですもの。おかしなものね。何でもなかったつまらない事でも二度返って来ない事だと思うと、たまらなく泣けちまうんですもの。」

「僕も実はその為さ。田嶋は死んでしまうし、佐藤は帰って来ないし……むかしの事を知っているのは、お花とお前と二人きりになったと思うとね。しかしいくら懐しくっても、お花には一寸《ちょっと》手を出す気にはなれなかったから。」

「でも、初てアパートでお目にかかった時、わたし、あなたと花ちゃんとは長崎か、どこかで、とうに何かあったんじゃないかと思ってました。」

「お花なら、いつだって何とも言いはしないが、お前は佐藤君の事もあったし、とても僕の言うことはきいてくれまいと思って居たんだ。」

「何だか、夢のようでしたもの。無暗《むやみ》にむかしの事を知っている人がなつかしかったのだわ。」

「むかしの思出が二人を結びつけたんだね。」

「そうよ。あなた。全くそうなのよ。」

辰子は急に夢見るような目容《まなざし》になり、何やら向の方へと視線を移した。心づけばその頃僕の制作した風景画の壁に掛けてあるのを見詰めていたのだ。それは晩秋の夕陽が木の間を漏れて、ばらばらに黄《きいろ》い光を落葉の上に投げている牛天神裏坂の景である。

五

娘の雪江が小学校もやがて高等科に進みかけた頃から、世の中の変り出したことが、日一日と烈しくなって行った。満洲と上海とに戦争が始り、政府の要人が頻《しきり》に暗殺される。不穏の文字が町の角々に貼出《はりだ》される。しかし東京の繁華は今日から回顧して見ると、その頃が恐らくその絶頂に達していた時らしい。地下鉄道の工事は銀座から新橋へ延長する。日比谷公園、隅田公園その他方々にダンス場ができる。タキシが終日終夜市中をめぐって客の奪合いをする。野球の勝負が市民を熱狂させ、カフェー帰りの酔客が喧嘩して時々殺される。白昼銀座でも人の刺されたことが幾度もあった。オリンピク大会や万国博覧会が東京に開かれるような噂もあった。

それこれしている中《うち》に時運はいよいよ紛糾して遂に支那との戦争になった。娘雪江はいつか小学校も卒業して女学校へ進んだ。年は十三。辰子は三十四。僕はとうに四十を越していた。僕は二十《はたち》時分から耳の上あたりに若白髪の生えたことを知っていたくらいで。今は全体に七分通り真白になったのを、かまわずに長く延ばして後方《うしろ》へ撫でつけ、古ぼけた背広にベレー帽を冠り、小《こ》ざっぱりと慎《つつま》しやかな服装《なり》をした辰子と、水兵服をきせた雪江とを連れて、時々散歩に出る折など、余処目《よそめ》には羨まれるばかり、僕の家庭はいかにも真面目に高尚で、そしていかにも幸福であるらしく見られたこともあったらしい。

道端の草むらに野菊の花が咲き、櫨《はぜ》の葉の真紅《しんく》に色づいた暮秋の一日、僕等三人、井ノ頭公園の腰掛に休んでいた時である。蝙蝠傘《こうもりがさ》に風呂敷包を手にした下町風の婆さんが通りがかりに辰子の顔を見て、びっくりしたように立留り、

「まア奥さま。お変《かわり》も御在《ございません》で。」と言いながら雪江の顔とを見くらべ、「お嬢さまも見ちがえるように大きくおなりなさいました。」

「あの時分はお世話になりましたね。お蔭さまでもう手もかかりません。」と辰子は席を譲るともなく静《しずか》に立ちかけながら、「おばさん、ちっとも変りませんね。」

「いいえ。あなた。からもう意気地が御在ませんよ。」と懐しそうに雪江を見詰める様子に、雪江も思出したらしく、にこにこ笑いかけたが、別に言葉はかけなかった。

「今日は一寸三鷹に用事が御在まして出てまいりました。以前のところに居りますか

ら、その中御屋敷へお伺いいたします。」

老婆は辰子よりも僕の方へわざとらしく丁寧にお辞儀をし、雪江には笑顔を見せ、そのまま駅の方へと立去った。辰子は再び腰をかけながら、

「あの時分八丁堀にいたおばさんですよ。」

八丁堀のとある横町に荒物屋を出し、雪江を預っていた老婆である事を、僕は初て知った。場所柄といい人柄といい、辰子との知合いについても定めて訳がありそうに思われたが、雪江の前を憚って僕は何とも言わずにいた。

日もすこし傾きかけて来たので、その辺の喫茶店で紅茶を飲むのもそこそこに帰りの電車に乗ったが、すると次の停車場で乗込んだ二人づれの洋服をきた男の中で、イヨロンの革包を提げたのが腰をかける途端、僕達に気がつき、帽子を取って丁寧に挨拶をした。むかし辰子の出ていた踊場の楽長をしていた男で、その頃僕の顔をも見知っていたのである。

「花子さん。今大連にいるそうです。御存じですか。」

「いいえ。道理で見かけない筈です。」と辰子の言う後について、

「あっちの踊場ですか。」と僕もきいて見た。

「そうでしょう。この間あっちから帰って来たバンドの者から聞いたんですが、村山

というゴロと一所になっているような噂でした。」

僕達は駒場の停車場で先に降りた。垣根道をわが家の方へと歩きながら、辰子、

「今日はどうしたんでしょう。珍しい人に会う日ですわね。」

「どうかすると、そういう日があるもんだよ。これで小石川の家の賄いをしていた婆やにでも逢ったら、いよいよ不思議だ。」

僕は二、三日の間、何のわけとも知らず雪江の生れについて、その男親はどんな人なのであろうと、いろいろ臆測を逞しくさせていたが、聞いて見る機会がないので、それなり忘れるともなく気にしなくなった。

たしかその時分の事であったろう。一、二年後《のち》の事であったかも知れない。能《よ》く記憶していないが、或日《あるひ》僕は雪江が散髪屋から帰って来て、母の鏡台の前に坐り母と話をしながら、口紅をつけ直しているその横顔がおそろしく大人びているのに、初て気がついたことがあった。もっとも雪江の面立は子供に似気《にげ》なく長手《ながて》で、且《か》つまた輪郭がはっきりしすぎているため、誰《た》が目にもませているように見えた事は、前から知っていたのであるが、今見ると切長の眼尻には巧まざる表情が漂い、締った口尻には意地の悪るそうな心持さえ、ありありと認められながら、話のあいまに微笑するたびたびそれ等の表情

は忽《たちまち》一変して、成熟した女も及ばぬような愛嬌に変ってしまう。顔ばかりではない。母の手から物を奪取ったり、鏡台の曳出しをのぞいて盗むように物を取上げたりする手つきと、それに伴う身振りにも、また同じような艶《なまめか》しさが見られるのであった。雪江は普通の少女等よりも一、二年早く女になっていたにちがいない。

僕は折よく写生用の手帳を持合《もちあわ》していたので、雪江がそれとも気がつかず一心に化粧をしている間に、手早くその横顔を写して見た。僕はそれから後、雪江ばかりに限らずその年頃の少女を見ると、電車の中などでも怠らず注意を払うようになった。

映画と少女歌劇とはこの時代の小娘達が一日や二日おやつの菓子を犠牲にしてもその入場券を買って貰わねば承知しないものであった。

母の辰子が家の用事や何かで一緒に行かれないような時、僕は自分から申出して、雪江のお供をして見たこともたびたびになった。映画は別に言うほどの事もない。少女歌劇の舞台とその場内の光景とは、初てこれを見た時の僕を一驚させた。

小娘達にはめいめい贔屓《ひいき》にする女優がある。大抵男装を得意にするもので、その女が出て来て踊ったり唄ったりすると、小娘達は狂喜してその名を連呼しながら拍手をする。男の芝居好きが俳優と演劇とを喝采するのとはちがって、小娘達の騒ぎ立つのは贔屓の女優から一嚬《いっぴん》一笑を得んがためで、その署名された写真は御守のように小娘達のポケットやブロッチに秘蔵されている。小娘達を育てた母親等の物心づくころには、こういう奇習はまだ見られなかった。辰子と雪江とが全く時代を異にしていることを知るべき一例であろう。

少女等は時折若い男の教師に連れられて修学旅行に出て、数日間親の家を離れて翼《はね》を伸すことができる。家庭の外の世界に接することができる。また絶えず校内に催される種々な会合のために、その帰りは夜になるところから、おのずと暗い道には歩き馴らされる。これ等もまた前の時代の小娘達の知らぬところ。ましてや時変以来、夏の日盛に手足や首筋を露出させた軽装をなし、シャベルを手に丸ノ内の芝原や濠端《ほりばた》で、土工の手つだいをなし、道行く人の立止って見るのも平気で、砂利の上にしゃがんで弁当を食ったり、防空演習の際深夜真暗な戸外を彷徨し、近隣の男女や奉公人と共に大口《おおぐち》あいて笑い興ずるのも、これまた現代の少女にして始て経験し得られるものであろう。

町々に二千六百年祭とかいた提灯がさげられ、朝の中から酔ッ払いが市中をぶらつき、処かまわず食べた物を吐きちらして行った事がある。全国の踊場が閉鎖せられ、市中の飲食店が規定の時間以外には客を迎えないようになったのも、その年に始ったことだ。

ふと雪江の年齢を数えると、後一、二ケ月で、その母の辰子が牛天神裏の借家に初てピアノを習いに来た時と、同じ年齢になるのである。僕はびっくりしたように、雪江の顔や表情や、全身の肉付やらに一層深い注意を払わねばならなくなった。

その年かぎり舶来の商品食料、また呉服反物がなくなるというので、辰子は毎日買物にいそがしく、殆《ほとん》ど家の用をする暇さえないことがあった。雪江は間もなく女学校を卒業するその日が待ち切れず、母には無断で、その年の暮には切下げの髪を早くも縮らしてしまった。

ただささえ早熟していた姿形は忽ち一人前の女になって、学校の制服の似合わないように見えるところが、却《かえっ》て一層人の心を動しはせぬかと気づかわれるくらいであった。

六

僕は四、五年この方《かた》、公私の別なく展覧会には出品しない事にしている。見当ちがいの批評を耳にするのが辛《つら》いばかりではない。年と共に美術界全体の風潮に対してもまた甚《はなはだ》しく嫌厭《けんえん》の情を抱くようになっていたからだ。

展覧会に出品しないようになると、門前は忽ち雀羅《じゃくら》を張るべき有様で。女衒《ぜげん》のような画商も来ず名声に齷齪《あくせく》する青年画家の訪問に苦しめられる恐れもなくなる。青年の出入がないから家庭では雪江の品行については兎《と》や角《かく》心配することはない。

いや、僕は世間の親達のように娘の品行について、別に心を労していたわけではない。ただ気軽な好奇心から出生の不確実《ふたしか》な雪江の身の行末について、譬《たと》えて言えば、新聞小説《フィユトン》の明日《あした》を待つような心持でいたのに過ぎない。

辰子も案外のん気でいるらしい。おのれの過去を顧て教訓をする資格に乏しいとでも思うのか、雪江が学校の帰り映画を見歩き、毎晩のようにおそくなって来ても黙っている。僕もまた門口《かどぐち》まで誰やら送ってくるものがあるような気勢《けはい》に心づいたこともありながら、母には黙って知らさなかった。画室は後から建増したもので、本屋《おもや》からは少し離れて道路には却て近くなっていたので、僕は雪江が二、三分立ばなしをしてから、門のくぐり戸をあける様子に気のついた事さえあったのだ。世間の娘で恐らく雪江ほど誰にも干渉されず、我儘《わがまま》の仕放題に生立ったものは無かったかも知れない。

僕は書くのを忘れていたが、雪江は学校から報国挺身隊とやらいう名目で、会社や工場へ事務の手つだいに行かせられる事がある。遊び歩く男の連《つれ》は学生ばかりではあるまいと、親達が心配して見たところで、時勢はもう昔とちがって今更どうする事もできない。

ある日僕 散歩の途《みち》すがら、早稲田のとある古本屋でバルビュッスの著したゾラの伝を買った。 は五十を越してから、家に召使っていた若い女を愛して、二人の児を生 ラの夫人は紛擾《ごたごた》の後《あと》、その女の心根を憐み正式に子供を引取って養育をした。 執筆者アンリイ、バルビュッスは老衰しかけた文豪が畢生の元気と青春とを呼戻し、浩瀚なるルーゴン、マッカル叢書を完成させたのはこの若い女の力に外《ほか》ならない。と言っている。僕は自分を弁護する心で言うのではない。養女雪江の風姿と行動とによって刺戟される僕の情慾が、もしもゾラの生活に見られるような奇蹟を齎《もたら》したならば、いかに幸《さいわい》であったろう。不図《ふと》そんな心持になった事を語るに過ぎない。

辰子は家事と隣組の用事とに追われて、この二、三年大分すがれて来た。むかしの思出も今は何の力さえもない。雇ったモデルには見事な身体を見せてくれるものもあるが、その女達にはもう見馴れて飽きている。

裏隣の生垣と画室との間が洗濯物の干場になっている。夏になると毎年の零《こぼ》れ種から向日葵《ひまわり》、紫苑《しおん》、鳳仙花、コスモスの類が生《は》えて忽ち花壇のようになる。僕は或日画室の窓から一ケ月ほど前に来た女中が洗濯物を取おろしている姿を見た。女は薄いスフのワンピースを着ていた。

もう夏の盛らしい五月末の夕陽を、背一面に浴びているので、薄いきれ地を透して体の形がはっきり見られるとは気のつかう筈もないので、女は干物を取ろうと手を高く揚げ、仰向きになって背伸びをする。そのたびそのたび力の籠《こも》った体の筋肉が一層逞しく張出される。

二、三日たってからだ。夜は一時を過ぎていた。

僕が画室で仕事に夜ふかしをする時には、辰子をはじめ家の者はいつも先に寝てしまう習慣なので、僕はふだん出入をしない画室の非常口を明け、一人ひそかに外へ出ると、夏の夜は狭霧に籠められて蒼くかすみわたり、あたりに生茂った榎《えのき》の梢に下弦の月が懸《かか》っている。電車の音も全く途絶え、犬の声もせず、下闇《したやみ》の底から聞馴れない地虫の鳴く音《ね》がとぎれとぎれに聞えるばかりだ。跫音《あしおと》を忍ばせ勝手口へ廻り、女中部屋になった窓戸に身を寄せて、何がなしに様子を窺おうとする時、ふと気がついたのは雨戸の板枝の落ちたんやり灯影のさしていたことだ。

見たが障子でも立ててあるのか何にも見えない。暫《しばら》く考えた後、木の

僕はひそひそ話でも、その尖《さき》を唾でぬらして音のしないように静に丹念に突いている中《うち》

しい女の声を聞きつけた。耳をすまして能《よ》く聞くと、女中と

娘雪江の声である。大胆に少し力を入れて枝の先で一えぐりえぐって見ると、障子の紙は破れたにちがいない。節穴にさした灯影が前よりも明《あか》るくなった。しめたと思って再び片目を押付けた時、僕はそもいかに思掛けない光景と人物とを見たであろう。

外は靄《もや》の下りた五月の真夜中。閉切った家の内はおそろしく蒸暑かったと見えて、搔巻《かいまき》をのけた敷布団の上に、抱き合っている女二人。一人は女中、一人は雪江なのだ。何やら書物が一冊と写真らしい紙片《かみきれ》が四、五枚取散《とりち》らしてある枕元には、ぬいだと云うよりは剝取られたように浴衣が投出されていて、女中の体にはもう何一ツ纏われたものがない。台所のウェヌスとでも言おうか。

雪江の方は肌着だけであるが、しかしそれもないと同様、胸の上まで巻くり上げられていた。僕は初てその全体にわたって、残すところなく雪江のニュイを見渡すが否《いな》や、人形町のアパートで能く見馴れた辰子の姿に思いくらべた。日本の女には珍しいほど真白な辰子の肌にくらべて、稍《やや》色づいた雪江の肌は磨いた象牙のようで、痩せてはいないがどこか弱々しく見える肉付は、それが為《ため》いかにも柔軟に伸縮自在であるらしく思われた。それと密接に組合わされた女中の薄く薔薇色した体は、燃上る情炎の苦しさもさこそと思われる程で、四肢の指先まで割合に能く均勢の取れた肉付はモデルになる資格に欠けるところが無い代り、或場合の軽く自由な、意想外のポーズには、相当の練習が必要ではないかと気遣《きづか》われもした。

そんな事を思ったのも全く一瞬の間で、燈下の演技は忽《たちまち》文字通り手に汗を握らせるばかりになった。洋行中、僕は見たいものは残らず見歩いたつもりでいたのだが、この年のこの夜まで、つくり話のように思っていた女同士の戯れを、終局の終局まで窺い見たことは一度《ひとたび》もなかったのだ。片目がわりに押付けていた雨戸の節穴から、やがて額を離した時、僕は軽い眩暈《めまい》を覚え危く倒れそうになった身を立木の幹に支えさせた。

画室の方へと草履《ぞうり》を引ずりながら、僕は二人の様子から、雪江にはまだ男のできている筈はないようにも考えた。ふと辰子があの女中をきめた時、一度世帯を持ったことがあるそうだから、年はまだ二十一でも、案外役に立つかも知れないと言ったことなどを思合せて、見たばかりの光景を、また更にありありと目の前に浮べ返させた。

女中は松子というのである。僕はまず松子と雪江との親しくなりそめた来歴を知ろうと思って、あくる日の午後雪江は学校に、辰子は折好く買物に出て家には誰もいないのを幸、片付物をするから、手を貸してくれと言って、松子を画室に呼入れた。

僕は松子がいつぞや掃除をしながら、そこらに立掛けてある裸体画に気を奪われたらしく、僕の入って来たのに気がついて、すこし頬を赤らめながら周章《あわ》てて箒を持直した事を覚えていた。それ故《ゆえ》、僕はわざと寄せかけた壁から一枚の裸像を取上げ画架の上に

載せながら、松子の顔を見て、

「お前の肖像をかいてやろうかね。どうだ。」

松子は顔を赤くしたまま何とも言わずに立っていた。僕は画室の戸に鍵をおろし巻煙草へ火をつけながら、

「まア、そこへ腰をおかけ。」

松子は俯向《うつむ》いたまま首肯《うなず》いたが、突然締めていたバンドをはずし、スフの着物のボタンをはずし初めた。肖像と裸体との区別なく、モデルになるには衣服《きもの》をぬぐものと初から思込んでいたのだろうか。それとも人に肌を見せるのを何とも思わない性《たち》なのであろうか。僕の目の前にはまたしても昨夜の光景が浮かんで来る。松子は肌着一ツになると共に両手で顔を蔽《おお》いながら、いつもモデルの寐転ぶ長椅子に腰をかけた。僕は初からさして筆を持ちたい気でもなかったが、こうなればこのままにもして置けないので、

「ぬぐなら、みんなおぬぎ。」と寄添い形をつけようとその手を取ると、松子は倒れるように寄りかかって来て、僕の胸の上に顔を押しつけた。

七

辰子と僕との寐間は二階の六畳。雪江は下の茶の間につづく三畳をその部屋にしてい

たので、吾々が二階へ行ってしまえば、毎晩でも行きたい時女中部屋へ行こうとも、親達の目に触れる心配はない。

する中《うち》戦争の範囲が方図もなくひろがって、八紘一宇だの南進だの共栄圏だのと、訳の分らぬ新しい言葉ができると共に、とうとう英米二国を相手取るようになった。それはその年の冬も押詰った頃であった。

次の年の春、亜米利加《アメリカ》の飛行機が昼日中東京の町を襲った頃、雪江はもう女学校を出ていた。そして自分から口を求めて或《ある》会社の事務員になった。

丁度それと前後して女中の松子は母の病気を知らせる電報に驚き一時暇を取って米沢の国元へ帰ったが、その年もまだ暮れぬ中、ふらりと戻って来た。もう一度片づけと言われたが、行く先の家がいやなので逃げて来たとの事であった。家《うち》では代りの女中にいいのがなく、またそのよしあしに係らず何処《どこ》の家でも女中がなくて困り抜いている時節柄。松子の帰って来たのを見て、僕の一家は喜びのあまり、今度は女中ではなく家族同様の待遇をすることにした。何も知らない辰子ばかりは気の毒なものであった。

松子のかえって来た夜、雪江は僕と松子との関係を知っていよう筈がないので、大方懐しさのあまりその部屋に忍んで行ったにちがいない。と思いながら、僕は木枯《こがらし》の吹きすさむ音に身顫《みぶる》いして炬燵《こたつ》を出る勇気がなかった。

戦争が長びくに従って、食料品と共に炭も薪も乏しくなり、ストーブを焚くことが出来なくなった為、画室にはわずか窓に日の当る間しか居たたまれぬようになっていたのだ。油や絵具も軍人の肖像をかかない僕のような者の処には、配給されないので、僕は二間つづいた二階の座敷の狭い方へ火鉢を据え、あくびを嚙みしめながら、退屈な日を読書に送るより仕様がない。板敷の画室に火の気がなくては松子を呼込んでも仕様がないし、と云って、夜は雪江の手前、昼は人目を恐れて、滅多に松子の部屋へは行かれない。

丁度その時分、僕は右の腕の上げ下げに苦痛を覚え、画筆を持つにも不便なくらいになった。医者に見て貰うと、それはむかしから四十肩五十腕などと言って、あまり気にせず、そのままにして置けば忘れた頃には自然と直るものだと言われたが、成程《なるほど》年が変って時候が暖くなるにつれ、一時は後《うしろ》へ手が廻されなかったのも大分楽になって来た。

それに引きかえ、辰子は節分の頃から風邪を引き込み、半月あまり寐込んで一時よくなりかけたのであるが、四月の末頃から俄《にわか》にまたわるくなった。医者に言われて病院へ運ばれると間もなく、どうやらむずかしそうな容態になった。急性腹膜炎とやらを起したと云う話だ。

三、四日たってからの午近く、雪江は毎日病院へ看護に行くので、家には僕と松子の二人ぎり。松子は昼飯のできた事を知らせに来たまま、後《うしろ》から縁側に腰をかけている僕の肩につかまり、頰の摺合《すりあ》うまでに顔をさし出し、

「先生、わたしまた……家へ帰るかも知れません。」

「どうして。どうかしたのか。今帰られちゃ困るよ。」

「だって、先生。」と子供が物でもねだるように僕の肩をゆすぶるので、僕は何の事だと、わざとらしく腹立《はらだ》し気に立ちかけた時、電話の取次を頼んで置いた裏隣の家の女中が勝手口へ来て、病院から大急ぎで、と云う事づてを言置いて行った。

辰子はその日の夕方六時に息を引取ったのだ。

夜具の下に僕の名を鉛筆でしたためた封筒が一通差込んであった。二ツ折にした便箋に、

長い年月お世話になりました。わたしばかりか、あの我儘な雪江まで。

ほんとうにすみません。御礼の申上げようも御在《ござい》ません。神様のようにありがたいお方だと、いくら感謝してもしきれません。

私のなき後、我儘な雪江はこの世の中に誰一人たよりにする人もない孤児《みなしご》になります。御面倒でも、どうぞ、たよりになってやって下さい。あの子は一時私が生活に困ってあの花ちゃん同様な生活をしていた時の形見です。私には今は親類も何もありませんから、もしもの時通知するような処は一軒もありません。生れましたのは箱館です。家はつぶれてもうありません。以前は名高い運《うん》漕屋《そうや》だったそうです。父がなくなってから母が店の後見をしている人にだまされて私を生んだのです。小石川にいた姉さんと私とは年が十以上ちがっていたのも、そんなわけからです……。

二枚目の便箋も半分ばかりのところで、文言は中絶されたままになっていた。無論宛名も何も書いてはなかった。

亡骸《なきがら》を焼場へ送るにつけて、僕の家は岡山県で東京には縁故のある寺がない。どこへ葬ったらいいだろうと思案の末、ふと忘れがたいあの小石川牛天神の裏に、寺が二軒並んでいたことを思出し、これほど縁故の深いところは無いと、そこを菩提所にした。

むかし僕等の借りていた二階家も、辰子姉妹の住んでいた家も、ともども新しい貸家に建替えられていたが、僕がその日(二十四年のむかしだ)みんな遊びに出て行った後、一人遣瀬《やるせ》のない心持でぼんやり眺めていた枇杷《びわ》の木は、むかしと変りなく墓地の片隅に茂っていた。

僕は住持に請うてその樹の下に石を立てて貰うことにした。ついでと言っては可笑《おか》しいが、姉満枝の戒名も住持に頼んで、辰子のそれと並べて石の上に刻《きざ》ませた。定紋がわからないので、枇杷の実の図案をして戒名の上に彫りつけさせたのは、僕がその場の思付に過ぎない。

その当座、僕は辰子の書残した文言から、雪江の事が気になって、怠らずその様子に目をつけていたが、雪江の方では何も知らないらしいので、月日はそのまま事なく過ぎて行く。

いよいよ甚《はなはだ》しくなる食料の不足と、空襲沙汰とで、世の中は日に日に荒れすさみ、男女の服装は見るから哀れにじじむさくなった。男は誰も彼も職工まがいの作業服、女はもんぺ姿になった。しかしこのもんぺ姿の中には夏暑くなって、若い女が上は胸の広くあいたシャツ一枚に、下は臀《しり》の丸味をそのままの、布地《きれじ》のわるい股引《ももひき》同様のものをはき、体の形をはっきり見せるようなものが現れて来たので、朝夕電車の込合う時間などには案外目の慰みになることがあった。

彼女等は吾々前の世の者供《ものども》がいかほど我慢しても口にすることの出来ない粗悪極まる食物を、さほどいやがりもせずに能《よ》く貪り食うし、銀座丸の内あたりへ行って見ると、三々伍々手を取り腕を組合って笑い興じながら歩いている。その様子は現在の生活に対して何等の悲しみをも不平をも抱かず、むしろこれが永久日常の生活だと思っているようにしか見られない。社会の組織、政治の如何《いかん》には飽くまで無関心なかわり、絶えず監視者の眼を掠め、一刻半時たりとも懶惰《らんだ》気儘《きまま》な境地を捜そうと、休まずに目と心とを働しているらしい。日が暮れると共に真《しん》の闇となる夜の街や公園には不良の徒が徘徊して女を脅すような噂を口にしながら、一向それを恐しいとも思わぬらしく、互に友遠を尋合い、或時は飯も食わずに興行物を見歩くのだ。

現代の事は大にしては戦争から政治及び社会の情勢、小にしては個人の生活思想、婦女子が日々の行動に至るまで、一として不可解ならざるものはない。

夏になってからの或晩、一度蚊帳《かや》の中に這入《はい》って枕についたのであるが、夜がふけるほど却《かえ》って烈しくなる蒸暑さに、僕は這出して窓の戸を明けて腰をかけると、月夜ではないが、蒼く晴れた空の光と、星明りとで、垣どなりの畠から、此方《こなた》の庭まで、夜は見渡すかぎり夢のように静《しずか》であった。

突然プロワンスの田舎町に泊った時に見た牧野《ぼくや》の風景。転じて人形町のアパートから辰子と二人、その窓に倚《よ》って、ふけ渡った町を見おろしていた時の事などが思返される。ふとまた心づけば、こんな晩には雪江も眠られぬまま、きっと松子の部屋に行っているに相違ない。茶の間の時計の鳴ったのを数えると二時である。

蚊を追う団扇《うちわ》を手にしたまま、窓から立ちかけた時、僕はふと梯子段を踏む静な跫音をききつけて耳を澄した。夏の夜のこととて盗人の忍入る気遣いはないと知りながら、僕はまた蚊帳の中に入り細く目をあけ、空寐入りをする。その間もなく襖《ふすま》際に現われた人影を見ると、パー一枚の松子ではないか。片膝をついて蚊帳の中をのぞき込むその顔が、枕元の薄暗い灯影を受け、蚊帳越しながら、恐しく真白に見えたのはその強い薫りで白粉をつけ直して来たのだと察せられた。

「先生、先生。」と静に呼びかけるのを、此方はなお知らぬ振りで寐ていると松子は蚊帳の裾から四ツ這いに這込んだままの形で、乗しかかるように上から顔をさしつけ、今度は長く声を引伸して、

「ねえ、先生。」

僕は初て目を覚したように、「ああ。お前か。」

「先生。わたしこの頃むしゃくしゃして仕様がないの。お皿なんぞいくら気をつけても粗相《そそう》してしまって仕様がないんですの。」

一言ごとにだんだん普通《あたりまえ》の声になるので、

「も少し静におおし。下へ聞えるよ。」

「大丈夫です。お留守ですもの。」

「もう二時だろう。雪江。帰って来ないのか。」

「ええ。こないだも泊っていらッしゃいました。」

「そうか。じゃ時々泊ってくるんだね。僕は朝がおそいから、ちっとも知らなかった。」

「わたしが今度参りましてから、これで三度目です。」

「またそういう事があったら知らしておくれ。」

松子はその身と雪江との関係を、いつぞや僕にのぞかれたとは気のつこう筈がないので、女同士の嫉妬からその腹癒《はらい》せをするつもりらしく、すこし切口上になり、「ええ。気をつけてお知らせします。」と言った。そして翌日の朝は明くなってもなかなか下へ降りて行かなかった。

僕は雪江が帰って来たのを待ってきいて見たいと思いながら、もう暫《しばら》く時機を窺っていた方がとも思直して、黙っていると、雪江は問われぬ先から、何の仔細もないような調子で、昨夜は映画を見ての帰り、連立った友達の家へ立寄り終電車のなくなる時間を忘れていたと言って、見て来た仏蘭西映画「わかれの曲」の場面を委しく話しつづける様子、まんざら虚言《うそ》でばかり固めたものとも思われないところがあった。

八

松子は既にその前から、雪江が毎朝会社へ出て行き、夕方帰って来るまでの間、すっかり奥様気取りで、いそいそと立働き、昼飯の皿小鉢も同じ一ツの茶ぶ台に並べ、遠慮なく大きな声で、「先生。御飯。」と呼ぶのである。もともと前の年の暮に戻って来た時、これからは家の人同様にするという話は、雪江も承知していた事で。やがて朝夕が少し く涼しくなり家毎に空襲避難の窖《あなほ》掘りをするころには、日曜日など、雪江のいる時さえ、松子は三人一緒に茶の間で食事をするようにしてしまった。

隣組の会合をはじめ、家の用事一切は松子の手一つに任《ゆだ》ねられた。毎日の食料品も配給だけでは足りない物まで、松子は絶えず買集めて来た。

田舎の学校友達で、新宿一丁目の乾物問屋へ嫁に行っているものがあるので、砂糖玉子を初めとして大抵の物はそこで世話をしてくれると云うのであった。

或日《あるひ》もと植木屋であった家主の許から、例年のように柿と栗と石榴《ざくろ》とを贈ってきた。家主は遠からぬ三軒茶屋に住んでいるが、今は貸地と貸家の上りで何もせず楽に暮している。その辺がまださほどに開けきらない時分、僕が写生の帰道に立寄って、その庭を絵にしてやったのを、非常に嬉しく思ったと見えて、且《かつ》はまた十数年その貸家に住んでいる誼《よしみ》もあるところから、春になると筍、秋になると果物をくれるのである。二、三年来、僕は家主が贈ってくれる石榴に柿と栗。殊にいみわれた石榴と、枝柿の染めたように真赤になったのを見ると、その年の秋もいよいよ尽き、画室で仕事のできる日も数えるほどになったのを知り、身にしみじみ淋しさと肌寒さとを覚えるのが例となっている。

世はまだ平和であった頃、冬の画室のいかに楽しく、いかに暖《あたたか》であったろう。惜しまず暖炉に投入れる薪《たきぎ》の、突然激しく裂《はぜ》る響《ひびき》に驚かされる時、僕はその響から思うともなく「独者の夢」Reveries of a Bachelor と題された亜米利加の作者ドナルド、ミッチェルの小説などを思出し、俄《にわか》に青年文学者のような若々しい心持になって、折から丁度珈琲《コーヒー》など持ってきてくれる辰子にも、たしか雪江にも、僕は旅から帰って来た主人公が、故郷の村荘で一人暖炉の火を眺め、死別の恋人を追憶する。と云うロマンチックの物語をきかせた事もあった。

辰子がいなくなって、僕はどうやら篇中の人物になり代ったような気がしても、画室の火は消えてしまったまま、もう二度とあの懐しい響に追想の夢を誘い出すことはないのである。

珈琲の久須《きゅうす》、コニャクの盃、遊学中から手に持馴れたパイプ、凡《すべ》て身のまわりの懐しいものは画室の暖炉に同じく皆命脈《めいみゃく》の断れた死骸になった。その生返る日はいつになってからであろう。千九百四十年、北狄《ほくてき》のために巴里《パリ》の都が侵略せられてから、そして日は日に増して、世の恐しさ身の哀れさを思知るにつけ、僕はいつからともなく画室に閉籠って仕事をする気力にも乏しくなっている。仕事は何の役にも立たない。画も詩も音楽も、永遠にこの汚《きた》ならしい都には無用の物だという事をはっきり意識せねばならぬ時が来ている。その何が故《ゆえ》に依れるかは、今ここに言うべき必要はない。いや、今はまだ言うべき時ではあるまい……。

その年もそろそろ火が恋しくなった頃から、疎開という新しい言葉が追々人々の口に言いつたえられるようになった。疎開とは民家取潰《つぶ》しの事で、省線電車の沿道、国民学校の周囲は来年の三月をかぎり。そして東京に用のない逸民は一日も早く地方へ立退けとの訓示が町の角々、電車の中などに貼り出された。

どこの家でも配給の野菜が足りない苦しさに、めいめいつてを求めて秘密に食物の買あさりをせねばならなくなった。それでも思うように行かない時には袋を背負い、近県の知り人をたより買出しに行くのだ。

松子はその日暗い中に家を出て、千葉県のさる処へ雞肉と卵とを買いに行ったが、冬の日は暮れやすく、転寐《うたたね》から覚めて見るといつか灯ともし頃になっていた。糠雨《ぬかあめ》が音もせずに降っている。

時計を見て僕は兎《と》に角《かく》米だけでも磨いで置いてやろうと、台所へ行き大方食事の仕度をした後、茶の間の火鉢に胡坐《あぐら》をかき、松子か雪江か、誰か先に帰って来たものが膳立してくれるのを待っていた。

隣のラジオが聞え出してから、また暫くたった時、勝手口に人の気勢《けはい》がしたようなので、立って行くと、松子ではなくて、案外いつもより早く雪江が帰ってきたのだ。

「いやな雨じゃないか。濡れたろう。」

「まだ、そんなに降っちゃいません。松子、まだ帰りませんの。」

「もう帰りそうなものだ。」

「とうさん。わたし今日《きょう》、すばらしい物貰ってきたの。」

雪江は抱え込んだ紙包を下に置き、自分の部屋から濡れた髪を拭き拭き戻って来て、

「とうさん。あけて御覧なさい。これで松子が鳥を持って来たら、今夜はとても素晴しいデナーができてよ。」

「や、パンにバタ。これはありがたい。」

「珈琲もまだとうさんの飲むくらい残ってるでしょう。」

「おれはこの頃、まるで松子とお前のおかげで生きているようなものだ。」

「いやな父さん。御飯は松子が帰って来てからにして。パン切りましょう。わたしとてもお腹がすいてるの。」

「パンは一斤四円になったそうじゃないか。能く手に入ったな。」

「ある処へ行けば何でもあるのよ。だから、わたし達の口にはなかなか入らなくなるんだわ。心配しないでも大丈夫。とうさん、それよりかわたし松子の方が心配だわ。買出部隊は危険だっていうから。」

言いながら雪江は珈琲の豆を壺に入れてガリガリ挽きはじめた。僕はガスで湯をわかしながら、

「松子はこれから先ずっと家にいる気だろうか。このままにして置いたら。」

「何か言出したの。」

「いや別に。」

「じゃア居ますよ。居るようにしておやんなさい。とうさん。今居なくなると困るでしょう。」

「それは困るけれど、この儘《まま》でもまた困るようになりゃしないかと思うからね。」

僕は松子の事にかこ付けて、実はそれよりも雪江がその身について何を考えているか

を聞こうと思ったのだ。時々泊って来る事、容易に得られないものを持って来る事、その訳をもそれとなく聞きたいと思ったのだ。雪江は早くもそれと察したのか、または心づかずにいるのか。いつに変らぬ調子で、

「別に困ることもないじゃないの。すこし位我儘になっても……。」

僕は突然一歩を進めて、「お前だって、そういつまで、この儘でも困りゃしないか。」

「わたし……。」と雪江は僕の言葉の意味がわからないような顔をしていた。

「いずれ好きな人ができれば結婚しなくてはならないだろう。」

「ああ結婚のおはなし。」と笑って、「でも、今結婚すれば御留守番に雇われるようなものですもの。」

「それもそうさね。それじゃ戦争がすむまで待つかね。」

「先《さき》の事はその時になってからでいいわ。今から心配しないでも。」

僕は雪江が金持の息子とでも親しくなり、その手からいろいろのものを貰って来るのではなかろうか。まさか、年の甚《はなは》だしく違った富豪……勤先の会社の重役といったような者から貰ってくるのではあるまい。とは思うものの、現在松子が年のちがった自分に対する態度感情から推測すれば、女の秘密はもとより測り難いものなので、そうでないと断定するわけにも行くまい。もし遺伝の力の是非なさを思ったら、雪江はその母とそ

の生れとの二ツから、更に甚しい事をもなし得る資格があると見ねばならない。僕が雪江の秘密を知ろうとする心配と興味とは専《もっぱ》らここに根ざしているのだ。どの方面から話を進めようかと思案している中、雪江はパンを切り初め、

「とうさん。お盆とコップ、お願いします。」

その時松子が戸の外から、「明けて下さい。重いのよ。」と叫ぶ声に、「御苦労さま。」と雪江は土間に下りて松子の手にさげた包を受取り、背負ったリクサクを扶《たす》けおろした。

包の中にはボール箱に入れた卵、背嚢《はいのう》の中には玉葱と馬鈴薯と、雞は二羽、すぐ食べられるように切身にしたものが入れてあった。

幸《さいわい》珈琲はまだ入れずにあったので、雪江は僕の磨いで置いた米を鍋に移してガスに掛けた。松子は部屋の障子をあけたまま雨に濡れたもんぺをぬぎ捨て、肌着の肩を揉みながら、

「あなた。摺りむけてやしません。重かったのよ。」とわざとらしく鼻声になって僕の身に倚りかかった。

一家三人はこれも闇値で買溜めた日本酒を飲み、鳥鍋のまわりに居ずまいを崩して坐りながら、晩飯を貪り食《くら》うのだ。日本服に羽織を重ねたのは僕ばかりで、雪江は短いス

カートの間から身動きするたびに膝頭と内腿《うちもも》とを見せ、松子は穴のあいたスエータに男ズボンをはき、飯の給仕をしながら自分も飯を掻込む。飯の後にはパンとバタと、雪江がどこで貰って来たのかわからない御馳走がある。

三人はこの晩餐に兎に角無上の幸福をおぼえて歇《や》まないのだ。その晩から松子は少し酔った勢に乗じ、遠慮なく僕の寐間にした二階へ上って来て寐るようになった。

九

今年になってから雪江と松子とは時々言争いをする事もあるようになった。松子は台所につづいた女中部屋を片づけ、二階で寐起《ねおき》するようになってから、どうかすると、僕と一緒でなければ起きないことがあるので、それがため、雪江が出勤前に食べようとする朝飯の仕度にも間に合わず弁当をつくってやる暇もないことがある。そういう時には已《や》むことを得ず雪江は自分で支度をして出て行くのだ。

二人とも僕の前では遠慮しているので、僕が留めに出るほどの口喧嘩はまだ一度もしたことはない。察するところ、雪江はその中《うち》にアパートでもさがして独立した生活をしようと、その折を窺っているのではなかろうか。

夏になろうとして、辰子の一周忌が来た。

雪江とつれ立って墓参りにゆく道すがら、僕は江戸川端から安藤坂下の人家が、いつの間《ま》にか取払われているのを見た。諏訪町の陋巷《ろうこう》も大方取払われ、諏訪明神の祠《やしろ》と華表《とりい》だけが引倒された人家の間にしょんぼりと取残されている。

牛天神の崖のまわりから、寺の門の並んだ仲町の片側町は、幸時勢の打撃を蒙らずにいたものの、塀際一帯につくられた野菜畑、掘りかえされた土くれ、捨てたままの塵あくたとに、むかしの静な面影はなく、不動尊の門際にあった掛茶屋《かけぢゃや》は参詣の人のなくなったせいか、朽廃した空屋《あきや》になっていた。むかしは何やらあたりを賑《にぎや》かに見せた奉納の手拭など、今は一筋もあろう筈がない。しかし寺の門から墓地へ入ると、案外掃除が行きとどいていて、玄関前には芍薬《しゃくやく》に紫陽花《あじさい》、墓地には桐や卯木《うつぎ》の花ざかり。目標《めあて》になる垣際の、かの枇杷の木にはその実が熟して色づきかけていた。巣立ちした雀の子がそこ此処《ここ》に鳴きながら親雀の後を追っている。

香華を手向け終って門を出る時、雪江は頻《しきり》にあたりを見廻し、「ねえ、とうさん。かアさんがお嫁にいってわたしを生んだッて云うのは、どこなの。その家はもう無いの。」

僕はびっくりしてその顔を見た。辰子は死ぬる時まで雪江には打明けて真実のはなしをしなかったものと見える。僕の手許に保存されている辰子の遺書は焼いてしまった方がいいと思いながら、僕は何がなしに泣きたいような心持にならざるを得なかった。

「どこだか。もうわかるものか。何しろ二十年もむかしの事だもの。」

「かアさんはわたしがお腹にいる中解消しちまったんですッて。わたしの父さんになる人もとうに死んだんですッてね。かアさんが話をしてくれた事があったわ。」

「そう。そうだよ。その通りだよ。」と僕は答えながらわきを向いて涙をかくした。虚言《うそ》は方便だ。聖書にも虚言はあるだろう。国の政治も虚偽と秘密とがあって初て実施されて行くのだ。

僕は雪江がいつまでもその身の出生について、その母の語ったはなしを信じて疑わないようにさせて置かなくてはならないと思った。僕さえ黙っていれば雪江は僕の冀《ねが》うように、やがて年をとって死ぬる時まで、その母は結婚してその身をこの世に生み残したもの。その父は早く死んで雪江の事を知らなかったものと思っていることができるのだ。そしていつ墓参をしようとも、その日僕と一所に来た時のように、静に花と香とを手向け、母が生前話をして聞かせたように、母の生涯を思いやり、そして知らざるその父をも弔うことができるのだ。しかるにもしも一旦、秘密が破れて、その身の生れた時の真《まこと》の事情が知られたなら、いかなる悲しみ、いかなる憤り、いかなる反抗がその心を覆すだろう。雪江は母を怨み僕を憎まずにはいられなくなるだろう。

雨はやんだようだ。虫の声が俄《にわか》に多くなった。犬の声がする。誰かかえって来たらしい。

雪江か知ら。松子か知ら。

下の巻

一

世の中にまだ紙があった頃、毎年の暮、銀行からは預金者に、保険会社からは保険契約者に贈った懐中日記などがあったのを見つけ出して退屈しのぎに亡妻とその娘のことを書綴って見たところ、知らず知らずその一冊は余白の一枚さえないようにしてしまった。机の曳出しにはまだ何か古い手帳があるだろう。書漏《かきもら》した事とその後の事とをかき足して置こう。（一九四四年十二月）

＊　＊

東京の町が空襲に遭いそうなのは専《もっぱ》ら九月中だとかいう噂であったが、その九月もいつか過ぎ、十月もまた無事に、後二、三日でもう十一月になるではないか。昨夜の明月は十三夜であったらしい。

十月は年中で最も好い季節なのに、今年はたまさか晴れた日があっても長くはつづかず、雨がちであったばかりか、いやに肌寒く昼間から底冷《そこびえ》のすることがあった。

隣の柿の木はその葉の霜に染まるのを待たず、大方散尽してしまったが、楓やどうだんの紅葉は昨日あたりから俄に色が好くなって来た。枇杷《びわ》と八ツ手の花の蕾が大きくなり、山茶花《さざんか》はその早く咲いたものが散って行く後から、日毎に咲きつづく花の数が次第に多くなり、石蕗《つわぶき》と菊の花に晴れた日は虻《あぶ》が夏時分のように集って来る。

たしか二、三年前だったろう。下女の松子が洗濯物を取込んでいた時の後姿と、その肉付の捨てがたさに覚えず青春のむかしを呼び返そうとした――その裏庭に咲乱れていた草花はもう残らず枯れくされ、小松菜とほうれん草の蒔《ま》いた種子《たね》から、やっと萌出した芽生えの葉に、今日は朝から小春の日が眩しいほど照りかがやいている。隣の家でも此方と同じように夜具や毛布を日に曝しているのが、まばらになった杉垣根から見通される。あたりの木立《こだち》に百舌《もず》の声がきこえる。

僕は毎日暇さえあれば庭に出て落葉を掃きよせ、樹の枝を刈りあつめて日に曝すのだ。ガスの制限がまた一層きびしくなったに係らず、炭薪の配給も今年は砂糖同様、あてにはならないと云う隣組の噂に、松子は九月になってから、雨さえ降らなければ裏庭の木蔭につくった臨時の竈《かまど》に、朝夕とも枯枝を燃して飯をたくことにしているので、時々は僕もその手つだいをするようになったのである。

配給の野菜は南瓜《かぼちゃ》に甘藷《かんしょ》ばかりが多いので、それを茹《ゆ》でたり蒸《ふか》したりするのも、飯と同じ戸外の竈を用いるのだ。竈は煉瓦と屋根瓦の破片《かけ》を拾集めその周囲に土を積み上げ、破れた土管を挿込んで烟出《けむだ》しの代りにしてある。松子が指図してその時分空襲避難の窖《あな》を掘りに来た植木屋の職人につくらせたのである。

雪江は毎日出勤するので家に居残った僕と松子と、二人の昼飯は大抵裏庭の竈の前に敷きのべる蓙《ござ》の上ですまされるようになった。

人生の事は全く測りがたい。郊外とはいえ東京に住みながら、毎日木の下から空行く雲を仰ぎつつ引割飯《ひきわりめし》に餓《うえ》をしのぐ身になろうとは、その日、その時まで、夢にさえ見なかった事ではないか。哀れというよりも滑稽である。滑稽よりは洒脱かも知れない。心づけばその中にはおのずからまた捨難い風趣がないでもない。世間の浮誉虚名に齷齪《あくせく》している人間にはこの風趣は生涯味いたくとも味い得られぬものだろう。と思返せばおのずから苦笑を禁じ得ない。

田舎育ちの松子はこの風趣を味うには与《あずか》って大に力あるものだ。流行の縮らし髪にタオルを載せて緩く後で結び、腕と胸とを現したシャツに膝きりの短いスカートをはき蓙の上に横坐りして飯茶碗を手にする様子を見ると、僕の目にはどうやら杉垣の外には――岡山の郷里と同じように――広い畠や川の流があるような気がして、鳶《とび》の舞う青空高く汽車か汽船の笛が聞えねばならぬような心持になる。

絵具箱をさげて夏休みに郷里へ帰り、瀬戸内海の処を定めず写生をして歩く路すがら、宿屋の娘と何のわけもなく恋の戯れをした事が思出される。恋ざかりの田舎娘に東京の青年は夢の国の王子のようなもので、二言《こと》三言《こと》冗談を言っている中、恋は忽《たちま》ち成立ってしまう。松子の様子と顔立とは自然のふところに生育った自然の児であることを語っているではないか。僕の生涯には月日のたつと共に親しく往来する芸術上の友達などは、もう一人もない。松子がいかほど淫卑な田舎育《そだち》の女に見えようとも、また僕が好んでそういう女を引入れ、裏庭の樹蔭で一ッしょに飯をくっていようとも、それを見られて気まりの悪い思をするような心配はない。雪江が時々あきれたような顔をすることはあっても、別に深く僕を卑しんだり、また松子を憎んだりするような様子もない。それは曽《かつ》て秘密の交際をした事があるその弱点の為からではなくて、松子が全く自然の児で、憎もうとしても憎めないほど人の好い故《ゆえ》ではなかろうか。

思返すと、図らず夏の夜に二人が忍び会をしているのを窺い見たのは二、三年前のことだ。もうその話をしても差閊《さしつかえ》はあるまいと、僕は或日《あるひ》、まだ庭の隅の無花果《いちじく》に毎日三人して、いかほど食べても食べきれぬ程、その実の熟する頃であった。屋外の食事、いや、ピクニックとでも言直そうか。巴里の人の所謂《いわゆる》 Déjeuner sur l'herbe の真似事だと

云ったらなおおかしかろう。僕は松子が飯をたべ終るが否《いな》や、五ツ六ツ捥取《もぎと》ってくるのを遅しと、その一ツの皮をむきながら、

「松子、とうから聞こうと思っていた話があるんだ。雪江に言われては困るんだが、その後、お前、雪江とはもう何でもないのか。」

松子はその意を得ぬらしく、僕の顔を見て次の言葉を待つらしい様子に、

「辰子がまだ丈夫でいた時分さ。夏の夜だ。寐られないから一人庭を歩いて………。」

と僕は皮を剝いた無花果をつまむ手先で、後の窓を一寸《ちょっと》指さし、

「何の気なしにあの窓から覗いて見たことがあった………。」

「わたしのお部屋………。」

「そうさ、お前、雪江と二人………。」

松子は初めしばらく、黙って僕の顔を見ている中《うち》、何か思いつくと共に、

「あら、先生。」と言いさま、いきなり僕の膝にしがみつき真赤にした顔をその上に押しつけた。口へ入れようとした無花果はこの騒ぎに松子の頭の上から転げて蓙《ござ》の上に落ちた。

「雪江がお前の寐ているところへ来たんだろう。雪江の方がお前を誘惑したんだな。」

「もう、いや、先生。」

「お前の方から雪江の方へ行った時もあったんだろう。」

「わたし、もう知りません。」

膝の上から顔を上げようとした時、松子は皮をむいた無花果の落ちていたのに気がつき、拾い取った指先で塵を拭い、一口噛みながら、

「甘いわ。きのうよりもまた甘くなったわ。」

僕は黙ってまた一ツ皮をむきかける。松子は膝の上のタオルを取り、僕が指をふくのを待つように差出しながら、

「お嬢さま、あの時分ほんとに仕様がありませんでしたわ。御一緒に表のお湯屋へ行った帰りでしたわ。お向の家の畠で男と女の人が夢中で、わたし達がアラと言っても気がつかないで接吻していたんですの。お嬢さまは垣根のかげにしゃがんで湯ざめがするまで、わたしの手をだんだん痛くなるほど握っていらっしゃいました。それからわたしに結婚した時の事をはなして聞かせろと仰有《おっしゃ》ってしょうがありません。お二方がお休みになってからにしましょうッて、お約束したんです………。」

松子は十九の年郷里で嫁に行き姑《しゅうとめ》の小言に堪えやらず逃げて東京へ来たはなしをながながとしはじめた。

「雪江は一体いつ頃からなんだろう。お前、気がついた事はないか。」

「しょっちゅう男のお友達と映画を見にいらっしゃるんだから、わたしにも分りません。」

「お前と僕とのことを感づいたのはいつ時分だ。何かお前に言やしなかったか。」

「いつだったでしょう。二度目に御厄介になってからだと思います。或晩、ちっとも来て下さらないッて、わざと焼餅をやいて見たことがありました。そうするとお嬢さま。妙な眼付をしてわたしを睨んで、痛いほど御つねりになった事がありました。何か知ら様子で自然とわかるんだと思います。奥様がまだいらしった時分でしたから、わたし困って、後生ですから黙っていて下さいッて、わたし泣きましたわ。そうすると、松や、わたしの事も誰にも言っちゃいけないよ。とても素晴しい人があるんだからッて、わたしをお抱きになりました。御一緒にお湯へ行った晩でした。」

「初の中はわからないが、暫《しばら》くすると、どうしても隠せるものじゃない。まだか、まだでないかと云うことは顔の表情や身体付が違ってくるからね。僕は眼の中の表情だの、横顔を見る時、頤《おとがい》から咽喉へかけての輪郭なんぞで気がつくのだ。声柄でもわかるッて云う人もあるよ。」

「先生、気がおつきになっても何とも仰有らなかったの。」

「そうとわかってしまったら、後で何か言っても仕様がないと思ったからさ。」

「いいお父さまですわ。」

「それには外にわけもあるんだ。わかい娘が秘密をかくそうとして虚言《うそ》をついたり、そうでないような風をしたりするほど色ッぽいものはない。それを見るのが楽しみだったよ。お前とこうなったのもつまりはそんな事からさ。しかしこの頃ではまんざら心配しないこともない。あんまり烈しくなりそうだから。」

「いつでしたか、新宿の乾物屋へ行った時です。男の人と歩いていらっしゃるから、そっと後をつけて行くと、伊勢丹の横町から北裏町の方へ出て、ふいと見えなくおなりだから、どうしたんだろうと思うと、角のアパートへお入りになったらしいのよ。新宿の映画館はカフェーがなくなってから、とても人気がわるくなって、手を握ったり何かするものがあるんだそうです。女の方でもそれを待っていて、一緒にその辺のアパートへ行ったりするんだそうです。わたしも一度やっぱり買物の帰りつかまって困ったことがあります。」

二

垣根外の道路から、何やら隣組の人の呼ぶ声をききつけ、松子は同じような大きな声で返事をしながら駈けて行った。

松子が容易ならぬ事のように語るはなしは、僕が既に去年あたりから、雪江が夜晩《おそ》く帰ってきたり、また帰ってこなかったりする時、いつも想像していた事の範囲を出てはいないので、それがため今更新《あらた》に心配が増したわけではない。僕の心配しているのは雪江が僕の手許を離れて独立した生活をする日が、何となく迫って来たように思われる事なのだ。もう二十《はたち》になっているから恋人のあるなしに係らず、いずれは一度この家を出て行くことに何の不思議はない。当り前の事であるが、ただその時が成るべく一日なりとも遅くなることを冀《ねが》っているのだ。その理由《わけ》は松子にさえ、今しがた話をしかけて見たが、はっきり手短には話されなかった程で、他の人には無論の事、これは僕の心の底に潜伏している悪魔の囁きである。

自分の手で僕は雪江の体に触りはしない。しかし僕の意中を訐《あば》いて見たら、すこしもそれと変った事はないだろう。僕は松子と二人二階へ上った後、別に話をするほどの話もなく寐床に入って眼をつぶっても、まだ寐つかれもせずにいると云うような時、ふけそめる夜の静けさに門口をあける鼠のような用心深い物音をききつけると、僕は我にもあらず彼女はどこで、どんな男に逢って来たのだろうと、想像し得られるかぎりその場の情景を艶《なまめか》しく闇の中に描き出すのだ。これは倦怠した僕の身にとって、何よりも強い刺戟、何よりも激しい誘惑である。うとうとと早くも眠りかけた松子の体をゆすり、そしていつもきまって、次のような会話を取交すのだ。

「帰って来たようだ。」

「そうね。何時でしょう。もう一時過ぎですわ。」

「うむ。鍵をかける音がする。」

「そうねえ。」

「逢って来たんだろう。」

「お楽しみだわね。こっそり逢う時が一番楽しみだって云う話ですから。」

「お前も経験があると見えるね。」

「ありません。ですけど、一時は随分わたしも乱暴でしたわ。暫く派出婦会にいましたから。大きなお屋敷だと御主人ばかりじゃなしに、書生さんも大勢ですから。」

「じゃ、お前、御主人と書生と、両方の言うことをきいたようじゃないか。」

「だって、書生さんに何か言われても、そんな事御主人には言われませんし、御主人には書生さんの事なんぞ言えやしません。」

「でも、よく知れずにいたね。」

「じきに知れてしまいました。御主人だけにじきに感付いておしまいなんです。そして何でもかでも、逢うところを内所で見せろと仰有って困りました。でもそのたんびにお金ばかりじゃありません。いろいろな物をちょうだいしました。」

「僕もどうかして雪江の逢うところが見たいもんだ。」

「まア……。」

「僕は雪江の恋人はどうも一人じゃあるまいと思うよ。終電車に乗りおくれたと言って泊ってくる時と、ただおそくなって帰って来る時とは人がちがうだろうと思うんだ。泊って来るのは気をつけて見ると、月に二、三度で、おそくなるのは三日目か四日目だね。泊って来た翌日の晩、またおそくなることがある。一人ならまずそんな事はない。だから僕は一人じゃあるまいという気がしだしたのだ。」

「わたしも何がなしにそうじゃないかと思ったことがあります。わかい人は真実だの純情だの、何だの彼《か》だのと、うるさい事ばかり言って、その実、横暴で人を独占しようとするから、此方《こっち》もわざと怒らして煩悶さしてやりたくなるッて。そんな話をなすったことがあります。だから、わたしお嬢さまのお好きなのはきっと年配の人じゃないかと思います。」

「僕からはうまく探《さぐ》りが入れられないからお前、それとなく話のついでに聞いて御らん。ただ何とつかず、そういう話をするのだ。感づかれないように。」

「ええ。」

三

この夏時分、あちこちの人家が無残に取壊されていた時分、戦争はどうやら年内には終るだろう。晩くも来年の二、三月頃までには終るだろうと噂されていたが、秋のふけ行くにつれ、冬の近づくに従い、平和の望《のぞみ》はまたもや次第に薄らいで行く。

僕の胸底に潜んでいる憂悶の情はいよいよ深くならざるを得ない。しかしこの絶望、この哀傷、この倦怠は反省して見るまでもなく、これは戦争のために初て僕の胸底に巣をつくったものではない。二十年前日本に帰ってからこの方、世の変遷につれ、年と共に取除《とりのぞ》かれぬものとなったのだ。僕はその時々の慰安を、追憶と諦念との二ツに求める道を覚え、只管《ひたすら》これを命のかぎりと頼んだ。

戦争はただこの二ツの宝を壊したまでの事で、やがて平和が来ようとも、心の奥に潜んだ悲哀と恐怖とには依然として変りのあるべき筈はない。それは何の理由なくこの国の気候と自然と人事との、あらゆるものが子供の時から僕の魂に或《ある》戦慄を感ぜしめていたからであろう。

いつ暮れるとも知れぬ穏《おだやか》な明《あかる》い初夏の午後、動かぬ池水の面に長々と静にその影を浮べている藤の花ぶさを、突然吹起る暴風が情《なさけ》も用捨《ようしゃ》もなく揉み散して行く光景を思い見よ。

また風もなくただしんしんとふけ行く梅雨の夜、墨よりも黒く、壁よりも厚く、天地を閉すその闇のくらさを想像したまえ。そしてその闇の中に鬱々として繁茂する樹木の気勢《けはい》を想像したまえ。吾々この民族の間に遠いむかしから言伝えられて来た荒唐無稽の怪談がいかに事実らしく今だに吾々の精霊を戦慄せしめるか。北斎《ほくさい》や国芳《くによし》の制作に見られるような妖怪は梅雨の夜の暗黒を見詰める時、今だにありありと吾々の眼の前に現れて来るではないか。これこそ日本の夜にしか見られない恐怖の影であろう。

戦争は異なる文化を中断してその間に牆壁を築いた。僕達が明治と称する前の世と、海の彼方とから学び覚えた諦念《あきらめ》と追憶《おもいで》との慰《なぐさ》めは今や慰めではなくして徒《いたずら》に悲哀と絶望とを深めるものに過ぎなくなった。忘却と虚無とを求めるより外に道がない。

そんな心持のする日には書物を手にする気にもならず、画室へ入るのもいやになる。壁に立てかけてある幾多の制作は笑うべき無駄な努力としか見えないので、一枚残らず寸断して灰にしてしまいたいような気がするのだ。三百年前葡萄牙《ポルトガル》人が持って来てから世々吾々日本人が消閑のこの上なき娯しみにした煙草すら、この頃は容易に喫せられなくなった。明治と大正の世に吾々が西洋から学んだ現代日本の芸術もいつまで命脈を保つ力があるのだろう。

くず折れ果てた気をまぎらすには散歩するのが一番よい。さらば何処《どこ》へ行こう。彼岸に近い秋の日は今日もまた昨日のように薄く曇っていながら、雨になりそうな恐れもなく、歩いても暑くならぬように涼しい微風が流れ、樹という樹には法師蟬、草という草には朝の中《うち》から蛼《こおろぎ》が鳴いている。家からは左程《さほど》遠くない世田ケ谷から豪徳寺のあたり、また少し先へ行って高井戸三鷹台の辺。久しく歩かなかった郊外の景色が思出されてくる。

郊外の眺《ながめ》もあの辺まで行くと、駒場のあたりよりはずっと広く地勢にも緩《ゆる》やかな高低が生じ、松杉榎などの林がそこ此処《ここ》に残っていて、その間から洋風の住宅の隠見する風景、何やら北米中部の田舎町を思わせる処があった。丘陵を削《けず》った電車道の両側、芒《すすき》と小笹の生茂った中から曼珠沙華の花の真赤に咲いたのは秣《まぐさ》を刈ったノルマンデーの野に薊《あざみ》の花の咲いたのを思出させ、小山の麓を流れる用水と白楊樹の乱立した貯水池に鶩《あひる》の群をなしたのも画をかく身には捨てがたい眺であった。

初て辰子と家を持った頃、雪江がまだ子供であった頃、一緒につれ立ち写生に行った草の上で魔法瓶から珈琲《コーヒー》を飲み、ポケットから物を出して食べたこともあった。世は移り人は変った今日、それ等のつまらない過去《すぎさ》った日のことを思返しながら歩くのも、これまた浮世半日の慰楽であろう。

着のみ着のまま僕は手帳をふところに、煙草に火をつけながら門口を出ようとした時である。鼠地の背広に擬《まが》いパナマの帽子を冠り、小形の折かばんを手にした年は四十がらみの人が立止って、眉の間に皺を寄せながら門の表札を見ていたが、僕の姿を見ると共に帽を取り、

「失礼ですが、太田先生でいらっしゃいますか。」

見たことのない人なので僕は「はア」と言ったまま不審そうにその顔を見ていた。

「突然伺いまして失礼ですが。」と紙入から名刺を出し、「お出かけなら、どうぞ。また御都合のよろしい時、伺います。」

いつもの来訪者とは全く方面のちがった人らしいので、用向だけでも聞いて置こうと、僕はその人を客間を兼ねた階下の書斎に通した。

用向は思いがけない事であった。その人は名刺に書いてある通り外務省の官吏であるが、用向は全く別の事で。貴族院議員牧山子爵と縁故がある事から内々依頼されて、子爵の長男義雄という青年のために、雪江をその夫人に迎えたいという相談であった。青年義雄は今年廿八で、去年工科大学を卒業し或軍需品工場の技師となり、友達の家で既に雪江さんとは知合いになっているとの事であった。僕は全く寝耳に水で、雪江からも誰からもまだ聞いたことのない話なので、一応当人の心持をきき定めた上返事をしよう

と言うと、その人はまた意外にも此方《こちら》の御嬢さまからも実は直接に頼まれている。お嬢さまの口からは言出しにくいから、何分にもよろしきようにと仰有《おっしゃ》っていたとの事であった。そして帰りぎわにその人はつまらぬ物ですがと云って、僕が辞退するのを強いるように新聞紙に包んだものを置いて行った。後で松子に解かせて見ると、それは戦争以来人の口には入らなかった栄太楼の甘納豆をボールの筒に入れて熨斗《のし》をつけたものであった。

僕はただわけもなく気がわくわくし出して、庭に出て竹箒を握って見たり画室の椅子に坐って見たりした後、今度は全く行先定めず、ふらふらと足の向いた方へと歩いて行った。しかし歩み馴れた道は目よりも足の方が承知していたと見えて、行当ったところはやはり駒場の停車場であった。僕は渋谷までの切符でも買って見ようと札売場の窓の方へ行こうとした時、どやどやと改札口から溢れるように出て来る人の中に、雪江の姿が交《まじ》っていた。

いつかその日も暮近く、勤人《つとめにん》のかえってくる時刻になっていたのである。

「おいおい雪江。」

「あら。どこへ行くの。」

「ちょっと話がある。」と心づいてあたりを見廻すと、電車から降りた人達はもう一人もいない。「松子にきかれても何《なん》だから、道々はなしをしよう。」

雪江は既に予想していたらしく静に、「わたしの事………誰か話をしにきましたの。」

「うむ。僕は出し抜けだったから、少し驚いた。」

「この間からお話しようとしようと思ってたのよ。まだはっきり決心したんでもないから。」

「そんな程度なのか。向《むこう》では僕の返事さえきけば、後はもうすっかり極《きま》っているような話だった。」

「とうさん。とうさんはどう思って。」

「お前がいいと思えば僕もいいと思う。お前の量見次第だ。」

「ですからさア。わたし………。」と雪江は駄々を捏《こね》る子供のような調子になった。

「困るなア。責任を僕の方へなすり付けちゃア………。」と僕も笑いながら夕焼の空を仰いだ。僕は心の中で何と云う仇気《あどけ》ないことを言う娘だろうと思ったのだ。同時に僕は雪江の母と僕との関係、また雪江が女学校に入る時、初てその戸籍を僕の家に移させた事などを思返し、

「結婚するとなると、世の中の人はいろいろつまらない事まで調べ出すものだからな。向の家ではお前の身分だの、僕の事なんぞ能《よ》く承知しているのかね。それから聞かなく

ては。」

「知ってるだろうと思います。今まで随分いろいろな話をしましたもの。」

「お前、いつ時分から交際しているんだ。」

「もう去年。寒くなりかけた時分……。」

「じゃ、もう、彼《か》れ此《こ》れ一年だな。」

僕は雪江がその前から折々泊って来たりする事から、その交際は既に普通ではない。また泊って来るのは果してその人から始ったのか、どうであろうかとの疑問をも抱き初めたのであるが、歩きながらの話なので、そこまで深く話を進めることのできない中、早くも家へ曲る道の角へ来てしまった。

「晩にゆっくり話をしよう。飯がすんだら僕はアトリエにいるから。」

「ええ。」とうなずき、「パパ。珈琲とお砂糖よ。また貰ったの。」

手にした紙包を突然僕の鼻先に差出して匂をかがせ、踊るようにその腰をゆすった。

四

話はあらまし分った。僕の質問に対して雪江の返答の曖昧なところもないではないが、話の前後から推察すれば事実は大抵明《あきら》かである。

日比谷の興行物がまだ禁止されていなかった頃、雪江は同じ会社に勤めている女の友達と宝塚劇場へ行き、偶然廊下でその友達の知っている牧山子爵の倅義雄に紹介された。義雄は忽《たちまち》雪江と恋を語るようになったが、雪江にはその以前から勤先の会社とビルジングを同じくしている或《ある》軍需会社の事務員春山と云う男のあることを知り、雪江の身を独占するには結婚より外に手段がないと思ったらしい。春山という男は一時その道の人には名を知られた声楽家で、徴用を恐れて軍需会社の雇になっていた。年は四十一　疎開のため妻子を近県へ送り自分だけアパート住いをしている。雪江は僕の推察するところ、まだ三十にならない義雄の方よりも却《かえっ》て妻子のある春山の方に心を牽《ひ》かれているらしい。とは云うものの、ただアパートの逢瀬を楽しむだけで行末一所になる見込のないのを悲しんでいる時、義雄から結婚を申込まれ、喜びはするものの、身分ちがいと家政を執るべきその才能の有無とを反省し軽率に返事をすることが出来ないらしい。それも無理ではない。今まで誰からも小言一ツいわれたこともなく我儘《わがまま》一ぱいに育って来た身には華族の夫人になって、その家庭を治め舅姑に仕えて行こうとするには、一通りならぬ決心と覚悟とがなくてはならない筈だ。ところが雪江は炊事も裁縫も嫌いで、自分の着物の綻びさえ今だに松子の手を煩しているような次第で、余所《よそ》へ行けば現在家にいるようなわけには行かないことは言わずと知れている。

晩飯の後、七時頃から夜の十時近くまで、差向いでいろいろ話をしつづけた結果、僕の考えは今日相談に来た子爵家の使にもう一度面会した上、僕の方の条件をきいてくれたなら、話を進めて見てもよくはあるまいか。此方《こちら》は男の手一ツで、雪江の支度も何もできないし、且《かつ》また僕は無名の一画工で、今まで世間の人と交際したこともなく、礼儀の席へは出たことがないから、芽出度《めでた》く話がまとまったら適当な人を択《えら》んで僕の代理をして貰う。それ等の事も条件の中に加えて置きたい。と云うようなはなしにした。

「どうだね。そう云うことにしたら。」

「わたしもそれで結構だと思います。」と雪江は答えた。

話もどうやら一段落がついたので、雪江は台所へ行って珈琲を入れて来た。

「案じるより産むが易いと云う事もあるからな、お前でもやって行けるだろうよ。」

「ええ。一生懸命にやって見るつもりだわ。」

「かアさんがいたら、どんなに悦ぶか知れない。お前、かアさんに恩返しをするつもりでやって見るんだ。」

「ええ。」と雪江は俄《にわか》に目をうるませた。僕は珈琲の碗《タッス》を片手に、

「この話がきまったら春山――――と云ったね。おとなしく黙っているかね。」

「何か言っても仕様がないじゃありませんか。高崎に奥さんや子供が疎開しているん

ですもの。」

「お前、どうしてそんな人が好きになったのだ。」

「声楽家で、あんな会社へ来て馴れない仕事をしているのが、わたし、とても気の毒だったんです。同情したのが始りなのよ。お昼の休憩時間に、それから帰りにも一所に歩いて慰めて上げたの。」

僕はこの娘の死んだ母親が若い時、ピアノを教えて貰った佐藤と恋をしたむかしの事を思返すと共に、雪江が母から譲受けた性質と、また僕の家の感化とを思合せ、雪江が生涯その身を落ちつかせる処は、どうしても名誉のある厳格な家庭ではないと云うような心持が動しがたくなって行くのであったが、今更そんな事を言うべき場合ではないので、僕は黙って、煙草と珈琲とにその場の体裁をつくろっているより仕様がない。

やがて松子が話も大方すんだ頃だと思ったのか、到来物の甘納豆と日本茶とを持って来たので、二人して相も変らぬ食物のはなしにまた暫《しばら》く時を移した後、僕と松子とは二階へ、雪江は茶の間につづく三畳の部屋に入った。

結婚の相談に案外つかれたせいか、僕はいつもより寐付きが早く一寐入り眠ったが、ふと隣の犬の吠る声に眼をさますと、何やら戸をあけるような物音がする。しかもその物音は隣ではなく僕の家《うち》の内《なか》らしい。そしてそれは厠《かわや》の引戸をあける音でもなく、縁側の雨戸でもなく、軽い窓の戸でも明ける音らしい。僕の家で窓のあるところは以前松子のいた部屋と、今雪江の寐ている三畳、それに画室の三箇処ばかりだ。

松子はすやすや眠っている。犬の声は歇《や》んだ。僕は枕元のスタンドを消し、そっと梯子段の降口へ行って首をのばして、始終耳を澄ませた。梯子段の下はすぐ茶の間であるが、その真暗な闇の中に僕はふと襖《ふすま》の隙間《すきま》から糸のように灯《あかり》の漏れるのを見たのも一瞬の間で、直様《すぐさま》もとの闇になると共に何やら人の起きているような気勢《けはい》に心づいた。僕は恐らく忍会うその人達よりもまた一層の注意に満身の神経を緊張させていたに相違ない。息を凝し梯子段の一段毎に足音を忍ばせながら、漸《ようや》く降りきって壁に手をつきながら様子を窺うと、庭一面鳴きしきっている虫の音が、いつもより一際能く聞えるので、先刻《さっき》聞きつけた戸の音は、雪江がその部屋の窓をあけたのにちがいないと思った。

しんしんと深《ふ》けわたる秋の夜の冷い空気が茶の間の方まで流れ通うような心持がする。僕は茶の間に進入り始終壁際に身を摺寄せつつ佇《たたず》むと、外はたしかに好い月夜であるらしい。雪江の部屋と茶の間とのあいだに立つ襖のすきまが薄明くなっている。私語《ささやき》の声は手に取るようだ。

「堪忍してよ。ねえ。春山さん。そういう訳なんだから。」というのは雪江の声。

「じゃ、僕、帰ります。最後の接吻…………。」

「お庭で、ゆっくり話しましょう。」

「風邪ひきますよ。何かお着なさい。夜露が雨のようです。」

何やら身にまとうらしい衣《きぬ》ずれの音と共に、

「いいお月夜ねえ。」

扶《たす》けられて窓から外へ出るらしい様子であるが、しかし続けざまに接吻する響の明に聞きとれるところから、二人の身体は思うに庇《ひさし》の下から外へは出ていないらしい。

「雪江さん。わたしどうしても思切れそうもありません。ねえ、雪江さん、半年に一度でもいいんです。会えなくっても構いません。会えそうな望みだけ持たせて置いて下さい。」

男の年は四十を越していると聞いていたが、その声の若さと優しさとは二十代のように甘く聞える。

「いいわ。かまわないわ。時々会いましょう。会わずには居られそうもないわ。」

「ほんとですか。」

「わたし忘れないわ。やっぱり好いお月夜だったわねえ。代々木の原を歩いて始めてアパートへ行った晩。ねえ、もう一度ショーパンのあの歌、きかしてよ。」

雪江の言葉と声柄とは舞台の台詞《せりふ》にしたいと思うくらいである。どういう仕草と思入《おもいいれ》とがそれに伴っているのだろう。雪江の全人格は恋その物のために出来ているとしか思われない。僕がむかし小石川で逢っていた満枝にも、企《たくま》ずして男の心をえぐるような技巧があった。満枝は雪江の身から云えば叔母になる。またその母の辰子は踊場に出ていた頃、二、三人の男から生活費を貰っていた。その男達は互にそれを知りながら思切られず、各逢《あ》うべき自分の順番の来る日を待ち焦れていた。しかも辰子の方では男をあやなす手段など考えていたことはなかった。雪江と辰子とは同じ類型の女にして見なければならない。

話声も接吻の響も途絶えたまま、夜はただ、一しきり虫の鳴く声ばかりになったが、やがて切迫した呼吸と啜り泣《なき》の声。それすら途絶えてしまうと、男の声で、

「じゃ、今夜はお別れします。きっと都合して下さい。」

「明くなるまで。わたしの部屋で休んでいらっしゃい。静にしていれば大丈夫だから。」

「月がいいから歩いて帰れます。渋谷までですもの。わけありません。」

「そこまで送ってくわ。」

「いいですよ。雪江さん、およしなさい。却て心配だから。」

「じゃ、角まで。」

「すみません。」

あたり一面に鳴しきっている虫の音に折々高低《たかひく》が生じたのは、二人の恋人が庭を歩み過ぎて垣根道へ出て行くためであったろう。

五

結婚の相談はまとまった。初め話しに来た外務省の人が媒妁人と親元とを兼ねることを承諾してくれたので、雪江は荷物を送った翌日の午後、夕方近くその人が自動車で迎いに来るのを待って一緒に、いよいよ家を出ることになった。

戦争中だとはいいながら、これほど常規を脱した結婚は恐らく世間には例があるまい。僕は紋服も持たず、また洋服も戦争中洗濯屋の便宜がなくなった為、儀式に着るべきものを着ることができないので、条件どおりその席へは出ず、家にいることにした。荷物は母の使っていた鏡台と箪笥一棹。衣類は今まで着ていたものばかりで、新調したものは一枚もない。新調したくても時節柄出来ないのである。尤《もっと》も儀式は外では行わず子爵家の客間で親類だけが列坐し、知人への披露はその後二人が随時に訪問して歩くと云う話であった。僕は松子に堅く口留《くちどめ》をして置いたので、近隣でも結婚のはなしを知ったものは一人もなかった。

「では、そろそろ参りましょう。」と迎いに来た人が時計を見ながら客間の椅子から立ちかけた。

「じゃ、父さん、行って参ります。」と雪江はコンパクトをハンドバッグに収めて同じく椅子を離れた。

「行って参りますは少し変じゃないか。左様ならの方がいい。そうでしょう。」と僕は突差の悲しみをまぎらすため、わざと笑いながら迎いに来た佐原という人の方を見返った。

「そうです。左様なら。またお目にかかりましょう。これならいいでしょう。」と佐原も笑いながら、ともども玄関まで出た。この様子に勝手の方から松子が駈出《かけで》て、半分泣声で、

「お嬢さま。御機嫌よう。」

「松子、左様なら。」と雪江は松子の手を握った。

迎いの自動車は門前の横町へは入《はい》らないので、表の通の曲角に待っている。松子はそこまで見送りに行ったがやがて帰って来るが否《いな》や、ぼんやり客間に立っていた僕の身に抱きつきほろほろ涙を落しながら、

「おめでとう御在《ござい》ます。こんなに早くきまろうとは思いませんでした。」

「急にさむしくなるなア。」

「ええ。初て参りました時分は奥様もいらっしゃいましたし、お嬢さまも……ほんとに賑かでした。」

全く松子の言うとおりだ。雪江がいる間は何やら辰子までが居るような気のする事さえあったのだが、今は二人とも一度に居なくなってしまったような家の内のさびしさは、折から丁度縁側一ぱいにさし込む秋の夕日に一層切なく身に迫るような心持がして来る。

僕は今までこんなに淋しい晩秋の夕日を見たことがない。人生の別離には幾度も遭遇した身でありながら――西洋へ行く時田嶋がモデルのお花に、辰子が佐藤に、それから僕が満枝に別れ、西洋に行ってからは病院で田嶋に死にわかれ、二度《ふたたび》祖国を見まいと誓った佐藤と巴里でわかれ、日本に帰ってからは妻の辰子に別れた。しかしそれ等の時に感じた心持とは一種ちがった淋しさである。淋しいと思う筈のないさびしさが、見ている中に縁先から薄らいで行く夕日の色に誘い出されるような心持がするのであった。僕はとてもこの儘《まま》家には居られないような気がして寄添う松子の身を抱きしめ、椅子に坐って膝の上に載せ、

「どこか行って見よう。芝居か映画でも見に行こう。」

今まで僕は一度も松子をつれて出歩いたことはないのだ。しかし松子も同じような心

持であったらしく、

「ええ。参りましょう。どこがいいでしょう。」

「どこでもいい。僕にはわからない。」

「映画ならお嬢さまがよく………。」

「馬鹿、何を言うんだ。とにかく渋谷か新宿まで行って見よう。」

縁先の夕日はすっかり消えてしまったが、庭の木立には夕焼の空が燃えるように輝いていた。松子が急いで縁側の雨戸を締めはじめたのに心づき、僕も手つだって勝手口やら窓やらをしめ、まるで不吉の家から逃出しでもするように外へ出た。ふと紙入を忘れたのに心づき、あわててまた勝手口から内へ入り、机の曳出しやらポケットやら、あちこち捜しまわるのに暇取っていると、外に待っていた松子が、「先生、先生。」と呼びながらただならぬ様子で駆込んで来た。

「先生、大変です。」

「何だ。」

「お嬢様の乗った自動車が衝突しました。早くいらしって下さい。知らせに来た人が表に居ますから。」

驚いて出て見ると、その人は道玄坂上の或店の主人だそうで、店のすぐ前で事が起ったので、頼まれて知らせに来たと言うのである。

「坂上の渋谷病院においでです。」

僕はその人に案内されて直接病院に駈付《かけつ》けた。重態なのは運転手だけで、迎いに来た佐原は何の事もなく、雪江はその時気を失ったそうだが、顔には怪我もせず、もう気がついて静に寐かされているところであった。

一週間ばかりで雪江は家へ戻って来た。

結婚のはなしは佐原からの手紙で、子爵家の夫人が自動車の事故から縁起がわるいと心配し出した為、出来ることなら年でも変る時分まで延期したいという趣を伝えて来た。全く夢にさえ見られないような事実の夢であった。

僕達三人の生活は従前に復した。雪江は退院してからなお二日ばかり家にいて、元通り会社へ出勤すると、その日はそれなり晩《おそ》くなって帰って来た。春山か義雄か、どちらかを尋ねたのであろう。僕と松子とはまたいつものように勝手口の戸と茶の間の襖の静にあく音を聞きつけ、寐床の中でいつものような事をささやき合った。

六

日曜日の朝だ。日の光はおのずから微笑むが如く、そよ吹く風は春のようだ。仰いで見れば見るほど能《よ》く澄みわたった深碧の色はむかし見た伊太利亜の空を思出させる。十一月ももう二十日近くなっているから小春日和とも言えまい。藪鶯《やぶうぐいす》はまるで人が舌鼓《したづつみ》でも打つような響を立てて山茶花《さざんか》や八ツ手の葉かげから、生垣のあいだあいだを渡りめぐっている。

二、三日、雨や風の後《あと》、昨日のように昼の中から灯《あかり》のほしいほど暗く曇った日が続いたりすると、来年草の芽の出るころまで、再び庭に出る日もないような気がするので、夜毎の露霜に土はしめっているが、僕は散り積った落葉を掃こうと箒を取りに裏庭へ行った。見ればこの秋中《あきじゅう》、毎日飯をたいた竈《かまど》が、今はいかにも用がないと言わぬばかり、見るかげもなく見捨てられて、その時分燃《もや》した枯枝の黒く焦げたのが取り散らされたままになっている。これも何やら思出の跡のように哀に見られる。

突然雪江がバケツを下げて勝手口から出て来た。そして二、三寸舒《の》びたほうれん草に磨流《とぎなが》しの白水を灌《そそ》ぎはじめるので、

「今日はお休か。」と声をかけると、

「ええ。第三日曜。」

「めずらしいな。家にいるのは。」

「たまには松子のお手つだいしてやらなくッちゃ。」

「そろそろもう御飯の仕度でしょう。」

「松子は洗濯か。」

「もうそんな時間かね。」と僕は空の日脚を仰いで見た。

「今日みたように暖《あたたか》だと、冬でもここで御飯ができそうね。」

「今年の思出に、今日はここで食べようじゃないか。お前と三人、一緒に昼飯をたべるのはたまさかだし……何かうまい物があるといいが。」

「さっき朝鮮人が、いつも来る人でしょう、豚と葱か何か置いて行ったらしいわ。」

「それはありがたい。茶の間に赤玉の貰ったのもあるし……。」

「そう言って来ましょう。」と雪江が行きかけた時、丁度松子が出てきたので、僕はあたりの落葉と枯枝とを掃寄せて火をつけた。

十一月になってから裏庭の食事は暫《しばら》く目のことなので、いつもよりも味好く話も何かなしに尽きなかった。

「来年も陽気がよくなったら、お昼はここにしたいわね。」と松子は赤玉ポルトの一盃に、もう目の縁を赤くしている。

「来年のことはわかりゃしない。明日の事だって。」と雪江の方は二杯目を飲干しても平気らしく、「空襲が来ればみんな死んでしまうんじゃないの。」

「ほんとね、生きてる中したい放題、思残りのないようにして置くんだわね。」

「松子、何が一番して見たいの。」

「そうね、今のところ別に何もないわ。着物もいらないし、子供もほしくないし
………。」

「わたしもそうよ。食物《たべもの》がなくッちゃ、子供がかわいそうだわ。」

食事がすんで松子と雪江とは交る交る鍋や皿を片付けに台所へと持運ぶ。僕の前には渋茶の土瓶とポルトの飲残しだけが、そのままに置かれてあった。やがて松子が配給の野菜を取りに出て行った後、雪江が一人退屈そうな顔をしているので、僕はその後牧山家から二度目の手紙が来たことを告げてその返事の書きようを相談して見た。手紙は甚《はなはだ》要領を得ないもので、雪江の婚儀はこの儘中止にするのか、何時《いつ》まで延ばそうと云うのか判然していないのである。

「一たい義雄さんはお前には何と言っているんだ。ただ逢うばかりかね。」

「まア、そうだわ。話のつけようがないからでしょう。」

「お前、それで別に何とも思っていないのか。」

「あすこの家はだんだん様子をきいて見ると、複雑な家庭なのよ。乱れているのよ。家へ話をしに来た佐原さんていう人と義雄さんとは母《おっか》さんが違うけど兄弟なんですよ。

佐原さんはおとうさんの子爵が学生時代に女中に生ませた人なんですッて。」

「そうか。それだから僕の家の事も、左程《さほど》驚かなかったのだな。世間の評判や何かを気にしたら、僕の家なんぞと親類になる気づかいはないからね。」

「義雄さんのとこだって。わたしその後佐原さんにも会ったし義雄さんからもいろいろ話をきいたんですけど、ちゃんと籍を入れて正式の奥様にするつもりじゃなかったらしいのよ。義雄さんとわたしとの事が評判になって、会社や世間に知れると困るから、兎《と》に角《かく》わたしの身体だけ引取って置くつもりだったのよ。」

「そうか。それじゃ、まア体《てい》のいいお妾見たようなものだな。」

「お妾ッていうのは、奥さんのある人がもう一人別の女をこしらえた時に、そう云うんじゃないの。」

「それもお妾だが、そうでないのも、やっぱりお妾だよ。」

「それじゃ結婚しないで、同棲しているのはみんなお妾なのね。家の松子………。」と言いかけて雪江はあたりを見廻した。

「あれはお妾ともつかず、何とも名前のつけようがない。」

「じゃア、まア代用品ッていうような訳ね。」

「まアそうかな。しかし代用品と云うとほん物より品質がわるくなるように思われるけれど、この代用品には却《かえっ》て綺麗でいいのがあるんだから。お前と春山という声楽家の関係なんぞはそうじゃないかね。」

「写真で見ると、あの人のマダム。シャンじゃないわ。それに春山さんよりずっと年が上なんですって。」

雪江は結婚の話があってから、その後は何事をも憚らず、聞かれもしない事まで、口にまかせて話をするようになっているのだ。義雄と春山と二人の男に逢っている事さえ、今は別に気まりが悪いとも何とも思っていないようにも見られるのだ。僕はこの女には貞操の観念がいつからともなく、既に処女であった時分から無かったのではないかという気がする。兎に角、話が偶然境を越えたところまで進んで来たので、僕は雪江の性行について、今まで知りたいと思っていた事は、この際余さずきいてしまおうと思定めた。

「お前、春山さんが一番最初の恋人なのかね、その前にまだ誰かいたのかね。」

雪江は僕が今まで一度も見たことのないような艶《なまめか》しい微笑を口元に浮べ、二、三度瞬きをした後、眠いような目容《まなざし》で僕の顔を見ながら、

「まだ学校へ行ってた時分だわ。合《あい》の児《こ》のスザナさんて云うお嬢さんと仲好しだったのよ。学校から慰問袋の中へ手紙を入れてやった事があるのよ。それから暫くたって、一年位たってからだわ。戦地でスザナさんの手紙を貰った人が帰還して、わたし達のと

ころへ返事をよこしたの。それから三人とも御友達になってよく映画を見に行ったの。帰りにはきっと家の前まで送って来てくれたわ。三月《みつき》ばかりたってから或日《あるひ》いつものように約束して銀座で出会うと、僕はまた召集されて明日出征するんだ。それだから、今日はお名残りに僕の云うことをきいてくれって、無理やりに宿屋見たような処へつれられて行ったわ。その人はそれっきり今だに帰って来ないの。他分英霊になったんでしょう。」

語りつづけた雪江は僕がマッチを摺って、この頃配給されるようになった巻煙草に火をつけようとするのを見て、自分もズボンのかくしから鵬翼《ほうよく》の紙袋を取出した。

「女で煙草をのむものは困っているだろうな。」

「そうらしいわ。でも、わたしは会社へ行けば男でのまない人があるから、頼みさえすれば持って来てくれるわ。」

僕のつけたマッチの火の消えない中にと、雪江は僕の方へ寄添い、口にした煙草に火をつけ、「しかしわたしなんぞ、ほんのこの頃覚えたばかりなんだから、今の中にやめようと思ってるの。」

「癖になると止められない。煙草と同じだよ。恋愛遊戯も。そうじゃないか。」

雪江は返事に困ったのか。または何とも感じないのか、ただ面白そうに口から吹出す烟《けむり》の渦を巻き日の光の中に青く糸の縺《もつ》れるように流れて行くのを眺めている。二人とも莚《むしろ》の上に腰をおとし高く立てた膝頭に手を載せ、下駄をはいた両足を地面の上に揃えているので、電車の腰掛に並んで腰をかけたのも同様。肩と肱と腿とを接しながら、身のたけが違うので差覗《さしのぞ》かぬかぎり顔は見えぬが、女の肩へかけての首筋が、自分の下頤に触れぬばかりに近く見下される。僕は突然途法もない事を考えはじめた。

込み合う電車の中で、隣席の若い女と互に身の暖味が通うのに、内心嬉しく思いながら男の乗客のおとなしくしているのは、礼儀秩序を重ずるよりも、己れの名誉を傷けまいとする一念の為に過ぎない。隣席の女が怒りも騒ぎもしない事が十分に保証されていたならどうなるだろう。僕が今雪江の手を握らないのは電車の乗客のおとなしくしているのと何の変りもないと言ってよい。雪江が驚いて声を立てる事よりも、その為に雪江がこの家を出て行くような事の起るのを恐れたからだ。僕の目にはむかし頭を撫でてやった時分のあどけない姿は全く消失せ、今はただフラッパーな女事務員としての姿が極めて誘惑的に見えるばかりになっている。

僕は雪江の肩先に頤を載せぬばかりにして、真白なその首筋と毛糸のスエータに蔽われた背筋の奥から漏れてくるその体臭に酔いながら、僕は一体どうしてこんな途法もない事を考えるようになったのか。その事の起りを尋ねなければならぬと思った。それは

二、三年前松子と雪江の会合を窺い知ったその瞬間からではなかろうか。二人の恋人にかわるがわる逢って来るらしい放埒な行動が、その後は絶えず僕の空想を刺戟して歇《や》まない故《ゆえ》ではなかろうか。僕は危く雪江の手を取ろうとした一刹那、幸《さいわい》にしてその時は配給の野菜を抱えながら松子が帰って来てくれた。

冬の日はもう傾いている。雪江と松子とは笑い興じながら家の方へ行ってしまったが、僕は夢にうなされて眼を覚した時のような、重い厭《いや》な心持で、いつまでも一人裏庭に立っていた。

七

しかし運命の定まる日は程なく到来した。僕が醜悪な人頭獣体の怪物に化する日は忽《たちま》ちにして到来したのである。それはその年十一月廿九日の夜であった。

いつもより早く、と云っても、もう十時過。僕は一人二階へ上って寝る仕度をしていた。

四、五日前、東郷神社の境内と千駄ケ谷停車場の近くに爆弾が落ちてから、松子は遽《にわか》にあわて初め、隣の奥様がこの前荷物を疎開させた土浦在の或農家へ、自分と雪江との衣類を預ける為帰りは明日になるつもりで、その日の昼過から家を出て行った。雪江は夕飯をすますが否や、遊びに行ったなりまだ帰らない。僕は何か読もうと手を伸して枕元のスタンドを引寄せた時、サイレンの響と共に警戒警報と呼ぶ人の声をきき、つけたばかりの灯を消した。いつもならば二度目のサイレンが空襲を知らせるようになっても、大抵は昼間のことだったので、さして驚きもしなかったのであるが、その夜は初ての災害が案外近いところに起ってから間もない為か、我知らず動悸の高まるのを覚え、ぬいだばかりの着物をきて帯を締直している中、早くも轟く高射砲の響と共に、空襲空襲と叫ぶ女の金切声があちこちに聞え出した。

窓の戸をあけて見ると、空はどんよりと曇っている。しかし風もなく雲の奥深くに月でも隠れているのか、夜は冬にも似ず何やら薄明《うすあかる》く、見下す庭のみならず垣外の横町もかなり先の方まで、朧気《おぼろげ》ながら見すかされ、向側の広い屋敷の構内に聳える銀杏の木の黄葉が白く烟のように夜の空からはっきり区別されている。僕の目にはその色彩が珍らしく面白く見られたので、そのまま立って眺めていると、忽ち何処《どこ》からともなく飛行機の音の近くなるにつれ、あちこちから打出される高射砲の響が、半ば開《あ》けた窓の雨戸を揺り動した。いつの間にか帰っていたと見え、下から、

「パパパパ。」と呼ぶ雪江の声がきこえる。

「ここにいるよ。今おりて行く。」

万一の場合、持出すべき手荷物と制作品とは前以て画室の片隅と表の出入口とに用意がしてあるので、僕は壁を手さぐりに梯子段をおりて行くと、雪江も真暗な茶の間を手さぐりに、僕の足音のする方へと歩いて来て、

「すごいわね、パパ。大丈夫か知ら。」

「あわてちゃいかんよ。お前の荷物はどうした。」

「真暗でどうすることも出来ないわ。」

長火鉢の側近く、探り合う二人の手先に、身体と身体とが触った。僕は雪江が一度寐床に入り何も着ずに起きて来たらしいのを知って、

「早く何か着ておいで。画室はいくらか明いだろう。」

僕は先に画室へ入ると、明取《あかりとり》の広い窓があるので、物に躓《つまず》く恐れはなかったが、落雷のようにびりびり硝子戸《ガラスど》にひびきわたる砲声は、雨戸の動くよりも一層気味がわるい。どうやら其処《そこ》には居られそうもないので、庭へ出る開戸《ひらきど》をあけ、僕は雪江を呼びながら、片足戸の外の踏段に踏み出すと、近くはないが、東北の空が一面赤くなっているのが、繁った樹木の間から望まれた。なおよく方角を見定めようと顔を突出して仰ぎ見ようとする途端、颪と共に大粒の雨がばらばらと額を打った。

雪江は洋服の上衣を右手に、スートケースを左手に下げ、僕の後《うしろ》から同じように戸口

へ顔を出し、

「あら、真赤ねえ、どこでしょう。」

「大分焼けているようだが、近くはない。麴町神田……まずその方角だろう。」

降りまさる雨の中を二、三歩出て見た時、サーチライトの鋭い光芒が回転して、此方へ向けられると共に、高射砲の響は更に烈しく轟々然として耳元近く轟きわたる。雪江は声を揚げて、かじりつき、僕の胸に顔を押付けた。僕は片手に雪江をかばい、窖《あな》の掘ってある裏庭の方へ行きかけたが、夕立のような雨の降りざまにそのあたりは早くも一面の水溜になっている。仕方がないので、再び画室の戸口から荷物を片手に茶の間に戻り、またしても手さぐりに押入をあけてその中に身をかくした。

前々から雨や風の烈しい時、窖の中には入れない時には、ここに逃込むつもりで、物を片づけた板の間には一枚薄べりが敷いてある。高射砲の響はそれなり杜絶えてしまったが、警報解除の知らせはなく、隣のラジオが何やら報道しているようだが、遠くてわからない。人の話声も犬の吠る声もしない。ただしんしんとふけそめる夜の静けさは、却《かえっ》て理由なく知れざる危険がいよいよ切迫して来るように神経を焦立《いらだ》たせるばかり。僕は闇の中から聞えない物音を強いて聞出そうと眼をつぶり耳をすますと、雪江の呼吸と共に胸の動悸までが聞きとれるような気がしだす。闇に馴れた眼の中には、雪江の眼も映れば、その顔も映っているような気がして来る。目ばたき一ツすると、それ等の幻は一時に消えて、糸のようなものが闇の中から現れ、だんだんに大きくなって縺《もつ》れたり解けたりしだした。

兎《と》角《かく》する中《う》窮《ら》屈な押入れの中の苦しさは次第に加わり、ちっとやそっとの身動きでは手足の痺《しび》れはどうにもならない。火の気のない板の間の寒さもまた水のように頸筋から肩に滴るので、僕は膝の上に載せた雪江の体を上衣の下から両手に抱きしめ、その体温によって僅《わずか》に僕の身を暖めさせていた。

闇の中に出没する幻のさまざまは浮ぶたびごとに、僕の思うがままの形や姿になって、消えるかと見ればまた現れて来るようになった。いつぞや小春の昼過、裏庭の竈の前に敷きのべた莚の上に、二人並んで腰をおろしていた時の幻が、その時よりも更に烈しい力で身体中の血を沸き立たせる。

僕は暗さを幸、雪江の顔の上にまず僕の顔を押しつけて見たのである。

日本橋の二越前から茅場町辺がとびとびに焼かれたのはこの夜のことであった。麻布六本木や芝の飯倉も少し焼けたという噂をきいたが、しかしそれはずっと後の事である。空襲解除を知らせるサイレンや人の声に気がついて、転寐《うたたね》から覚めた時、僕はそれまでの間に何をしたかを確めようと、手さぐりに押入中をさぐり見た。そして後悔と歓喜との混乱した不可解な感慨に襲われながらも、容易には起き直ろうともしなかった。電車の響が聞えるので、夜は既に明けているのに心づき、片手を伸して押入の襖を明けると、欄間の掛障子から進入る黎明の微光が、昨夜のままなる二人の姿を明かに見せてくれた。僕はぬぎすてた羽織を取って雪江の身体にかけてやろうとすると、雪江は重そうに瞼を開き流し目に一寸《ちょっと》僕の顔を見ながら、すぐまた瞑《ねむ》ってしまった。

松子がかえって来て、被害の噂をしたのは正午に近い頃である。僕は画室にいたが、雪江はその時までも僕の羽織をかぶったまま、二度寝の眠りから覚めずにいたらしい。

八

＊　＊

僕は今岡山県吉備郡□□町に残っている祖先の家に余生を送っている。五十年前に僕の生れたところである。

昭和二十年八月十五日の正午、僕はこの家の畠から秋茄子を摘みながら日軍降伏の事をラジオによって聞知ったのだ。

僕の生涯は既に東京の画室を去る間際において、早く終局を告げていた。新しい生涯に入ることを、僕はもう望んでいない。僕は昨日となった昔の夢を思返して、曾《かつ》て「問はずがたり」と題したメモワールをつくって見たことがあった。ここにそが最終の一章を書き足して置こう。

＊　＊

去年の冬十一月の末から東京の市街は夜に昼に、幾回と知れぬ空軍の襲撃に脅かされ、今年三、四月の頃には新旧の区別を問わず町は大方焼払われていた。被害の如何《いかん》は史筆を執る学者のなすべき事で、僕の力の及ぶところではない。僕は今、如何《いか》にしてただひとり、ここに惘然《ぼうぜん》としているかを語ればよいのだ。

僕の住みふるした家。目黒区駒場町のアトリエは桃と木犀《もくせい》との木立を境にした垣隣りの屋敷まで猛火を浴びながら、不思議にも無事に残されたそうだ。それは僕が既に東京を去って、ここに来てから後雪江の手紙で知ったことである。

日夜まだ幾回となくサイレンをきくたびたび、その時の天気都合で、裏庭の窖《あな》の中、または茶の間の押入から出たり入ったりしていた時分である。情婦と下女との二役を兼ねた松子はその後も折々知り人の家に着物や手道具を預けに出かけて行ったが、押入や窖に入る時が多くなるに従い、僕と雪江との関係は次第に深くなり、いつか松子にさえ感づかれるようになった。しかるに雪江は以前松子との間に結ばれた関係があった為か、一向気にかける様子もなく、或時《あるとき》はわざとらしくその見る前も憚らず僕に戯れかけることがあった。雪江の性情には残忍なところがあったのかも知れない。比較的愚直な松子がどうすることもできず、しまいにはただ悲しげに萎れ返るのを見て、雪江は女に有りがちな優越感の満足に、冷酷な喜びをさえ味うらしい様子が見えた。そういう場合、僕は雪江が憎らしく、松子がかわいそうになって、絶えず慰藉に努めねばならぬようになった。

家の内の空気は表面だけ、どうやら変りもなく穏かであったが、目に見えない二人の反目は日にまし烈しくなる。僕はこの陰険な家庭の気味合《きみあい》に堪えられないと共に、これを和気靄々《あいあい》としていた過去《むかし》に返すことの、今はもう到底出来ない事を知り、後の事はかまわず自分だけ一人、どこへか身をかくしたいという気になった。僕がいなくなったら、残された二人は思い思い勝手にその身の始末をするだろうとも考えた。

三月のはじめ烈風に乗じて、日本橋から下谷浅草、川を越して本所深川の町々が一夜にして焼払われた頃だ。松子は出て行ったなり還って来なかった。僕は松子が配給物の転出届まで手落なく済ましていたとは更に気がつかなかったので、その日の暮方には一人で飯を焚き一人で食事をすました。十時過ぎて雪江が戻って来たが、松子はそのまま明る日の朝になっても姿を見せない。今夜か、また明日かと、その帰りを待つ日は三日四日とたって行く。

松子の事について、或日僕が雪江と話をしたその言葉の中に、「お前が意地の悪い事をして追出した。」というような意味が含まれていたとやらいう事から、雪江はひどく感情を害し、そもそもの原因は誰に在るのかと口汚く僕の私行を攻撃し初めた。つづいて、とうとう結婚もできないような身体にしてしまったのも、つまりは僕のした業だと言罵る。その母の辰子と辰子の姉満江の事までを例に引いて僕の罪を鳴した。

僕はいよいよ家を捨て身を隠すべき場所を確実に考えねばならない時が来たと考えた。むかしのように食料配給の事がなかったなら、僕は明日といわず、その日の中に絵の具箱を提げ飄然として旅に出たであろう。

かれこれしている中、雪江は渋谷のアパートにいる声楽家春山を家につれて来るようになった。春山は初対面の僕を見て、一向臆する様子もなく馴々《なれなれ》し気《げ》に雪江と並んで茶の間の火鉢に煙草をふかし、いつ帰るとも知れずぐずぐずと長坐《ながい》をしている。雪江は男の帰りしなに、「あした。また来てよ。夕飯御馳走しるわ。」というような形勢である。

突然松子の手紙が来た。郷里へ帰ると一人の兄が戦死して家の仕事をするものがないので、親類中で相談の結果婿養子を貰うかも知れないと云う事までこまごま書いてある。勿論手紙にはくれぐれも雪江さまによろしくと云ってあるのが、何やら僕には当こすりを言われるような気をさせた。

不順な気候も兎に角若葉の五月になって、そこここに躑躅《つつじ》や皐月《さつき》の花が目につきはじめる。松子がいなくなってから、配給物を取りに行くくらいの事は、雪江も手つだってくれるが、誰一人野菜の買出しに行くものがないので、朝夕箸の先に塩をつけて飯を食うような日が多くなる。雪江は引つづき丸ノ内へ通勤しているので、外食券を闇で買入れ、たまにしか家では食事をしないようになりながら、さほど不便で困るような様子もしていない。

或日曜日の午後僕は掻寄せた常磐木《ときわぎ》の落葉を燃し、屋外《そと》の竈《かまど》で飯を炊《かし》ぎながら、松子が忠実に働いていた時分の事を思うともなく思返していた時である。ふらりとかえって来た雪江の姿を見て、僕は静に呼びかけ、

「すこし話したい事がある。用がなければ聞いて貰いたいんだ。」

おのずと仔細らしい調子になっていたと見え、さすがの雪江も不審そうな面持で、僕の顔を見返しながら、有合う腰かけに腰を掛けた。

僕はまず生れた家が岡山から遠くない田舎の町に在って、僕の代りに家督をついだ一

人の弟が先祖代々の業をつぎ、今も変らず味噌醤油の問屋をしている事を語り、ここの住いは松子がいなくなって、男の手一ツでは到底生活をつづけて行くことが出来ないから戦争のすむまで、もう長いこともあるまいから、弟の家の厄介になろうと思っている。むかしから農産物には豊富な土地だから、僕一人行ったとて迷惑がられることもあるまい。そこで雪江はどうするか。今の会社を罷《や》めると、忽《たちま》ち徴用に引ッかかる恐れがあるだろう。勿論生活の費用は負担するから、この儘《まま》留守番をするなり、またアパートをさがすなり、独立の生活をしてくれたらば。と云う話をした。

雪江は僕と別居すれば結局誰憚らず、今より一層気ままな行動を取ることができると思ったせいか、訳なく承諾してくれたので、僕は早速紹介を求めて新聞社に頼み、汽車の乗車券を買い、荷物の運搬まで手落なく、話をしてから十日とたたぬ中、東京駅のフホームに立つ身となった。

改札口まで見送りに来た雪江が、さすがに手を分つ間際、眼に一ぱい涙を溢《たた》えていたのを見た時僕はいっそ一思《ひとおも》いに引返そうかと思うほど未練な気を起した。汽車の窓から三田品川あたりの樹木と屋根と焼残った街の煙突――東京郊外の最終の面影を見送ってしまった時には、涙の頰につたわるのさえ心づかないくらいであった。

しかし列車の進み行くに従って、窓外沿線の風景はどうやら別れの悲しみをまぎらしてくれた。戦争この方ごたごたした世の有様を見るのがいやさに汽車には一度も乗った事がなかったので、一しきりは見飽きてしまった東海道の海山にも、何やら目新しい気がしたからでもあろう。

九

その頃敵弾はまださほどに烈しく鉄道沿線の小都市を破壊してはいなかったので、案外安全に予定の時間どおり、僕は岡山の停車場に着くことができた。

この都会もその時には、子供の時から見馴れたまま、むかしに変らぬ繁華な状況を見せていた。去年から殆《ほとんど》毎夜空の赤くなるのに驚かされていた僕の目には、空襲に遭わなかった都会の街路樹に初夏の微風のそよぎ渡るのを見ただけでも、言い知れぬ慰安を覚えさせた。僕の郷里はこの駅の同じフホームから支線の列車に乗りかえて行くのだ。

その時間の来るまでの間、駅の外に出て町を眺めると、もんぺもはかず袷《あわせ》の裾軽く、銀の柄の日傘をさして歩いている女、洋装の裾短く素足に草履《ぞうり》をはいている女事務員などの姿がいかにも長閑《のどか》に見られた。電車の停留場には人込みの中に兵卒や職工のカキ色服も交っていながら、東京の町ほど目には立たない。燕が電車の屋根を掠めて飛びちがっている。路傍の並木は到る処涼し気な夏蔭をつくり、市街を囲繞する四方の山々は新しい深緑の頂《いただき》を明い藍碧の空に輝している。僕はこれまで旅行の途中、時折郷里の人達を尋ねに寄道《よりみち》をしたこともあるのだが、この日ほど岡山の空と山とを美しく懐しく眺めわたしたことは恐らく一度もなかったであろう。

僕は東京という第二の故郷を後《あと》に、二人の女に別れて来たことをもう後悔していなかった。未練と後悔の念が胸底から一掃されたことを意識した時、僕は何やら底深い安心に伴う不可解な疲労を覚えたような心持がした。

西の方総社《そうじゃ》と呼ばれる町をさして、極めて速力の鈍い旧式の支線列車は、岡山の町を出るが否《いな》や備前備中二国にひろがる明い沃野のただ中に僕の身を運んで行く。今更言うまでもなく、旅行好きの人は一ノ宮、高松、吉備津などという町や村の散在している松の多い丘陵の風景の、いかに明媚であるかを知っているだろう。北方の空を限る長い連山の麓から南の方面一帯、瀬戸内の海岸までひろがっている中国筋の沃野は、今しも麦の収穫を終って稲の植付けに忙しい最中であった。二筋三筋この地方を貫き流れる河川から、縦横に幾条《いくすじ》となく導かれる灌漑用の溝渠《こうきょ》には、早苗を積んだ田舟が水の流に従って、白壁づくりの農家の軒下を往復し、天鵞絨《ビロード》のような藺草《いぐさ》の青さは、洗ったような砂道の白さに強烈な色の対照を示している。

僕の生れた家はこういった平野の真中に立っている小さな停車場からまたもやバスに

乗換えて十五分ばかり。樟と松との深林に蔽われた山際に並んで、いずこも白壁の塀を繞《めぐ》らしている人家の中の一軒である。東京から来た人の目には流れを前にして石橋をかけた瓦葺の門構など、農家ではなくて寺のように見られるかも知れない。

僕は山際の傾斜をそのままの庭にした奥深い離家の一室に、乱世の夏三月を、蟬と蛙と鳶の声の中に送り尽したのだ。折々軒を掠めるように低く飛び過る鳶の鳴く声が笛のように絶えず耳元近く聞えるのも、恐らく他所《よそ》にはないこの田舎の特徴とするに足りるかも知れない。

イヤそんな事よりも、僕は思掛けなく郷閭《きょうりょ》の自然に再会してから二ケ月ばかりを過した或日《あるひ》の夜半、岡山の全市が焼夷弾に焼かれてしまったことを記録して置かねばならない。

猛火の光は水田、溝渠、貯水池、人家の白壁に反映して、夜の明ける頃まで凄惨極りなき光景に、その時まで高射砲の音さえ聞いた事のなかったこの土地の人達を驚かしたのだ。

それから暫《しばら》くの間、被害地から逃げて来る人やら、更にこの土地から辺鄙な山奥へと家具を運ぶ人々の往来に、蛙の鳴く声も、鳶の鳴く声も聞かれぬくらいになったが、やがて照りつける三伏の炎暑はあたりを元《もと》のように静にした。

初めこの地に来たころ、芒《すすき》の穂よりも細かった稲の葉は忽《たちまち》繁茂して、今は目の及ぶかぎり青葉の波を打たせている。あたりの木立や納屋の屋根にまで匍上る南瓜《かぼちゃ》の葉蔭からは、大きな南瓜が早くも堅そうなその皮を褐色に変えはじめた。藺草の生茂る貯水池、田舟の繋いである溝渠の水の、堰《せき》から溢れおちて川となるあたりには、農家の子供が終日騒ぎながら泳いでいる。茄子や豆畠の畦《あぜ》には野生の孔雀草が金ぽうげと共に金色の花をさかせ、熟した蕃茄《トマト》は凌霄花《のうぜんかずら》と同じ緋色《ひいろ》に輝き、垣の槿《むくげ》には蓮のような純白の花が日毎に数多く咲きかけて、満目の風物はいつとなく秋の近くなって来たことを知らせはじめた。

僕は雪江の手紙で、六月このかた東京には空襲の途絶えている事、駒場の留守宅には今だに雪江が居残り、同じ会社に勤めている女の友達二人に二階を貸している事、配給の米には半分ほど大豆がまざるようになった事などを知った。その返事として僕は岡山市が焼けてから、中国筋から四国へかけて、瀬戸内沿岸の小都市が頻々として焼払われているにも関らず、僕の逗留している田舎では、今だにB二十九を見たことがないと言うものがあり、家の内外ともに、燈火管制の設備さえ兎角《とかく》怠りがちになっているくらい頗《すこぶる》平穏である事を告げ、飯は一般に精米を炊いている事、白桃と二十世紀梨とはむかしからこの辺がその産地である事などを書添えてやった。

十

或夜、僕は町や村の家毎に戸外で焚くささやかな火影が池や溝渠の水を彩《いろ》どり、何処《いずこ》ともなく線香の匂の漂いわたるのに、一月おくれの盂蘭盆《うらぼん》の来たことに心づいた。平和の福音が伝えられて、軍閥の没落したことを知ったのは、その翌々日の真昼時であった。僕は制作に必要な使い残りの材料をまだ少しは持っていたので、秋の立ちそめる頃から久しぶりに仕事をして見ようかという気になっていた。一時全く忘れていた故園の風景と、農民の生活に対する朝夕の観察は、この五月以来知らず知らず熟して来て、おのずから制作の興味を促すようになって来たものと思われる。

軍隊と工場とから郷里に還る若いものの憔悴した姿が、町中や村中の到るところに見られるようになる。進駐軍の噂がいろいろに言いつたえられる。農家では物価の暴騰をきくと共に、俄《にわか》に貯蔵の穀物を隠匿しはじめた。

朝夕の風は時々肌寒く感じられるようになった。どこの家の軒にも巣をつくっていた燕はもう一羽残らず見えなくなり、一時《ひとしきり》眠られぬほど騒しかった蛙の声が、いつの間にかぱったり止んで、蜱《こおろぎ》の鳴く音に代った。

雪江の許に二度目の送金をする時分になったのに心づいて、僕は或日岡山の町に焼残っている銀行に出かけた。その帰り道、駅に近い町の角々に並んでいる露店の品物を見歩いて、物価の騰貴を目の前に、覚えず一驚を喫していた時だ。僕は偶然雪江の恋人なる彼《か》の歌唄い春山春夫がベレーを斜にかぶり、荒い縞シャツに、能《よ》く気まりが悪くないと思うような華美《はで》な色のネクタイを結び、袋のような半ズボンをはき、手荷物を提げながら、同じ露店の前に立っているのに出会った。

春山は十日ほど前東京を出発し京都から奈良和歌山。転じて金沢あたりまで空襲に遭わない都市を巡業したついでに津山にいる親戚を尋ねようと、今しも乗換の汽車を待っているところだと云う。ともども駅の方へと歩みながら、僕は東京戦後の状況やら、雪江の事やら、駒場の家の事やらを尋ねた。

「暫くお尋ねしませんでしたが、お変りはないようです。」

「まだ丸の内へ通っていますか知ら。戦争がすめばもうそんな必要はないんでしょう。」

「能く存じません。亜米利加人のオッフィス見たような処へお代りになったそうです。極く最近に………。」

「ああそうですか。」

「もう日本人なんぞにはつき合いたくないと仰有《おっしゃ》るものですから、つい、わたくしも遠慮して居りました。いや、はや……。」

さびし気な口元の微笑と滞りがちな語調とで僕は春山と雪江との間には多少の波瀾があったものと推察し、

「そうですか。あの児は世間で云う型にはまった無軌道女《むきどうむすめ》の方ですからな。仕様がないです。」

「全くです。そう云っては悪いですが全くの自由主義者です。」

春山はせめての心やりに、それとなく当てこすりの厭味《いやみ》を言うつもりらしく、丸の内へ通勤する女事務員の中には彼の人達と日比谷公園で出会うものも少くない。銀座に再興したカフェーの女給やダンサアは日本人のお客には見向きもしないようになった実例を語り、

「しかし無理もありません。彼の人達の近付きになれば、お金ばかりじゃありません。煙草でもチョコレートでも、欲しいものに不自由はしませんからな……。」

その日から半月ばかりの後、小切手を受取ったという雪江の返書が来た。東京では一時食料の不足から行先はどうなる事かと悲観していたが、この頃では値段さえ構わなけ

れば、食べる物ばかりでなく、着る物でも何でも手に入らないものはない。新宿にも上野広小路にも新橋駅の裏手にも、毎日闇市が立って黒山のように買手が集って来る。何をしてもその報酬は物価と併行して大々的インフレになっているから、今のところ生活費の事はさして御心配には及ばないと書いてあった。僕は何やら奥歯に物のはさまったような春山の話を思合せ、雪江が現在についてはこの場合あまり深く考えたくない。知らぬ振《ふり》をしている方がいいかも知れない。読み終ると共に、僕は忘れてしまうように手紙を裂いてしまった。

十一

僕の心は不確《ふたし》かながら雪江が戦後の生活を想像してから、訳も知らず動揺しはじめたに相違はない。僕はしかけた制作もそのまま中途に放棄して、一思いに東京へ帰ってしまおうかとも思い、また還ったところでしようのない身の上に心づき、やっぱりここに老い朽ちてしまうにしくはないというような止み難い隠棲の気味にもなっている。

兎に角に二十世紀も半《なかば》になろうとしているこの現代ほど呪うべく憎むべく恐るべき時代はあるまい。平和の基礎は果して確立したのであろうか。ナチとその聯盟国との屈服に依って為された平和は一時の小康に過ぎないのではなかろうか。モネーの絵画、ロダンの彫刻、ドビュッシイの音楽が文化の絶頂を示したような、そういう目覚しい時代はいつになったら還って来るのだろう。人の世の破滅はまさにこれから始ろうとしているのではなかろうか。果敢《はかな》い淋しい心持は平和の声をきいてから却《かえっ》て深く僕の身を絶望の底に沈めて行くように思われる……。

九月は過ぎた。十月になるが否や、一夜暴風雨は豊年を誇ろうとしていた中国筋一帯の農作物を破壊して行った。

忽《たちまち》にして好く晴れた日が来た。前よりも更に好く晴れた穏《おだやか》な日が来た。穏な日は過ぎ去った明《あか》るい夏のむかしを呼び戻そうとするつもりかも知れない。

僕は農家に飼われている二、三匹の山羊をつれて、毎日後《うしろ》の岩山に登り石に腰をかけて、何事をも思わず、惘然《ぼうぜん》としてただ日にあたることを楽しんでいる。

松の深林、乾いた石逕《いしみち》、おとなしい臆病な山羊……。画家セザーヌと詩人ジャムとが愛したプロワンス州ばかりが好い国とも限るまい。穏な日のあたるところはどこへ行っても好い国だろう。

(上巻　昭和十九年十二月脱稿)

(下巻　昭和二十年十一月脱稿)

戦死したと思われていた出征者が停戦の後生きて還って来た話は、珍しくないほど随分あるらしい。中には既に再縁してしまったその妻が、先夫の生還したのに会って困っている話さえ語りつたえられている。

そういう話を聞いた時、わたくしは直《すぐ》にモーパサンの「還る人」Le Retour と題せられた短篇小説を思起《おもいおこ》した。テニソンが長篇の詩イノック、アーデンもまた同じような題材を取っていたように記憶している。しかしそれ等はいずれも行衛《ゆくえ》不明になっていた漁夫が幾星霜を経た後郷里へ還って来た話で、戦争の事ではない。西鶴の浮世双紙「ふところ硯」にも八文字屋のものにも似たような話が見えている。旅に出たなり幾年となく帰って来ないので、夫は死んだものと思いあきらめている人妻のもとへ、夫にそっくりの別の男が現れて亭主になるという話である。九州や四国の辺境にあった話が、船の行《ゆき》来《き》と共に大坂の町まで語りつたえられたのを、作者が聞いて筆にしたのであろう。

わたくしが或町《あるまち》にいた時、或人がわたくしに語ったのは、戦死した兄の妻を、弟が娶《めと》っていたところへ、突然兄がかえって来たという話であった。兄弟とも理髪師である。出征した兄の遺骨が遺族のもとに送り届けられた後、両親始め親類の者達が相談して、そのまま兄嫁を弟にめあわせたのである。

戦争が終った年の暮。或日の夕方である。弟は夕飯をすまして隣の町へ用たしに出かけ、女房は店の戸締をして風呂へ行こうと外へ出た時、背に荷物を負い、両手にも革包をさげて、死んだ夫が忽然宵闇の中にその姿を見せた。妻は突差《とっさ》の恐怖に襲われ、父親を呼びながら家の中へ逃げ込んだ。その様子に父も驚いて外へ出て見て、初て兄の生きてかえって来たことを確めた。親子が家の中へ入って見ると、妻はいなかった。妻は勝手口から逃出して、二、三軒先の知り人《しびと》の家へ身を隠した。知り人は小学校の先生で、女の再縁する折には仲人役をつとめたものである。

この先生も両親も、ともどもその場の処置に困ってその夜ひそかに嫁をその実家へ送り戻した。出征した兄は曽《かつ》てその町の祭礼に、喧嘩をして人を傷《きずつ》けたことがあったし、柔道も初段になっていたような事から、両親のみならず仲人役の先生も兄の怒を恐れたのである。

その晩弟が帰って来たのは夜も十時過であった。両親と先生とが、おそるおそる兄弟に向って嫁の始末を相談した。

兄は家にはいたくない。家を出て新しい生活をするから、嫁は弟のものにして、今まで通り家の用をさせろと言うと、弟の方も同じように兄が生きていては兄の嫁を取ってしまうわけには行かないと言う。話はどうしてよいのかわからなくなった。

次の日、先生の細君が嫁の里へ出かけて行って、兄弟の言った事を伝え、嫁の心持をきいて見ることになった。嫁はお冬さんというのだ。

「お冬さん。どうしたもんでしょう。女同士のことだから、わたしにだけあなたのお心持を遠慮なく言って下さい。兄さんと元通りになるか、それとも弟さんと一緒に暮すか。どっちがいいと思います。あなた、あなたの御返事次第で、どっちとも私達が仲に入《はい》ってまとめますから。おとうさんも、おかアさんも皆《みんな》あなたのいいと思うようにするのが一番いいだろうと云うのです。」

先生の細君はこう言ったら、お冬さんはきっと弟の方がいいというに違いないと、内々《ないない》心の中ではそう思っていた。その理由は兄はすこし酒癖もよくないのに、弟の方はアルコールは一滴も口にしたことがない。柔道好きで喧嘩早い兄とはちがい、ハーモニカを吹く弟は見たところから物優しく見えた。それのみならず弟はお冬さんとは年も一ツちがいの学校友達で、兄の出征後、町の映画館へも一緒に行ったのを近処の人は知っていたからであった。

ところがお冬さんの返答は案外であった。お冬さんは兄の嫁にもなりたくない。弟ともこの儘《まま》別れてしまいたいと言った。

「それではお冬さん。あなた。どうするおつもりなんです。」

「当分家にいます。その中《うち》東京へ働きに行こうと思っています。電車の車掌になっても月給は三百円から貰えるという話じゃありませんか。」

お冬さんの家は荒物屋をしている。先生の細君はお冬さんの両親にも話をして二、三日中にまた来ますからと、その日は要領を得ずにかえった。しかし話は双方の親達が二、三度往復したにも係らず、とうとう纏《まとま》らずにしまった。

お冬さんは東京にいる叔母をたよって家を後《あと》にし、兄は戦友で闇屋をしている者の仲間に入って大阪に行き、弟は近処の娘で喫茶店に働いているものを貰って二度目の妻にした。

話はこれだけである。

話の語り手とわたくしとの間に残された問題の興味は、お冬さんが死んだと思っていた前の夫に突然その名を呼掛けられた時、喜ぶよりも驚き恐れて、何故裏口から知り人の家に逃げかくれたか。その瞬間の心持である。それから、お冬が前後二人の夫を捨てて東京へ行ったことである。

その瞬間、お冬は夫の姿を見て幽霊だと思った事もあり得べきことであろう。しかしそれよりもなお一層現実的に激しくお冬の身を襲ったものは、男の憎悪を直覚する肉体的女性の恐怖であろう。二人の男に情を通じていたことが暴露される時、女は必ず不安の念に襲われる。男の嫉妬と憎悪とが、報復と懲罰とをその身に加えはせぬかを恐れるのである。この不安と疑懼《ぎく》の念は道徳的反省の後に起るのではなくて、寧《むしろ》生理的に因《よ》るものと見ねばならない。お冬は宵闇の中から自分の名を呼んだ先夫の声をきくと共にその身体中に伝播する生理的恐怖に襲われた事は想像するに難くはない。羞恥と当惑とはその次に感じられるものであろう。

お冬が実家に逃げ帰った後、自活の道を求めるように決心したのは恐怖の後に起った羞恥の心が重なる原因となったのではなかろうか。同じ屋根の下に兄と弟との二人の男に身を任せたことが、今更らしく羞恥の念を呼び覚したに相違ない。初めこの女性が舅姑や親類一同に勧められて先夫の弟と結婚した時には、家族的生活の道具になることを明瞭に意識していなかった。再縁するのは家族的生活上の一方便である事を甚《はなはだ》しく心に掛けていなかったのだ。譬《たと》えて言えば、姉の着ていた古着を妹が貰ってきるのと同じように、また兄の読んでいた教科書を次の年に弟が読むのと同じように、お冬は兄の代りにその弟をそのまま同じ家の夫にしたのである。周囲の勧告と従来の習慣とはその時には当事者の女性に何等の煩悶をもさせなかった。しかし彼女はいつまでも同じ女ではなかった。生活の意識は死者の生還によって呼び覚まされた。むかしの儘なる家族制度には盲従していることができなくなった。あなたの御意見はいかがでしょう。目下流行の女性問題にかぶれたようですが、わたしはこの話をそういう風に考えて見たいと思うのです。

と言って話をする人はわたくしの同意を求めるようにわたくしの顔を見詰めた。

（昭和廿一年十月草）

或　夜

季子《すえこ》は省線市川駅の待合所に入って腰掛に腰をかけた。しかし東京へも、どこへも、行こうという訳《わけ》ではない。公園のベンチや路傍の石にでも腰をかけるのと同じように、ただぼんやりと、しばらくの間腰をかけていようというのである。

改札口の高い壁の上に装置してある時計には故障と書いた貼紙がしてあるので、時間はわからないが、出入の人の混雑も日の暮ほど烈しくはないので、夜もかれこれ八時前後にはなったであろう。札売る窓の前に行列をする人数も次第に少く、入口の側《そば》の売店に並べられてあった夕刊新聞ももう売切れてしまったらしく、おかみさんは残りの品物をハタキではたきながら店を片付けている。向側の腰掛には作業服をきた男が一人荷物を枕に前後を知らず仰向けになって眠っている。そこから折曲った壁に添うて改札口に近い腰掛には制帽の学生らしい男が雑誌をよみ、買出しの荷を背負ったまま婆さんが二人煙草をのんでいる外には、季子と並んでモンペをはいた色白の人妻と、膝の上に買物袋を載せた洋装の娘が赤い鼻緒の下駄をぬいだりはいたりして、足をぶらぶらさせているばかりである。

色の白い奥様は改札口から人崩《ひとなだれ》の溢れ出る度毎《たびごと》に、首を伸し浮腰になって歩み過る人に気をつけている中、やがて折革包を手にした背広に中折帽の男を見つけて、呼掛けながら馳出し、出口の外で追いついたらしい。

季子は今夜初てここに来たのではない。この夏、姉の家の厄介になり初めてから折々憂鬱になる時、ふらりと外に出て、蟇口《がまぐち》に金さえあれば映画館に入ったり、闇市をぶらついて立喰いをしたり、そして省線の駅はこの市川ばかりでなく、一ツ先の元八幡駅の待合所にも入って休むことがあった。その度々、別に気をつけて見るわけでもないが、この辺の町には新婚の人が多いせいでもあるのか、夕方から夜にかけて、勤先から帰って来る夫を出迎える奥様。また女の帰って来るのを待合す男の多いことにも心づいていた。季子はもう十七になっているが、しかし恋愛の経験は一度もした事がないので、さほど羨しいとも厭《いや》らしいとも思ったことはない。ただ腰をかけている間、あたりには何一ツ見るものがない為、遣場《やりば》のない眼をそう云う人達の方へ向けるというまでの事で、心の中では現在世話になっている姉の家のことしか考えていない。姉の家にはいたくない。どこか外に身を置くところはないものかと、さし当り目当《めあて》のつかない事ばかり考えつづけているのである。

この前来た時には短いスカートからむき出しの両足を随分蚊に刺されたが、今はその蚊もいなくなった。二人づれで涼みに来たり、子供を遊ばせに来る女もいたが今はそれも見えない。時候はいつか秋になり、その秋の夜も大分露けくなった。と思うと、ますます現在の家にいるのがいやでいやでたまらない気がして来る……。

季子は三人姉妹《きょうだい》の中での季娘で、二人の姉がそれぞれ結婚してしまった後、母と二人埼玉県の或《ある》町に疎開していたが、この春母が病死して、差当り行く処がないので、この町の銀行で課長をしている人に片付いた一番年上の姉の許《もと》に引取られたのだ。姉には三ツになる男の子がある。義兄《あに》は年の頃四十近く、職務のつかれよりも上役の機嫌と同僚の気受を窺う気づかれに精力を消耗してしまったように見える有りふれた俸給生活者。姉も同じく、配給所の前に立並ぶ女達の中には少くとも五、六人は似た顔立を見るような奥さんである。ヒステリックでもなく、と云って、さほど野呂間《のろま》にも見えず華美《はで》好きでも吝嗇《りんしょく》でもない。掃除好きでもない代り、また決して無性でもない。洗濯も怠らず針仕事や編物も嫌いではないと云うような奥さんである。毎日きまった時間に夫が帰って来ると、新聞で見知った世間の出来事、配給物のはなし、子供の健康――日々きまった同じ話を繰返しながら、いつまでも晩飯の茶ぶ台を離れず、ラジオの落語に夫婦二人とも大声で笑ったり、長唄や流行歌をいかにも感に堪えたように聞きすます。その中台所《うち》で鼠のあれる音に気がついて、茶ぶ台を片づけるのが、その日の生活の終りである。そういう家庭であるから、季子はそれほど居づらく思うわけの無い事は、自分ながら能《よ》く承知しているのだ。自分の方から進んで手伝う時の外、洗いものも掃除も姉から言いつけられたことはない。兄はまた初めから何に限らず小言がましく聞えるような忠告はした事がなく、郵便を出させにやる事も滅多にない。日曜日に子供も一緒に夫婦連立って買物方々《かたがた》出歩こうと云う折など、「季ちゃん。一緒に行くかね。」と誘うこともあるが、是非にと云う程の様子は見せず、そうかと云って留守をたのむとも言わない。季子はおのずと家に居残るようになると、却《かえっ》て元気づき、声を張り上げて流行唄を歌いながら、洗濯をしたり、台所の物を片づけたりした後、戸棚をあけて食残りの物を皿まで嘗めてしまったり、配給の薩摩芋をふかして色気なく貪《むさぼ》り食《くら》う。またぼんやり勝手口へ出て垣根の杭に寄りかかりながら晴れた日の空や日かげを見詰めている事もあった。

季子はどうして姉の家にいるのがいやなのか、自分ながらその心持がわからなかったのであるが、日数《ひかず》のたつに従い、静《しずか》に考えて見ると、姉の家が居づらいのではなくて、それは別の事から起って来る感情の為である事に心づいて来た。自分はさし当りここより外に身を置く処がない事を意識するのが、情けなくていやなのである。自分にはここばかりでなく、外に行く処はいくらもあるが、好んでこの家に来ていると云うようにもしも思いなす事ができたなら、自分は決していやだとも居辛《いづら》いとも、そんな妙な心持にはならなかったであろう。しかし実際は全くそれとは相違して、ここより外に行きどころのない身である事は明瞭である。そう思うと心細く悲しくなると同時に、何も彼も癪《しゃく》にさわって腹が立って来てたまらなくなるのである。

どんな職業でもかまわない。季子は女中でも子守でも、車掌や札切でもいいから、どこにか雇われたいと思っているが、それは姉夫婦が許してくれそうにも思われない。人に聞かれても外聞の悪くないような会社や役所の事務員には、疎開や何かの為高等女学校は中途で止してしまったままなので、採用される資格が無い……。

ふと思い返すと、市川の姉の家へ引取られて、わずか四、五日にしかならない頃であった。一番上の姉よりもずッといい処へ片付いている二番目の姉が鎌倉の屋敷から何かの用事で尋ねて来た時、話のついでにこの頃は復員でお嫁さんを捜しているものが多いから、季子も十七なら、いっそ今の中結婚させてしまった方がいいかも知れないと言っていたのを、蔭《かげ》でちらりと聞いたことがあった。

その当座、季子は落ちつかないわくわくした心持で、茶ぶ台に坐るたびたび姉や兄の様子ばかり気にしていたが、その話は今だに二人の口からは言出されない。季子は自分の方から切出して見ようかと思ったこともあるが、気まりが悪いまま、それもいつか、それなりに、季子は日のたつと共に自分の方でも忘れるともなく忘れてしまった。

見廻すと、あたりはいつの間《ま》にか大分静になっている。荷物を枕にぐうぐう眠っていた職工もどこへか行ってしまい、下駄をはいたりぬいだり足をぶらぶらさせていた娘の立去った跡《あと》には、子供をおぶった女が腰をかけて居眠りをしている。

その時季子は烟草の匂につれてその烟《けむり》が横顔に流れかかるのに心づき、何心なく見返ると、

「京成電車の駅は遠いんでしょうか。」ときくものがある。

いつの間にか自分の隣りに、背広に鳥打帽を冠った年は二十四、五、子供らしい面立《おもだち》の残っている一人の男が腰をかけていた。しかし季子は自分に話しかけたのではないと思って、黙っていると、

「京成の市川駅へはどっちへ行ったらいいんでしょう。」

季子はスマートな様子に似ず妙な事をきく人だと思いながら、

「京成電車にはそんな駅はありません。」

「そうですか。市川駅は省線ばかりなんですか。」

「ええ。」と云って息を引く拍子に、季子は烟草の烟を吸込んでむせようとした。

「失礼。失礼。」と男は手を挙げて烟を払いながら立上り、出口から見える闇市の灯《ひ》を眺めていたが、そのまま振返りもせずに出て行った。

列車の響と共に汽笛の声がして、上りと下りの電車が前後して着いたらしく、改札口は駈け込む人と、押合いながら出て来る人とで俄《にわか》に混雑し初めたが、それも嵐の過ぎ去るように忽《たちま》ちもとの静けさに立返る。

季子は声まで出して思うさま大きな欠伸《あくび》をしつづけたが、こんな処にはもう我慢してもいられないとでも云うように、腰掛を立ち、来た時のようにぶらりぶらりと夜店の灯の見える方へと歩き初めた。

夜店の女達は立止ったり通り過ぎたりする人を呼びかけて、

「甘い羊羹ですよ。甘いんですよ。」

「あん麺麭《ぱん》はいかがです。」

「もうおしまいだ。安くまけますよ。」

道の曲角まで来ると先程駅の事をきいた鳥打帽の青年が電信柱のところに立っていて、季子の姿を見とめ、

「もうお帰りですか。」

季子は知らない振《ふり》もしていられず、ちょっと笑顔を見せて、そのまま歩き過ると、男も少し離れて同じ方向へと歩き初める。

江戸川堤から八幡中山を経て遠く船橋辺までつづく国道である。立並ぶ商店と映画館の燈火に明《あかる》く照らされた道の両側には、ところどころ小屋掛をしたおでん屋汁粉屋焼鳥屋などが出ていて、夜風に暖簾《のれん》を飜《ひるがえ》している。

「お汁粉一杯飲んで行きましょうよ。」

男はつと立止って、さアと言わぬばかり、季子の顔を見詰めながら、一人先《さき》へ入ったが、腰掛にはつかず立ったまま、季子の入るのを待っている様子に、そのまま行ってもしまわれず、季子はもじもじしながらその傍《そば》に腰をかけた。

一杯目の汁粉を飲み終らぬ中、「もう一杯いいでしょう。割合に甘い。」と男は二杯目を註文した。

季子は初めから何とも言わず、わざと子供らしく、勧められるがまま、二杯目の茶碗を取上げたが、その時には大分気も落ちついて来て、まともに男の顔や様子をも見られるようになった。それと共に、こうした場合の男の心持、と云うよりは男の目的の何であるかも、今は容易《たやす》く推察することが出来るような気がして来た。二人はもとより知らない人同士である。これなり別れてしまえば、互に家もわからず名前も知られる気づかいがない。何をしても、何をされても、後になって困るような事の起ろう筈がない間柄である。そう思うと年頃の娘の異性に対する好奇心のみならず、季子は監督者なる姉夫婦に対して、その人達の知らない中に、そっと自分勝手に大胆な冒険を敢《あえ》てすると云う、一種痛快な気味のいい心持の伴い起るのを知った。

汁粉屋を出てから、また黙って歩いて行くと、商店の燈火は次第に少く、両側には茅葺の屋根やら生垣やらが続き初め、道の行手のみならず、人家の間からも茂った松の木《こ》立《だち》の空に聳えるのが、星の光と共に物淋しく見えはじめる。走り過るトラックの灯に、真直《まっすぐ》な国道の行手までが遥に照し出されるたびたび、荷車や人の往来《ゆきき》も一歩一歩途絶え勝《が》ちになることが能く見定められる。

鳥打帽の男は黙ってついて来る。季子は汁粉屋にいた時の大胆不敵な覚悟に似ず、俄に歩調を早め、やがて道端のポストを目当に、逃るようにとある小径《こみち》へ曲ろうとした。男はぐっと身近に寄り添って来て、

「お宅はこの横町……。」

「ええ。」と季子は答えた。しかし季子の家は横町を行尽して、京成電車の踏切を越し、それからまだ大分歩かなければならないのだ。

小径の両側には生垣や竹垣がつづいていて、国道よりも一層さびしく人は一人も通ら

ないが、門柱の電燈や、窓から漏れる人家の灯影《ほかげ》で真《しん》の闇にはなっていない。季子の呼吸は歩調と共に大分せわしくなっている。男はどこまで自分の後をつけて来るのだろう。線路を越した向の松原――時々この辺では一番物騒な噂のある松原まで行くのを待っているのではなかろうか。いっそ今の中、手出しをしてくれればいいのにと云うような気がして来ないでもない。

季子が男の暴力を想像して、恐怖を交えた好奇の思《おもい》に駆られ初めたのは、母と共に熊ケ谷に疎開していた頃からのことで、戦後物騒な世間の噂を聞くたびたび、まさかの場合を、或時はいろいろに空想して見ることもあった。この空想は鎌倉の姉が来て結婚のはなしを匂わせてからいよいよ烈しくなり、深夜奥の間で姉夫婦がひそひそはなしをしているのにふと目を覚す時など、翌朝まで寐付かれぬ程その身を苦しめる事があった。

突然季子は垣際に立っている松の木の根につまずき、よろけるその身を覚えず男に投掛けた。男は両手に女の身を支えながら、別に抱締るでもなく、女が身体の中心を取返すのを待ち、

「どうかしました。」

「いいえ。大丈夫よ。あなたも此辺なの。」

「僕。八幡の、会社の寮にいるんです。今夜駅でランデブーするつもりだったんです。

失敗しました。」

「あら。そう。」

「あなたも誰かとお約束があったんでしょう。そうじゃありませんか。」

生垣が尽きて片側は広い畠になっているらしく、遥か向うの松林の間から此方へ走って来る電車の灯が見えた。

季子はあたりのこの淋しさと暗さとに乗じて、男が手を下《くだ》し初めるのはきっと此辺にちがいはない。いよいよ日頃の妄想の実現される時が来たのだと思うと、忽《たちまち》身体中が顫《ふるえだ》出し、歩けばまた転びそうな気がして、一足も先へは踏み出されなくなった。畠の縁に茂った草が柔く擽《くすぐ》るように足の指にさわる。季子は突然そこへ蹲《しゃが》踞んでしまった。

季子は男の腕が矢庭に自分の身体を突倒すものとばかり思込んで、蹲踞むと共に眼をつぶって両手に顔をかくした。

電車は松林の外を通り過ぎてしまった。けれども自分の身体には何も触るものがない。手を放し顔をあげて見ると、男は初め自分が草の上に蹲踞んだのに心づかず、二、三歩行き過ぎてから気がついたらしく、少し離れた処に立っていて、

「田舎道はいいですね。僕も失礼。」と笑を含む声と共に、草の中に水を流す音をさせ始めた。男は季子の蹲踞んだのは同じような用をたすためだと思ったらしい。

季子は立上るや否《いな》や、失望と恥しさと、腹立しさとに、覚えず、「左様なら。」と鋭く言捨て、もと来た小径の方へと走り去った。

やがて未練《みれん》らしく立留って見たが、男の追掛けて来る様子はない。先程躓《つまず》いた松の木の梢に梟《ふくろう》か何かの鳴く声がしている。

季子はしょんぼりと一人家へかえった。

（昭和廿一年十月草）

羊羹

新太郎はもみじという銀座裏の小料理屋に雇われて料理方の見習をしている中《うち》、徴兵にとられ二年たって帰って来た。しかし統制後の世の中一帯、銀座界隈の景況はすっかり変っていた。

仕込にする物が足りないため、東京中の飲食店で毎日滞りなく客を迎えることのできる家は一軒もない。もみじでは表向《おもてむき》休業という札を下げ、ないないで顔馴染のお客とその紹介で来る人だけを迎えることにしていたが、それでも十日に一遍は休みにして、肴や野菜、酒や炭薪の買あさりをしなければならない。このまま戦争が長びけば一度の休みは二度となり三度となり、やがて商売はできなくなるものと、おかみさんを初めお客様も諦《あきら》めをつけているような有様になっていた。

新太郎は近処の様子や世間の噂から、ぐずぐずしていると、もう一度召集されて戦地へ送られるか、そうでなければ工場の職工にされるだろう。幸《さいわい》にこのままここに働いていて、一人前の料理番になったところで、日頃思っていたように行末店一軒出せそうな見込はない。いっそ今の中一か八かで、此方《こっち》から進んで占領地へ踏出したら、案外新しい生活の道を見つけることができるかも知れない。そう決心して昭和十七年の暮に手蔓《てづる》を求め軍属になって満洲へ行き、以前入営中にならい覚えた自動車の運転手になり四年の年月《としつき》を送った。

停戦になって帰って来ると、東京は見渡すかぎり、どこもかしこも焼原で、もみじの店のおかみさんや料理番の行衛《ゆくえ》もその時にはさがしたいにも捜しようがなかった。生家《せいか》は船橋の町から二里あまり北の方へ行った田舎の百姓家なので、一まずそこに身を寄せ、市役所の紹介で小岩町のある運送会社に雇われた。

一、二ケ月たつか、たたない中、新太郎は金には不自由しない身になった。いくら使い放題つかっても、ポケットにはいつも千円内外の札束《さつたば》が押込んであった。そこで先《ま》ず洋服から靴まで、日頃ほしいと思っていたものを買い揃えて身なりをつくり、毎日働きに行った先々の闇市をあさって、食べたいものを食べ放題、酒を飲んで見ることもあった。

夜は仲間のもの五、六人と田圃《たんぼ》の中に建てた小屋に寐る。時たま仕事の暇を見て、船橋在の親の家へ帰る時には、闇市で一串《くし》拾円の鰻の蒲焼を幾串も買って土産《みやげ》にしたり、一本壱円の飴を近処の子供にやったり、また現金を母親にやったりした。

新太郎は金に窮《こま》らない事、働きのある事を、親兄弟や近処のものに見せてやりたいのだ。むかし自分を叱ったり怒りつけたりした年上の者供に、現在その身の力量を見せて驚かしてやるのが、何より嬉しく思われてならないのであった。

やがて田舎の者だけでは満足していられなくなった。新太郎は以前もみじの料理場で手つだいをさせながら、けんつくを食《くわ》した上田という料理番にも、おかみさんや旦那にも、また毎晩飲みに来たお客。煙草を買いに出させる度毎《たびごと》に剰銭《つりせん》を祝儀にくれたお客にも会って見たくなった。進駐軍の兵卒と同じような上等の羅紗《ラシャ》地の洋服に、靴は戦争中士官がはいていたような本皮の長靴をはき、鍔《つば》なしの帽子を横手にかぶり、日避《ひよ》けの色眼鏡をかけた若きプロレタリヤの姿が見てもらいたくなって、仕事に行く道すがらも怠りなく心あたりを尋ね合していた。

板前の家はもと下谷の入谷であったので、その方面へ行った時わざわざ区役所へ立寄って立退先《たちのき》をきいて見たが能《よ》くわからなかった。もみじのおかみさんは元《もと》赤坂で芸者家をしていた人で、その頃二十四、五になっていたから、今は三十を越している筈だ。旦那は木場の材木問屋だと聞いていたから、統制後、財産封鎖の今となっては何をしているのだろう。事によったら随分お気の毒な身の上になっていないとも限らない。と思うと、猶更《なおさら》新太郎は是非とも行先を尋ねて、むかし世話になった礼を言いたいと云う心持になる。あの時分景気のよかった芸者やお客の姿が目に浮ぶ。おかみさんの友達で待合や芸者家を出していた姉さん達も数えれば五人や六人はあった筈だ。その中どこかで、その一人くらいには逢いそうなものだと、新太郎はトラックを走らせる間も、折々行きかう人に気をつけていた。

或日《あるひ》のこと。東京の中野から小田原へ転宅する人の荷物を積み載せて、東海道を走って行く途中、藤沢あたりの道端で一休みしたついでに松の木蔭で弁当を食っていた時、垢抜けのした奥様らしい人がポペラニヤ種の小犬をつれて歩いて来るのを見た。犬にもチャンと見覚えがあるが、しかしその名は奥様の名と共に思出せそうで出せない。新太郎は弁当箱を片手に立上りながら、「もし、もみじのお客様。」と呼びかけ、「わたしです。この辺にいらっしゃるんですか。」

「あら。」と云ったまま奥様も新太郎の名を忘れていたと見え、一寸《ちょっと》言葉を淀《よど》ませ、「いつ帰って来たの。」

「この春かえりました。もみじのおかみさんはどうしましたろう。尋ねて上げたいと思って町会できいて見たんですがわからないんです。」

「もみじさんは焼けない中に強制疎開で取払いになったんだよ。」

「じゃ、御無事ですね。」

「暫《しばら》くたよりがないけれど、今でも疎開先に御いでだろうよ。」

「どちらへ疎開なすったんです。」

「千葉県八幡。番地は家に書いたものがある筈だよ。お前さんの処をかいておくれよ。家へ帰ったら葉書で知らして上げよう。」

「八幡ですか。そんなら訳はありません。わたしは小岩の運送屋に働いていますから。」

新太郎は巻煙草の紙箱をちぎって居処をかいて渡した。奥様はそれを読みながら、

「新ちゃんだったね。すっかり商売替だね。景気はいいの。」

「とても能《い》いんです。働こうと思ったら身体がいくつあっても足りません。皆さんにもどうぞ宜しく。」

新太郎は助手と共に身軽く車に飛び乗った。

＊　＊

その日の仕事が暗くならない中に済んだ日を待ち、新太郎は所番地をたよりにもみじの疎開先を尋ねに行った。

省線の駅から国道へ出る角の巡査派出所できくと、鳥居前を京成電車が通っている八

幡神社の松林を抜けて、溝川に沿うた道を四、五町行ったあたりだと教えられた。しかし行く道は平家の住宅、別荘らしい門構《もんがまえ》、茅葺の農家、畠と松林のあいだを勝手次第に曲るたびたびまたも同じような岐路《わかれみち》へ入るので忽《たちま》ち方角もわからなくなる。初秋の日はいつか暮れかけ、玉蜀黍《とうもろこし》をゆする風の音につれて道端に鳴く虫の音が俄《にわか》に耳立って来るので、この上いか程尋ね歩いても、門札の読み分けられる中には到底行き当りそうにも思われないような気がし出した。念の為、もう一度きいて見て、それでも分らなかったら今日は諦《あきら》めてかえろうと思いながら、竿を持った蜻蜓《とんぼ》釣りの子供が二、三人遊んでいるのを見て、呼留めると、子供の一人が、

「それはすぐそこの家だよ。」

別の子供が、「そこに松の木が立ってるだろう。その家だよ。」

「そうか。ありがとう。」

新太郎は教えられた潜門《くぐりもん》の家を見て、あの家なら気がつかずに初め一度通り過ぎたような気もした。

両側ともに柾木《まさき》の生垣が続いていて、同じような潜門が立っている。表札と松の木とを見定めて内へ入ると新しい二階建の家の、奥深い格子戸の前まで一面に玉蜀黍と茄子とが植えられている。

　新太郎は家の軒下を廻って勝手口から声をかけようとすると、女中らしい洋装の女が硝子戸《ガラスど》の外へ焜炉《こんろ》を持出して鍋をかけている。見れば銀座の店で御燗番をしていたお近という女であった。

「お近さん。」

「あら。新ちゃん。生きていたの。」

「この通り。足は二本ちゃんとありますよ。新太郎が来たって、おかみさんにそう言って下さい。」

　声をききつけてお近の取次ぐのを待たず、台所へ出て来たのは年の頃三十前後、髪は縮らしているが、東京でも下町の女でなければ善悪《よしあし》のわからないような、中形の浴衣に仕立直しの半帯をきちんと締めたおかみさんである。

「御機嫌よう。赤坂の姐《ねえ》さんにお目にかかって、こちらの番地を伺いました。」

「そうかい。よく来ておくれだ。旦那もいらっしゃるよ。」と奥の方へ向いて、「あなた。新太郎が来ましたよ。」

「そうか。庭の方へ廻って貰え。」と云う声がする。

　女中が新太郎を庭先へ案内すると、秋草の咲き乱れた縁先に五十あまりのでっぷりした赤ら顔の旦那が腰をかけていた。

「よくわかったな。この辺は番地がとびとびだから、きいてもわかる処じゃないよ。まアお上り。」

「はい。」と新太郎は縁側に腰をかけ、「この春、帰って来たんですが、どこを御尋ねしていいのか分らなかったもんで、御無沙汰してしまいました。」

「今どこに居る。」

「小岩に居ります。トラックの仕事をしています。忙《いそが》しくッて仕様がありません。」

「それア何よりだね。丁度いい時分だ。夕飯でも食って、ゆっくり話をきこう。」

「上田さんはどうしましたろう。」と新太郎は靴をぬぎながら、料理番上田のことをきく。

「上田は家が岐阜だから、便《たより》はないが、大方疎開しているだろう。疎開のおかげで、此方《こっち》もまアこうして居られるわけだ。何一ツ焼きゃアしないよ。」と、旦那はおかみさんを呼び、「飯は後《あと》にして、お早くビールをお願いしたいね。」

「はい。ただ今。」

新太郎は土産にするつもりで、ポケットに亜米利加《アメリカ》の巻烟草を二箱ばかり入れて来たのであるが、旦那は袂から同じような紙袋を出し一本を抜取ると共に、袋のままに新太郎に勧めるので、新太郎は土産物を出しおくれて、手をポケットに突込んだまま、

「もうどうぞ。」

「配給の煙草ばかりは呑めないな。くらべ物にならない。戦争に負けるのは煙草を見てもわかるよ。」

おかみさんが茶ぶ台を座敷へ持ち出し、

「新ちゃん。さアもっと此方《こっち》へおいで。何もないんだよ。」

茶ぶ台には胡瓜もみとえぶし鮭、コップが二ツ。おかみさんはビールの罎を取上げ、

「井戸の水だから冷《つめた》くないかも知れません。」

「まア、旦那から。」と新太郎は主人が一口飲むのを待ってからコップを取上げた。

ビールは二本しかないそうで、後は日本酒になったが新太郎は二、三杯しか飲まなかった。問われるままに、休戦後満洲から帰って来るまでの話をしている中、女中が飯櫃《おはち》を持出す。おかみさんが茶ぶ台の上に並べるものを見ると、鯵《あじ》の塩焼。茗荷《みょうが》に落し玉子の吸物。茄子の煮付に香の物は白瓜の印籠漬らしく、食器も皆揃ったもので、飯は白米であった。

飲食物の闇相場の話やら、第二封鎖の話やら、何やら彼やら、世間の誰《たれ》もが寄ればきまって語り合う話が暫くつづいている中夕食がすんだ。庭はもう真暗になって、空の星が目に立ち松風の音が聞えて、時々灯取虫が座敷の灯を見付けてばたりばたりと襖《ふすま》にぶ

つかる。垣隣りの家では風呂でも沸《わか》すと見えて、焚付の火のちらちら閃くのが植込の間から見える。新太郎は腕時計を見ながら、

「突然伺いまして。御馳走さまでした。」

「また話においで。」

「おかみさん。いろいろありがとう御在《ございま》した。何か御用がありましたら、どうぞ葉書でも。」

新太郎は幾度も頭を下げて潜門を出た。外は庭と同じく真暗であるが、人家の窓から漏れる灯影《ほかげ》をたよりに歩いて行くと、来た時よりはわけもなく、すぐに京成電車の線路に行当った。新太郎はもとの主人の饗応してくれた事を何故《なぜ》もっと心の底から嬉しく思うことが出来なかったのだろう。無論嬉しいとは思いながら、何故、当《あて》のはずれたような、失望したような、つまらない気がしたのであろうと、自分ながらその心持を怪しまなければならなかった。

ポケットに出し忘れた土産物の巻烟草があったのに手が触った。新太郎は手荒く紙包をつかみ出し、抜き出す一本にライターの火をつけながら、主人は財産封鎖の今日になってもああして毎晩麦酒や日本酒を飲んでいるだけの余裕が在るのを見ると、思ったほど生活には窮していない。戦後の世の中は新聞や雑誌の論説や報道で見るほど窮迫して

はいないのだ。ブルジョワの階級はまだ全く破滅の瀬戸際まで追込められてしまったのではない。占い社会の古い組織は少しも破壊されてはいないのだ。以前楽にくらしていた人達は今でもやっぱり困らずに楽にくらしているのだ、と思うと、新太郎は自分の現在がそれほど得意がるにも及ばないもののような気がして来て、自分ながら訳の分らない不満な心持が次第に烈しくなって来る。

国道へ出たので、あたりを見ると、来た時見覚えた薬屋の看板が目についた。新太郎は急に一杯飲み直したくなって、八幡の駅前に、まだ店をたたまずにいる露店を見廻した。しかし酒を売る店は一軒もない。喫茶店のような店構の家に、明《あかる》い灯《ひ》が輝いていて、窓の中に正札をつけた羊羹や菓子が並べられてあるのを、通る人が立止って、値段の高いのを見て、驚いたような顔をしている。中には馬鹿馬鹿しいと腹立しげに言捨てて行くものもある。新太郎はつと入って荒々しく椅子に腰をかけ、壁に貼ってある品書の中で、最も高価なものを見やり、

「林檎《りんご》の一番いいやつを貰おうや。それから羊羹は甘いか。うむ。甘ければ二、三本包んでくれ。近処の子供にやるからな。」

（昭和廿一年十一月草）

心づくし

終戦後間もなく組織されたB劇団に、踊りもするし、歌もうたうし、芝居もするというような種類の女優が五、六人いた。

その中の二人は他の三、四人よりも年が上で、いずれも二十五、六。前々からきまった男を持っていた。一人は年も四十を越した一座の興行師の妾で、三ツになる子供がある。他の一人は銀座の或《ある》ダンスホールでクラリネットを吹いている音楽師を恋人にしていたが、あとの三、四人は年も二十になるかならず、手入らずの生娘《きむすめ》だかどうだか、それは分らないが、兎《と》に角《かく》B劇団開演の当初、二、三ケ月ばかりの間は、楽屋の噂になるような事はしていなかった。

一座は浅草公園を打上げた後、近県の町々を一めぐり興行して東京にかえり新宿の或映画館で蓋《ふた》を明けたが、その時には、早くも三人の中の一人は仲間の或男優と人目かまわず巫女戯《ふざけ》るような仲になっていたし、また他の一人は次の興行の稽古中、一座の若い演出家先生と何やら背景のかげなどでひそひそはなしをはじめると云う有様。初に変らず娘のままで居残ったのは唯《たっ》た一人になった。それは芸名を春川千代子といって年は十九。戦争中も幸《さいわい》に焼けなかった葛飾区高砂町の荒物屋の娘である。

西の市に売れ残る熊手のお亀が、早く売れるものより出来がわるいと、定った訳はない。それと同じように、千代子が三人の中で一番おくれて男を知り初《そ》めたのに、特別の事情や理由のあるわけではなかった。その顔立も、その技芸も、その気性も、三人が三人、どれが優れ、どれが劣っていたとも見えなかった。三人とも同じように、戦争中徴用されていた工場《こうば》の女工から、戦後、あたり前ならば電車の車掌か、食べ物屋の給仕か、闇市の売子にでもなるべきところを、いずれも浅草に遠からぬ場末の町に成長し、近処に周旋する人のあるがまま女優というものになったまでの事で。舞台の薄暗い物かげなどで、一寸《ちょっと》見れば三人とも誰が誰やら見分けがつかない。食料不足の世と云うにも係らず、三人とも栄養不良の様子は更に見られない豊《ゆたか》な肉づき。臀《しり》の大きいのと、腿《もも》の太いのが際立って目につく身体つき。笑ったり話をしたりする時の態度や声柄までが、姉妹ででもあるように能《よ》く似ていた。戦後いずこの町と云わず田舎と云わず、すさまじい勢で繁殖して行く民衆的現代女性の標本とでも言いたい娘さん達である。

或日、楽屋の風呂場で、興行師の妾になっている一番年上の女が、「千代ちゃん。まだ誰も好きな人できない。」とからかった。

千代子は洋服の片地《きれじ》でも見る時のような調子で、「いいの居ないもの。居なそうだわ。」

「そうか知ら。捜しようがわるいんだろう。」

「でも此方《こっち》で好いと思う人には、大概きまった人があるじゃないの。仕様がないわ。わたし売れ残りでいいのよ。その方が気楽だわ。」

しかし千代子は何となく心淋しい気がしないのでもなかった。急に雨が降って来たりする帰り道、男が持っているその傘をさしかけて、女の家まで送ってやったりするのを見たり聞いたりする時など、自分もそういう親切な目に遇って見たいような気になることもあった。

する中《うち》、演出家を恋人にしている亀子という仲間の女がお腹《なか》を大きくさせた。そして座長の人気役者が媒介役《なこうど》を買って出て目出度《めでたく》結婚させることになった。亀子のお腹は日に増し出張って来て、衣裳を着換るたびたび、帯を締直すのが苦しそうに見え初め、舞台も成るべく動かない役を振って貰うようになった。

或日次の興行の稽古に取りかかった時、いつもならば亀子が得意でするフラッパーな娘の役割が千代子に振替えられた。

序幕は月のいい晩に、男女の学生が公園のベンチで会合する場面。男の学生に扮した役者は他の劇団から転じて今度新《あらた》に加入した山室弘という二十五、六の学生くずれ。戦争中から慰問興行の団体などにも加わって、舞台の経験もあり、流行歌も下手ではないという評判。千代子の目には将来有望な青年俳優であるらしく思われた。自然と稽古にも興が乗って、千代子は抱かれて頬摺《ほおず》りなどする仕草《しぐさ》にも、我知らず狂言ならぬ真剣味を見せはじめた。それが為《ため》か、初日の幕があいた時、その日の演芸の中では千代子の役が一番評判がよかった。男の方でも相手《あいて》の熱烈な演じ方に気乗りがしたと見えて、幕になった後まで、なおも飽きずに舞台の上の仕草から思入《おもいいれ》、台詞《せりふ》の言い方を、いろいろ懇切に教えたり直してやったりした。

三日目の舞台に、山室はベンチの上で力まかせにぐっと千代子の身を抱きすくめ、その唇《くちびる》の上にいつ放すとも知れず自分の唇を押しつけたが、千代子は呼吸をはずませながら、悶《もが》きもせずにじっとしていた。その日から山室は幕間毎に女優の部屋へやって来て、千代子の鏡台の前に坐り、千代子の使う刷毛で顔を直したり、また楽屋外の喫茶店へ誘い出したりするようになった。

一座はその時丸の内で興行していた。千代子はその帰道が同じなので、田中と云う三枚目の役者を恋人にしている仲間の蝶子といつも連立って、地下鉄から浅草で東武線に乗りかえ、牛田という停車場から更に京成電車に乗りかえて高砂の駅で降りる。その道々千代子はいつも居眠りしかける蝶子を呼び起しては、うるさい程山室の話をするのであった。

「じゃ、あんた、まだだったの。わたし、もうとうに、そうだと思ってたわ。」或夜蝶子は驚いたような調子で笑った。

「だって、向《むこう》で何とも言ってくれないんだもの。仕様がないわ。」

「あんた。真実山室さん好きなの。」

「好きだわ、わたし。だけれど女の方からそんな事言い出せないわ。断られると気まりがわりいもの。」

「大抵様子でわかるじゃないの。断るか、断らないか……。」

「蝶子さん、あんたの場合、どうだったの。どっちが先に言出したの。」

「どっちッて。わたしも彼氏も、どっちからも、何とも言やしなかったわ。」

「じゃ警報なしに。突発したのね。すごいわね。」

「何さ。だから大概様子でわかるって言ったじゃないの。時機があるのよ。チャンスが必要なのよ。」

そう言われてから、千代子は毎日その話をする機会を窺っていた。その話というのは山室が結婚の約束をしてくれるか、どうかという事なのである。しかし楽屋の部屋も、外の喫茶店も人目の多いことには変りがなく、改ってしんみりした話をするにはその場所が見つからなかった。帰道にでも二人つれ立って歩きでもしたらと思うのであるが、あいにく山室は大詰の幕にはほんの一寸舞台へ出るばかり。千代子が幕切まで居残って、それから部屋に戻り化粧をおとしたり、着物をきかえたりして、道づれの蝶子と外へ出る時には、山室の姿はもう見えない。

或日千代子は思切って、

「山室さん。あなた、帰りいそぐのね。家《うち》、遠いの。」

「鎌倉から通うんだもの。東京にゃ泊れるところがないんだよ。千代子さんとこ、泊れると助かるんだ。」

無論冗談だとは知りながら、千代子は家には両親をはじめ男の兄弟もいるので、即座には何とも返事ができなかった。

する中、蝶子が病気で休んだことがあった。千代子は帰りの道づれがないのを幸、今夜こそ山室を引止め一緒に駅まででもいいから歩きながら話をしようと思い定めた、ところがその時になると、蝶子の情夫《おとこ》が彼女の病気を見舞いに行くから一緒に行こうと言出したため、折角の機会も空しくなった。しかし千代子は日に増し、山室との間が親しくなって行くのを知るにつけ、せめての心やりに、何か真実を籠めた贈物をしようと思定めた。それは毛糸のスェータを編んで男に着てもらおうということであった。

女達の間には一時忘れられていた編物がまた流行り出して、姉さん株の女優の一人はこの間から子供の足袋を編み始めていた。千代子は郵便貯金まで引出して鼠色霜降の糸を買い、往復の電車の中は勿論、舞台裏で「出《で》」を待つ間にさえ、編物の手を休ませなかった。

いつかその興行も千秋楽になる日が近づいて来た。来月はまた浅草公園へ戻るという話がきまって、謄写摺《とうしゃずり》の新しい脚本がめいめいの手にわたされた。

初日になるという前の日、千代子は蝶子とその男の田中と三人して仲店を歩いていた時、賑《にぎやか》な人通に交って、睦《むつま》し気に話し合いながら買物をしている二人連《づれ》の男女があるのを、ふと見ると、男は自分の恋している山室で、連の女はその辺に出ている広告の写真などで、瀧野糸子とその名も知られている流行歌の歌手《うたいて》であった。

千代子は何の考《かんがえ》もなく心安立《こころやすだて》に呼びかけようとするのを、蝶子が心づいて、窃《そっ》と千代子に注意をした。山室と歌唱いとは何も知らずそのまま横町を六区の方へ曲る。蝶子の男はその後姿を見送りながら、千代子の心持は能く知らないと見えて、

「もうたしかに出来てるね。あの二人は。」と自分の女を顧《かえり》みた。

「とうのむかしからよ。二人とも早いんじゃ有名な人達だもの。」これが女の返事で、会話はそれなり途切れて他《ほか》の事に移った。

しかし千代子はこの短い会話の断片をきいただけで、凡《すべ》てを推察することができた。山室が毎晩イヤに帰りを急いでいる訳も、自分には舞台で接吻したり物蔭で手を握ったりしてくれながら、どこか冷静で、煮切らない態度をしているその訳をも、一度に残りなく知ることができたような気がしたのである。

千代子は今日も毛糸の編物を手提《てさ》げの中に入れて居たのであるが、もう稽古のひまに取出して見る気もしなくなった。

新しい狂言は闇市で汁粉を売る姉と、菓子を売る妹とが、一人の男の奪合いをするような筋で、妹に扮する千代子の失恋する場面がある。初日の舞台で、この度も千代子の役が第一の出来栄《できばえ》を見せた。千代子はその晩興行主から大入袋の外に特別の賞与を貰って、人から羨しがられたが、自分ながら怪しむほど嬉しい気がしなかった。

山室は相変らず女優達の部屋へ遊びに来て、楽屋外の喫茶店へ千代子をさそった。千代子も以前と変らず、いそいそして出て行くものの、話は楽屋の部屋でするのと同じく、誰にきかれても差支《さしつかえ》のないような事ばかりに限られた。行末どうなるだろうと云うような、希望も心配もともども烟《けむり》のように消えてしまったのだ。

編物は再び千代子の手には取上げられなかった。鏡台を並べた仲間の女達が、「スェータどうして。もう出来たの。」ときくと千代子は事もなげに、「肩が凝るから当分おやめよ。」と言捨てて読みかけの小説から目をそらさなかった。

毎晩道づれになる蝶子は浅草小島町辺に二階をめっけたと言って、青砥の疎開先から引移った。演出家の女房になった亀子のお腹はいよいよ大きく張出して、暫《しばら》く舞台には出られなくなった。新に二人の若い女が補欠に雇入れられたが、いずれも道がちがうので、千代子は一人きり高砂へかえる電車の中では編物の代りに毎日小説本をひろげていた。

或夜楽屋を出ると雨が降って来そうな空合である。千代子はいつもよりまた一層急いで、浅草東武線の駅の階段を駈《か》け上って行く時、後から呼びかけるものがあるので、振返って見ると、それは山室よりもずっと前から一座になっていた増田と云う男優である。しかし芸も人気も山室とは比べ物にならない無器用な男で、戦災後小岩の駅近くで、野菜を並べている家の忰である。

千代子はお前とは役者の貫禄がちがうと言わぬばかり、姉が弟に対するような調子で、

「ねえ、増《まア》ちゃん、明日また持って来てくれない。胡瓜のいいの。」

増田はわざとらしく頭を掻いて、「かッぱらうのも一仕事ですぜ。親父に目っかろうものなら、どやされるよ。」

「いいじゃないの。わたしが頼むんだもの。」

「ええ、いいです。千代子さんのお頼みなら仕様がないや。」

「その代り増《まア》ちゃん、こん度煙草上げるわ。家じゃ配給があっても誰ものむ人がいないのよ。」

「どうかお願いします。」

千代子は電車で増田と乗合すのは今夜が初てではない。彼は高砂町から一ツ先の小岩まで乗って行くべき筈なのを、その夜にかぎって千代子の降りる時一緒におりた。千代子は変だと思って、

「どこへ行くの。増《まア》ちゃん。」

「歩きます。歩きたいんですよ。」

「降って来るわよ。こんな真暗な晩……。」

「歩きます。僕歩きます。」

「イヤよ。そんな三枚目。受けやしないわ。」

「どうせそうです。僕のする事は受けません。二枚目も三枚目も。僕はとても駄目なんです。」

中川堤に添う真暗な溝川の岸を歩いて行きながら、増田は突然千代子の方に寄添い、初めて見た時から千代子さんが好きで好きでたまらなかった事を打明けた。しかしその時分には山室さんが頻《しきり》にモーションを掛けている最中だったから、自分なんかが何か言っても駄目だと思って我慢をしていたが、山室さんは現在の興行がすむと、X座の女歌手糸子さんと一座になって関西へ行く話がきまった事を、確《たしか》な処から聞知ったので、もう我慢してはいられなくなったと言うのである。

千代子は歩いて行く中、人通りのない真暗な夜ではあるが、一歩一歩自分の家が近くなるので、まさかの場合には声を出して逃げ出せばいいと、いくらか度胸をきめて、言いたいだけ男に口をきかせていた。男の声は顫《ふる》えてとぎれとぎれになった時、いつか家の前まで来た。店口の閉めた雨戸の隙間《すきま》から灯《あかり》の漏れるのが見える。千代子は安心して立止り、

「じゃ、左様なら。」とやさしく手を出して握らせる。

「千代子さん。僕のお願いきいて下さい。僕、今夜はおとなしく帰りますから。」

「あら、とうとう降って来たわ。」

「そんな事かまいません。千代子さん、じゃお休みなさい。」

増田は千代子の手に接吻して、よろけながら歩き出そうとした。

「増《まア》ちゃん。傘貸して上げるよ。持ってくるから。一寸待っててよ。」

「いいですよ。いいですよ。漏れてかえります。」

言捨てて男はかなり強く降り出す雨をもかまわず、すぐさま闇の中に姿を消した。その足音の遠くなるのを聞きすましている中、千代子はいつともなく物思わしい様子になった。そして家内の時計が十時を打ち初める音を聞きつけるまで、雨の飛沫《しぶき》に漏れるのも厭《いと》わず軒の下に立っていた。


次の日から千代子は一時《ひとしきり》投げすてて置いた毛糸の編物を再び編みはじめた。

スェータは右の片腕だけが出来ていたので、こん度は左の方に取りかかったのだ。千代子は初ての人に逃げられた心の悲しみを、次のものによっていくらか慰め忘れさせることができたので、その礼をする心持で、Aに贈ろうと思った贈物をBに廻そうとしたのである。Bのおどおどして言いたいことも言えないような様子が、Aの利口ぶった隙間のない態度に比べて、いかにも純情らしくまたかわいそうに思われたのである。

左の片腕はその時の興行も中日《なかび》にならない中に編上げられ、いよいよ首の周囲から胴に取りかかろうとした時である。朝起きて着物をきる時、下腹の或処に、触るといやに痛痒《いたがゆ》いような腫物が一ツ、ぽつりと吹出ているのに心づいた。千代子はびっくりした。もしやこれが話にきく恐しい病気だったら、どうしようと覚えず身顫《みぶる》いをした。医者に見てもらった方がいいとは思いながら、耻《はずか》しさと恐しさが先に立って見て貰いには行けない。薬屋から薬も買えない。毎日沈んだ顔色をして人知れず溜息ばかりついていたが、腫物は化膿《うみ》もせず四、五日中に拭いたように直ってしまった。まァよかったと嬉し涙をこぼすと共に、千代子はいつも血色のよくない増田の身体《からだ》が急に恐しくなって、接吻は勿論の事、手を握られたり抱きつかれたりする事も、なりたけ体よく避けるようにした。

増田は最初の晩のように、千代子の後を追いかけ、真暗な夜道を歩きながら、怨言《うらみごと》のありたけを言いつづけたけれど、千代子は父《とう》さんに目っかって叱られたからと、出放題の言訳をして、その後は何と言われても一緒に夜道は歩かなかった。

いつの間《ま》にかその年も秋風が身にしみて来るころになった。千代子は夜道を一人かえる時、短いスカートからこの夏中むき出しにしていた両脚に、しみじみ靴たびがはきたくなり、家へかえるが否《いな》や、戸棚の中をさがして、投込んだまま忘れていたスェータに気がついた。

今はもう楽屋中に誰一人スェータを編んでやろうと思うような好きな人はいない。しかし戸棚の奥から編物を取出して見ると、左右の腕はもう出来ている。胴も襟のまわりの面倒なところさえ大方は編み上げられているので、後はほんの一手間で仕上げてしまうことができるのだ。そう思うと、最初この仕事に手をつけさせたその人の事が一層しみじみと懐しく思返されて来る。

前の夜に何やら夢を見て、少し寝過した或日の朝、千代子は道々停《とま》りがちな腕時計を耳に押当てては見やりながら、あわてて楽屋へ駈込んだ時、大阪の興行先から浅草の楽屋宛に出した、思いがけない山室の手紙を受取った。

山室は来月東京へ帰って来て、他分もう一度千代子の居るB劇団へ加入するだろう。今からそれを楽しみにしているというような嬉しがらせの文句が書いてあった。

千代子は、山室は到底自分と結婚してくれるような純情な男ではないとあきらめながら、そうかと云って、性のわるい色魔にしてしまうほど、悪くも考え得なかった。千代子は誰一人好きな人もなしに、暗記した台詞を繰返すばかり、毎日毎晩を舞台で暮す今の寂しさと退屈さとに比べれば、実現される望はなくとも、せめて舞台の上だけでもいいから、もう一度、顔があつくなったり、呼吸がはずんだりするような目に会いたくて堪らない気がした。

スェータは山室弘再加入の予告が劇場の壁に貼り出されたその翌日、見事に千代子の膝の上に編み上げられた。しかも胸のところに、小さく人目につかぬように、二人のイニシアルが変り色の糸で編込まれていたのである。

（昭和二十二年十月草）

にぎり飯

深川古石場町の警防団員であった荒物屋の佐藤は三月九日夜半の空襲に、やっとのことと火の中を葛西橋近くまで逃げ延び、頭巾の間から真赤になった眼をしばだたきながらも、放水路堤防の草の色と水の流を見て、初て生命拾《いのちびろ》いをしたことを確めた。

しかしどこをどう逃げ迷って来たのか、さっぱり見当がつかない。逃げ迷って行く道すがら人なだれの中に、子供をおぶった女房の姿を見失い、声をかぎりに呼びつづけた。それさえも今になっては何処《どこ》のどの辺であったかわからない。夜通し吹荒れた西南の風に渦巻く烟《けむり》の中を人込みに揉《も》まれ揉まれて、後へも戻れず先へも行かれず、押しつ押されつ、喘《あえ》ぎながら、人波の崩れて行く方へと、無我夢中に押流されて行くよりしようがなかったのだ。する中《うち》人込みがすこしまばらになり、息をつくのと、足を運ぶのが大分楽になったと思った時には、もう一歩も踏出せないほど疲れきっていた。そのまま意久《いく》地《じ》なくその場に蹲踞《しゃが》んでしまうと、どうしても立上ることができない。気がつくと背中に着物や食料を押込められるだけ押込んだリクサクを背負っているので、それを取りおろし、よろけながら漸《ようや》く立上り、前後左右を見廻して、佐藤はここに初て自分のいる場所の何処であるかを知ったのである。

広い道が爪先上りに高くなっている端《はず》れに、橋の欄干の柱が見え、晴れた空が遮るもののなく遠くまでひろがっていて、今だに吹き荒れる烈風がなおも鋭い音をして、道の上の砂を吹きまくり、堤防の下に立っている焼残りの樹木と、焦《こ》げた柱ばかりの小家を吹き倒そうとしている。そこら中《じゅう》夜具箪笥風呂敷包の投出されている間々《あいだあいだ》に、砂ほこりを浴びた男や女や子供が寄りあつまり、中には怪我人の介抱をしたり、または平気で物を食べているものもある。橋の彼方から一ぱい巡査や看護婦の乗っているトラックが二台、今方佐藤の逃げ迷って来た焼跡の方へと走って行くのが見えた。大勢の人の呼んだり叫んだりする声の喧《かしま》しい中に、子供の泣く声の烈風にかすれて行くのが一層物哀れにきこえた。佐藤は身近くそれ等の声を聞きつけるたびたび、もしや途中ではぐれた女房と赤ン坊の声であってくれたらばと、足元のリクサクもその儘《まま》に、声のする方へと歩きかけたのも、一度や二度ではなかった。

避難者の群は朝日の晴れやかにさしてくるに従って、何処からともなく追々に多くなったが、しかし佐藤の見知った顔は一人も見えなかった。咽喉が乾いてたまらないのと、寒風に吹き曝《さら》される苦しさとに、佐藤は兎《と》に角《かく》荷物を背負い直して、橋の渡り口まで行って見ると、海につづく荒川放水路のひろびろした眺望が横たわっている。橋の下には焼けない釣舟が幾艘となく枯蘆の間に繋がれ、ゆるやかに流れる水を隔てて、向岸には茂った松の木や、こんもりした樹木の立っているのが言い知れず穏《おだやか》に見えた。橋の上にも、堤防の上にも、また水際の砂地にも、生命拾《びろ》いをした人達がうろうろしている。佐藤は水際まで歩み寄って、またもや頭巾を刎ねのけ荷物をおろし、顔より先に眼を洗ったり、焼焦《やけこげ》だらけの洋服の塵を払ったりした後、棒のようになった両足を投出して、どっさりその場に寝転んでしまった。

するると、そのすぐ傍《そば》に泥まみれのモンペをはき、風呂敷で頬冠《ほおかむり》をした若いおかみさんが、頭巾をかぶせた四、五歳の女の子と、大きな風呂敷包とを抱えて蹲踞んでいたが、同じように真赤にした眼をぱちぱちさせながら、

「一寸《ちょっと》伺いますが東陽公園の方へは、まだ帰れないでしょうか。」と話をしかけた。

「さア、どうでしょう。まだ燃えてるでしょうからね。おかみさん。あの辺ですか。」

「ええ。わたし平井町です。一ッしょに逃出したんですけど、途中ではぐれてしまったんです。どこへ聞きに行ったら分るんでしょう。」という声も一言毎《ごと》に涙ぐんでくる。

「とてもこの騒ぎじゃ、今すぐにゃ分らないかも知れませんよ。わたしも女房と赤ン

坊がどうしたろうと困っているんですよ。」

「まア、あなたも。わたしどうしたらいいでしょう。」とおかみさんはとうとう声高く涙を啜り上げた。

「仕様がないから、焼跡に町会が出来たかどうだか見てくるんですね。それよりか、おかみさん。どこか行先の目当があるんですか。」

「家は遠いんです。成田です。」

「成田ですか。それじゃ、どの道一度町会へ行って証明書を貰って来た方がいいでしょう。一休みしてわたしも行って見ようと思っているんですよ。わたしは古石場にいました。」

「あの、もう一軒、行徳に心安いとこがあるんです。そこへ行って見ようかと思っています。」

「行徳なら歩いて行けますよ。この近辺の避難所なんかへ行くよりか、そうした方がよかァありませんか。わたしも市川に知った家がありますからね。あの辺はどんな様子か、行って見た上で、考えようと思ってるんです。もうこうなったら、乞食同様でさ。仕様がありませんよ。」

佐藤も途法に暮れた目指《まなざし》を風の鳴りひびく空の方へ向けた時、堤防の上から、

「炊出しがありますから町会まで取りに来て下さアい。」と呼び歩く声がきこえた。

佐藤は市川で笊《ざる》や籠をつくって卸売をしている家の主人とは商売柄心やすくしていたので、頼み込んでその家の一間を貸してもらった。そして竹細工の手つだいをしたり、また近処の家でつくる高箒《たかぼうき》を背負ったりして、時々東京へ売りに行った。その都度《つど》もと住んでいた町の町会へも立寄り、女房子供の生死を調べたが手がかりがなかった。せめて死骸のありそうな場所だけでもと思ったがそれも分らずじまいであった。

火災を免れた市川の町では国府台の森の若葉が日に日に青く、真間川堤の桜の花もいつの間にか散ってしまったころである。佐藤は或日《あるひ》いつものように笊を背負い、束《たば》ねた箒をかついで省線浅草橋の駅から橋だもとへ出た時、焼出されのその朝、葛西橋の下で、いっしょに炊出しの握飯を食って、その儘別れたおかみさんが、同じ電車から降りたものらしく、一歩先《あし》へ歩いて行くのに出会った。

わけもなくその日の事が思出されて、佐藤は後から、「もし、おかみさん。」と呼びかけた。

「あら。あの時はいろいろお世話さまになりました。」

振返るおかみさんの顔にも同じような心持が浮んでいる。見れば葛西橋下で初て見た時よりも今日はずっと好い女になっている。年は二十二、三。子供をつれていないので、まだ結婚しない女とも見れば見られる若々しさ。頬かぶりをしたタオルの下から縮し髪の垂れかかる細面《ほそおもて》は、色も白く、口元にはこぼれるような愛嬌がある。仕立直しのモンペ姿もきちんとして、何やら四角な風呂敷包を背負った様子は、買出しでなければ、自分と同じように行商でもしているのかと思われた。

「おかみさん、もう此方《こっち》へ帰って来たんですか。」

「いいえ。まだあっちに居ます。」

「あっちとは。あの、行徳ですか。」

「ええ。」

「じゃ、あれッきり分らないんですか。」

「いっそ分らない方がいいくらいでした。警察で大勢の死骸と一緒に焼いてしまったんだろうッて云うはなしです。」

「運命だから仕方がありませんよ。わたしの方も今だにわからずじまいですよ。」

「お互にあきらめをつけるより仕様がありませんねえ。わたし達ばっかりじゃないんですから。」

「そうですとも。あなたの方が子供さんが助かっただけでも、どんなに仕合せだか知れませんよ。わたしに比べれば……。」

「思出すと夢ですわね。」

「何か好い商売を見つけましたか。」

「飴を売って歩きます。野菜も時々持って出るんですよ。子供の食料代だけでもと思いまして……。」

「わたしも御覧の通りさ。行徳なら市川からは一またぎだ。好い商売があったら知らせて上げましょうよ。番地は……。」

「南行徳町□□の藤田ッていう家です。八幡行のバスがあるんですよ。それに乗って相川ッて云う停留場で下りて、おききになればすぐ分ります。百姓している家です。」

「その中お尋ねしましょうよ。」

「洲崎前の郵便局に少しばかりですけど、お金が預けてあるんですよ。取れないもんでしょうか。」

「取れますとも。何処の郵便局でも取れます。罹災者ですもの。通帳があれば。」

「通帳は家の人が持って行ったきりですの。」

「それァ困ったな。でも、いいでさ。あっちへ行った時きいて上げましょう。」

「済《す》みません。いろいろ御世話さまです。」

「これから今日はどっちの方面です。」

「上野の方へでも行って見ようかと思っています。広小路から池の端の方はぽつぽつ焼残ったとこもあるそうですから。」

「じゃ、一ッしょに一廻りして見ようじゃありませんか。下谷も上野寄りは焼けないそうですよ。」

時候もよし天気もよし。二人は話しながら焼け残った町々を売りあるくと、案外よく売れて、山下に来かかった時には飴はいつか残り少く、箒は一本もなくなり、笊が三ツ残ったばかりであった。停車場前の石段に腰をかけて二人は携帯の弁当包をひらき、またもや一ッしょに握飯を食べはじめた。

「あの時のおむすびはどうでした。あの時だから食べられたんですぜ。玄米の生炊《なまだき》で、おまけにじゃりじゃり砂が入っている。驚きましたね。」

おかみさんはいかがですと、小女子魚《こうなご》の佃煮を佐藤に分けてやると、佐藤は豆の煮《に》たのを返礼にした。おかみさんは小女子魚は近処の浦安で取れるからお弁当のおかずには不自由しないような話をする。

佐藤は女房子供をなくしてから今日が日まで、こんなに面白く話をしながら物を食ったことは一度もなかったと思うと、無暗《むやみ》に嬉しくてたまらない心持になった。

「ねえ、おかみさん。あなた。これから先どうするつもりです。まさか一生涯一人でくらす気でもないでしょう。」

「さア、どうしていいんだか。今のところ食べてさえ行ければいいと思っているくらいですもの。」

「食べるだけなら心配することたアありませんや。」

「男の方なら働き次第ッていう事もあるでしょうけど、女一人で子供があっちゃア並大抵じゃありません。」

「だから、ねえ、おかみさん。どうです。わたしも一人、あなたも一人でしょう。縁は異なものッて云う事もあるじゃありませんか。あの朝一ッしょに炊出しをたべたのが、不思議な縁だったという気がしませんか。」

佐藤はおかみさんが心持をわるくしはせぬかと、絶えずその顔色を窺いながら、じわじわ口説《くど》きかけた。

おかみさんは何とも言わない。しかし別に驚いた様子も、困った風もせず、気まりも悪がらず、始終口元に愛嬌をたたえながら、佐藤がまだ何か言いつづけるつもりか知らというような顔をして、男の口の動くのを見ている。

「おかみさん。千代子さんでしたね。」

「ええ。千代子。」

「千代子さん。どうです。いいでしょう。わたしと一ッしょになって見ませんか。奮発して二人で一ト稼《かせぎ》かせいで見ようじゃありませんか。戦争も大きな声じゃ言われないが、もう長いことはないッて云う話だし……。」

「ほんとにね、早く片がついてくれなくッちゃ仕様がありません。」

「焼かれない時分何の御商売でした。」

「洗濯屋していたんですよ。御得意も随分あったんですよ。だけど、戦争でだんだん暇になりますし、それに地体お酒がよくなかったしするもんで……。」

「そうですか。旦那はいける方だったんですか。わたしと来たらお酒も煙草も、両方ともカラいけないんですよ。其方《そっち》なら誰にも負けません。」

「ようございますわねえ。お酒がすきだと、どうしてもそれだけじゃア済まなくなりますからね。悪いお友達もできるし……今時分こんなお話をしたって仕様がありませんけれど、随分いやな思をさせられた事がありましたわ。」

「お酒に女。そうなると極って勝負事ッて云うやつが付纏《つきまと》って来ますからね。」

「全くですわ。じたい場所柄もよくなかったんですよ。盛場が目と鼻の間でしたし……。」

「お察ししますよ。並大抵の苦労じゃありませんでしたね。」

「ええ。ほんとに、もう。子供がなかったらと、そう思ったこともたびたびでしたわ。」

あたりは汽車の切符を買おうとする人達の行列やら、立退く罹災者の往徠《ゆきき》やらでざわついているだけ、却《かえっ》て二人は人目を憚るにも及ばなかったらしい。いきなり佐藤は千代子の手を握ると、千代子は別に引張られたわけでもないのに、自分から佐藤の膝の上に身を寄せかけた。


休戦になると、それを遅しと待っていたように、何処の町々にも大抵停車場の附近を重《おも》にしてさまざまな露店が出はじめた。

佐藤と千代子の二人は省線市川駅の前通、戦争中早く取払になっていた商店の跡の空地に、おでん屋の屋台を据えた。土地の人達にも前々から知合があったので、佐藤の店はごたごた葭簀《よしず》をつらねた露店の中でも、最も駅の出入口に近く、人足の一番寄りやすい一等の場所を占めていた。

年が変ると間もなく世間は銀行預金の封鎖に驚かされたが、日銭の入る労働者と露店の商人ばかりは物貨の騰貴に却て懐中都合が好くなったらしく、町の商店が日の暮れると共に戸を閉めてしまうにも係らず、空地の露店は毎夜十一時近くまで電燈をつけていた。

あたりの様子で、その夜もかれこれその時刻になったらしく思われた頃である。佐藤の店の鍋の前にぬっと顔を出した女連の男がある。鳥打帽にジャンバー半ズボン。女は引眉毛に白粉口紅。縮髪に青いマフラの頰かむり。スコッチ縞の外套をきている。人柄を見て佐藤は、

「いらっしゃい。つけますか。」と言いながら燗徳利を取上げた。

「あったら、合成酒でない方が願いたいよ。」

「これは高級品ですから。あがって見ればわかります。」

「それはありがたい。」と男はコップをもう一つ出させて、女にも飲ませながら、

「お前、どう思った。あの玉じゃせいぜい奮発しても半分というところだろう。」

「わたしもそう思ってたのよ。まさか居る前でそうとも言えなかったから黙ってたんだけど。」

二人ともそれとなくあたりに気を配りながら、小声に話し合っている。折からごそごそと葭簀を片よせその間から身を斜にして店の中へ入ったのは、毎夜子供を寝かしつけた後、店仕舞の手つだいに来る千代子である。千代子は電燈の光をまともに、鍋の前に

立っている客の男とその場のはずみで、ぴったり顔を見合せた。

二人の面には驚愕と怪訝《けげん》の感情が電の如く閃き現れたが、互にあたりを憚ったらしくアラとも何とも言わなかった。

客の男は矢庭にポケットから紙幣束《さつたば》を摑出《つかみだ》して、「会計、いくら。」

「お酒が三杯。」と佐藤はおでんの小皿を眺め、「四百三十四円になります。」

「剰銭《つり》はいらない。」と百円札五枚を投出すと共に、男は女の腕をひっ摑むようにして出て行った。外は真暗で風が吹いている。

「さア、片づけよう。」と佐藤は売れ残りのおでんが浮いている大きな鍋を両手に持上げて下におろした。それさえ殆《ほとん》ど心づかないように客の出て行った外の方を見送っていた千代子は俄《にわか》におぞげ立ったような顔をして、

「あなた。」

「何だ。変な顔をしているじゃないか。」

「あなた。」と千代子は佐藤に寄添い、「ちがいないのよ。生きてるんだわ。」

「生きてる。誰が。」

「誰ッて。あの。あなた。」と哀みを請うような声をして佐藤の手を握り、

「あの人よ。たしかにそうだわ。」

「あの。お前のあの人かい。」

「そうよ。あなた。どうしましょう。」

「パンパン見たような女がいたじゃないか。」

「そうだったか知ら。」

「闇屋見たような風だったな。明日《あした》また来るだろう。」

「来たら、どうしましょう。」

「どうしようッて。こうなったらお前の心一ツだよ。お前、もと通りになれと言われたら、なる気か。」

「なる気なら心配しやしないわ。なれッて言ったッて、もう、あなた。知ってるじゃないの。わたしの身体《からだ》、先月からただじゃないもの。」

「わかってるよ。それならおれの方にも考《かんがえ》があるんだ。ちゃんと訳を話して断るからいい。」

「断って、おとなしく承知してくれるか知ら。」

「承知しない訳にゃ行かないだろう。第一、お前とは子供ができていても、籍が入っていなかったのだし、念の為田舎の家の方へも手紙を出したんだし、此方《こっち》ではそれ相応の事はしていたんだからな。此方の言うことを聞いてくれないと云うわけには行くまいさ。」

二人は貸間へかえる道々も、先夫の申出を退ける方法として、一日も早く佐藤の方へ千代子の籍を入れるように話をしつづけた。

次の日、一日一夜、待ちかまえていたがその男は姿を見せなかった。二日たち三日たちして、いつか一ト月あまりになったが二度とその姿を見せなかった。

時候はすっかり変った。露店のおでんやは汁粉やと共にそろそろ氷屋にかわり初めると、間もなく盂蘭盆《うらぼん》が近づいてくる。千代子は夜ふけの風のまだ寒かった晩、店のしまい際にふと見かけた人の姿は他人の空似《そらに》であったのかも知れない。それともあの世から迷って来たのではなかったかと、気味の悪い心持もするので、大分お腹が大きくなっていたにも係らず、子供をつれて中山の法華経寺へ回向《えこう》をしてもらいに行った。また境内の鬼子母神へも胎児安産の祈願をした。

或日、新小岩の町まで仕込の買出しに行った佐藤が帰って来て、こんな話をした。

「あの男はやっぱりおれの見た通りパンパン屋だよ。あすこに五、六十軒もあるだろう。大抵亀戸から焼け出されて来たんだそうだがね。」

「あら。そう。亀戸。」

千代子の耳には亀戸という一語《ひとこと》が意味あり気に響いたらしい。

「亀戸にゃ前々から引掛りがあったらしいのよ。でも、あなた。よくわかったわね。」

「裏が田圃《たんぼ》で、表は往来から見通しだもの。いつかの女がシュミーズ一ツで洗濯をしているから、おやと思って見ると、旦那は店口で溝板か何か直していたッけ。」

「あなた。上って見て。」

「突留《つきと》めるところまで、やって見なけれア分らないと思ったからよ。みんなお前の為だ。お茶代一ぱい、七十円取られた。」

千代子は焼餅もやかず、あくる日は早速法華経寺へお礼参に出かけた。


（昭和廿二年十一月稿）

買出し

船橋と野田との間を往復している総武鉄道の支線電車は、米や薩摩芋の買出をする人より外にはあまり乗るものがないので、誰言うとなく買出電車と呼ばれている。車は大抵二、三輛つながれているが、窓には一枚の硝子《ガラス》もなく出入口の戸には古板が打付けてあるばかりなので、朽廃した貨車のようにも見られる。板張の腰掛もあたり前の身なりをしていては腰のかけようもないほど壊《こわ》れたり汚《よご》れたりしている。一日にわずか三、四回。昼の中《うち》しか運転されないので、いつも雑沓する車内の光景は曇った暗い日など、どれが荷物で、どれが人だか見分けのつかないほど暗淡としている。

この間中《あいだじゅう》、利根川の汎濫したため埼玉栃木の方面のみならず、東京市川の間さえ二、三日交通が途絶えていたので、線路の修復と共に、この買出電車の雑沓はいつもよりまた一層激しくなっていた或日《あるひ》の朝も十時頃である。列車が間《ま》もなく船橋の駅へ着こうという二ツ三ツ手前の駅へ来かかるころ、誰が言出したともなく船橋の駅には巡査や刑事が張込んでいて、持ち物を調べるという警告が電光の如く買出し連中の間に伝えられた。

いずれも今朝方、夜明《よあけ》の一番列車で出て来て、思い思いに知合いの農家をたずね歩き、買出した物を背負って、昼頃には逸早《いちはや》く東京へ戻り、その日の商いをしようという連中である。どこでもいいから車が駐《とま》り次第、次の駅で降りて様子を窺い、無事そうならそのまま乗り直すし、悪そうなら船橋まで歩いて京成電車へ乗って帰るがいいと言うものもある。乗って来た道を逆に柏の方へ戻って上野へ出たらばどうだろうと言うものもある。やがてその中の一人が下におろしたズックの袋を背負い直すのを見ると、乗客の大半は臆病風に襲われた兵卒も同様、男も女も仕度を仕直し、車が駐るのをおそしと先を争って駅のプラットフォームへ降りた。

「どこだと思ったら、此処《ここ》か。」と駅の名を見て地理を知っているものは、すたすた改札口から街道へと出て行くと、案内知らぬ連中はぞろぞろその後へついて行く。

「いつだったか一度来たことがあったようだな。」

「この辺の百姓は人の足元を見やがるんで買いにくい処だ。」

「その時分はお金ばっかりじゃ売ってくれねえから、買出しに来るたんび足袋だの手拭だの持って来てやったもんだ。」

「もう少し行くとたしか中山へ行くバスがある筈だよ。」

こんな話が重い荷を背負って歩いて行く人達の口から聞かれる。

十月初《はじめ》、雲一ツなく晴れわたった小春日和。田圃《たんぼ》の稲はもう刈取られて畦道に掛けられ、畠には京菜と大根の葉が毛氈《もうせん》でも敷いたようにひかっている。百舌《もず》の鳴きわたる木々の梢は薄く色づき、菊や山茶花《さざんか》のそろそろ咲き初めた農家の庭には柿が真赤に熟している。歩くには好い時節である。買出電車から降りた人達はおのずと列をなして、田舎道を思い思い目ざす方へと前かがまりに重い物を負いながら歩いて行く。その身なりを見ると言合せたように、男は檻褸《ぼろ》同然のスェータか国民服に黄色の古帽子、破れた半靴。また草履《ぞうり》ばき。年は大方四十がらみ。女もその年頃のものが多く、汚れた古手拭の頰冠《ほおかむ》り、つぎはぎのモンぺに足袋はだしもある。中には能《よ》くあんな重いものが背負えると思われるような皺だらけの婆さんも交っていた。

やがて小半時も歩きつづけている中、行列は次第次第にとぎれて、歩き馴れたものがどんどん先になり、足の弱いものが三人四人と取り残されて行く。その中には早くも路傍の草の上に重荷をおろして休むものも出て来るので、同じような身なりをして同じような荷を背負っていても、暫《しばら》くの中に買出電車から降りた人だか、または近処の者だか見分けがつかないようになった。

道しるべの古びた石の立っている榎《えのき》の木蔭。曼珠沙華の真赤に咲いている道のとある曲角に、最前《さいぜん》から荷をおろして休んでいた一人の婆さんがある。婆さんは後《あと》から来て休みもせずどんどん先へと歩いて行く人達の後姿をぼんやり見送っていたが、すぐには立上ろうともしなかった。

するとまた後から歩いて来た、それは四十あまりのかみさんが、電車の中での知合らしく、婆さんの顔を見て、

「おや、おばさん、大抵じゃないね。わたしも一休みしようか。」

「もう何時だろうね。」と婆さんは眩《まぶ》しそうに秋晴の日脚を眺めた。

「追ッつけもうお午でしょう。わるくするとこの塩梅《あんばい》じゃ、今日はあふれだね。」

「線路づたいに船橋へ行った方がよかったかも知れないね。」

「わたしゃさっぱり道がわからないんだよ。おばさんは知っていなさるのかね。」

「知っているような気もするんだよ。知っていたって、たった一度隣組の人と一緒に来たんだから、どこがどうだか、かいもく分りゃアしない。久しい前のことさ。戦争にゃなっていたが、まだ空襲にゃならなかった時分さ。」

「戦争になってから、もう十年だね。戦争が終ってもこの様子じゃ、行先はどうなるんだろう。買出しも今日みたような目にあうと全く楽じゃないからね。」

「全くさ。お前さんなんぞがそんな事を言ってたら、わたしなんぞこの年になっちゃ、

どうしていいか分りゃアしない。」

「おばさん、いくつになんなさる。」

「六十八さ。もう駄目だよ。ついこの間まで六貫や七貫平気で背負《しょ》えたんだがね。年にゃ勝てない。」

「そうですか。えらいね。わたしなんぞ今からこれじゃ先が思いやられます。」

「その時にゃ若いものがどうにかしてくれるよ。息子さんや娘さんが黙っちゃアいないから。」

「それなら有り難いが、今時の伜や娘じゃ当《あて》にゃなりません。道端で愚痴をこぼしていても仕様がない。大分休んだから、そろそろ出かけましょうか。」

かみさんらしい女がズックの袋を背負い直したので、婆さんも萠葱《もえぎ》の大風呂敷に包んだ米の袋を背負い、不案内な田舎道を二人つれ立って歩きはじめた。

「おばさん。東京はどこです。本所ですか。」

「箱崎ですよ。」

「箱崎は焼けなかったそうですね。能《よ》うございましたね。わたしは錦糸町でしたからね。生命《いのち》からがら、何一ツ持ち出せなかったんですよ。」

「わたしもそうですよ。佐賀町で奉公していましたから。着のみ着のままですよ。上の橋の側に丸角さんて云う瀬戸物の問屋さんがあります。そのお店の賄《まかな》いをしていたんですがね。旦那も大旦那もなくなったんですよ。わたし見たような、どうでもいいものが、焼《やけ》ど一ツしないで助《たすか》って、ねえ、お前さん、何一ツ不自由のない旦那方があの始末だからね。人の身の上ほどわからないものはないと、つくづくそう思うんだよ。」

「おや、正午《おひる》じゃないかね。あのサイレンは。」とおかみさんは云う。婆さんはさして遠くもないらしいサイレンが異った方角から一度に鳴出すのを聞きつけた。婆さんは一向頓着《とんちゃく》しない様子で、頰冠の手拭を取って額の汗をふきながら、見れば一歩《あし》二歩《あし》おくれながら歩いている。

「そこいらで仕度《したく》をしようかね。いくら急いだって歩けるだけしきゃ歩けないからね。」

おかみさんは道端に茂っている椿の大木の下に破《こわ》れた小さな辻堂の立っているのを見て、その砌《きざはし》に背中の物をおろした。あちこちで頻《しきり》に雞が鳴いている。婆さんもその傍に風呂敷包をおろしたが、何もせず、かみさんが握飯の包を解くのを見ながら黙っている。

「おばさん、どうした。」

「わたしはまだいいよ。」

「そう。それァわるかったね。わたしゃ食いしんぼうだからね。」

「かまわずにおやんなさい。わたしゃ休んでるから。」

おかみさんは弁当の包を解き大きな握飯を両手に持ち側目《わきめ》もふらず貪り初めたが、婆さんは身を折曲げ蹲踞《しゃが》んだ膝を両手に抱込んだまま黙っているのに気がつき、

「おばさん、どうかしたのかい。気分でもわりいかい。」

一向返事をしないので、耳でも遠いのか、それとも話をするのが面倒なのかも知れないと、おかみさんは一ツ残した握飯をせっせと口の中へ入れてしまい、沢庵漬をばりばり、指の先を嘗めて拭きながら、見れば婆さんはのめるように両膝の間に顔を突込み、大きな鼾《いびき》をかいているので、年寄と子供ほど呑気《のんき》なものはない。処嫌わず高鼾で昼寐をするとでも思ったらしく、

「おばさん。起きなよ。出かけるよ。」と言ったが一向起きる様子もないので、袋を背負い直して、もう一度、「じゃ先へ行きますよ。」

その時、婆さんの身体が前の方へのめったので、おかみさんは初て様子のおかしいのに心づき、後《うしろ》から抱き起すと、婆さんはもう目をつぶって口から泡を吹いている。

「おばさん。どうしたの。どうしたの。しっかりおし。」

婆《ばア》さんの肩へ手をかけて揺《ゆす》ぶりながら耳に口をつけて呼んで見たが、返事はなく、手を放せばたわいなく倒れてしまうらしい。

あたりを見まわしても、目のとどくかぎり続いている葱《ねぎ》と大根と菠薐草《ほうれんそう》の畠には、小春の日かげの際限なくきらめき渡っているばかりで人影はなく、農家の屋根も見えない。馬力《ばりき》が一台来かかったが二人の様子には見向きもせずに行ってしまった。おかみさんはふとこの間《あいだ》、隣に住んでいる年寄が洗湯からかえって来て話をしている中にころりと死んでしまったその場の事を思出した。

「やっぱりお陀仏だ。」

暫くあたりを見廻していたが、忽《たちま》ち何か思いついたらしく背負い直したズックの袋をまたもや地におろし、婆さんの包と共に辻堂の縁先まで引摺って行き、買出して来た薩摩芋と婆さんの白米とを手早く入れかえてしまった。その頃薩摩芋は一貫目六、七十円、白米は一升百七、八十円まで騰貴していたのである。

おかみさんは古手拭の頬冠を結び直し、日向《ひなた》の一本道を振返りもせずに、すたすた歩み去った。

道はやがて低くなったかと思うとまた爪先上りになったその行先を、遥向《はるかむこ》うの岡の上に茂った松林の間に没している。その辺から牛の鳴く声がきこえる。おかみさんは息を切らさぬばかり、追われるように無暗《むやみ》と歩きつづけたので、総身から湧き出る汗。拭《ふ》いても拭いても額から流れる汗が目に入るので、どうしても一休みしなければならない。

今からあんまり無理をすると此方《こっち》も途中でへたばりはしまいかと思いながら、それでも構わず、時には轍《わだち》の跡につまずきよろめきながらも、向に見える松林を越すまでは死んでも休むまいと思った。おかみさんは振返って自分の来た道が一日に見通される範囲に、その身を置くことが一歩一歩恐しく思われてならなくなったのだ。倒れたら四ツ這いになって這おうとも、一《ひと》まず向に見える松林の彼方《かなた》まで行ってしまいたくてならない。彼処《あすこ》まで行ってしまいさえすれば、松林一ツ越してさえしまえば、何の訳もなく境がちがって、死人の物を横取りして来た場所からは関係なく遠ざかったような気がするだろうと思ったのだ。行き合う人や後から来る人に顔を見られても、彼処《あすこ》まで行ってしまえば何処《どこ》から来たのだか分るまいと云うような気がするのである。

この心持は間違《まちが》ってはいなかった。やっとの事、肩で息をしながら坂道を登りきって、松林に入り小笹と幹との間から行先を見ると、全く別の処へ来たようにあたりの景色も、木立の様子も、気のせいかすっかり変っている。畠の作物もその種類がちがっている。松茅葺の農家のみならず。瓦葺の二階建に硝子戸を引き廻した門構《もんがまえ》の家も交っている。松林の中は日蔭になって吹き通う風の涼しさ。おかみさんはほっと息をついて蹲踞《しゃが》みかけると、背負った米の重さで後に倒れ、暫くは起きられなかった。

その時自転車に乗った中年の男が同じ坂道を上って来て、おかみさんの身近に車を駐めて汗を拭き巻烟草に火をつけた。おかみさんはそれとなくその男の様子を見ると、これから買出しに行くものらしく、車の後には畳《たた》んだズックの袋らしいものを縛りつけている。おかみさんは恐る恐る

「旦那、何かお買物ですか。」と話しかけた。

「駄目だよ。こちとらの手にゃおえないよ。」

「売惜しみをしますからね。容易なこッちゃありません。」

「全くさね。それにお米ときたらとても駄目だ。いいなり放題お金の外に何かやらなけれァ出しそうもないよ。」

「わたしもさんざ好きなことを言われたんですよ。それでもやっと少しばかり分けて貰いました。」

「この掛合は男よりも女の方がいいようだね。一升弐百円だって言うじゃないか。うそ見たようだ。」

「東京へ持込めば、旦那、処によるともっと値上りしますよ。御相談次第で、何なら、お譲りしてもいいんですよ。」

「そうか。それァ有りがたい。何升持っている。」

「一斗五升あります。持《も》ち重《おも》りがするんでね、すこし風邪は引いてますし、買ってお

くんなさるなら、願ったり叶ったりです。」

「じゃ、おかみさん。一升百八十円でどうだ。」

「その相場で買って来たんですから、旦那、五円ずつ儲けさして下さいよ。」

男はおかみさんの袋を両手に持上げて重みを計り、あたりに一寸《ちょっと》気を配りながら自転車の後に縛りつけた袋と、棒のついた秤とを取りおろした。

取引はすぐに済んだ。

おかみさんは身軽になった懐中に男の支払った札束《さつたば》をしまい、米を載せて走り去る男の後姿を見送りながら松林を出た。林の中には小鳥が囀《さえず》り草むらには虫が鳴いている。

（昭和二十三年一月）

裸体

岡村左喜子《さきこ》は千葉県船橋の町の或《ある》湯屋の娘である。

去年十八の暮から東京銀座の佐々木という経理士の事務所に通勤している。

或日いつものように帰りの時刻の来るのをおそしと、支度《したく》や挨拶もそこそこに同僚の君子と云う女給仕と連立って出て行こうとした時である。

「おい。ちょっと待ちなさい。すこし聞きたいことがあるんだ。」と呼止められて二人は明けかけた戸口をうしろに、振返って佐々木先生の顔を見た。

禿げ上った額と下顎《したあご》の張出した四角な顔に相応して、両肩の怒った身体付《からだつき》はいかにも逞《たくま》しそうに見えるが、夕日の反射する窓の光線で、短く刈った口髯の白さが、目立って見えるので、年はもう五十を越しているであろう。佐々木は椅子から立つと共に出張った布袋腹《ほていばら》をデスクの縁《ふち》に押しつけながら、

「左喜子さん、あなたでいい。君子さんには用はない。先にお帰んなさい。」

君子が目礼して一人先に戸口を出るのを見送り、経理士は少し小声に、

「もっと此方《こっち》へおいで。」

「はい。」

「今日は誰もいないから一寸《ちょっと》きいて置きたいと思うことがあるんだ。」

「何です。先生。」

「わたしのこの室へ出入《でいり》をするのは小島君とあなただけなんだからね。君子は電話掛《がかり》だし、来てから間《ま》がないことだし。それで一番さきに聞いて見るんだよ。もしかわたしの思違《おもいちが》いだったら、わたしの方からあやまるつもりだ。今朝《けさ》そのテーブルの上にいつも来る蒲原さんというお客様が紙幣束《さつたば》を置いて行った。ところが後で調べて見るとすこし足りないんだよ。今日ばかりじゃない。この間《あいだ》から時々どうかすると、そういう事があるんだ。あんたばかり調べようというんじゃない。段々外《ほか》の人も調べて見たいんだがね。一番心やすくなっているから、君から先《さき》に聞いて見るのだよ。悪く思っちゃいかんよ。ちょっとその手提袋《てさげぶくろ》を見せてくれないかね。」

「はい。御覧なさい。わたしお金なんぞ取るような、そんな女じゃないわ。どこ見られても平気だわ。」

「それァ能《よ》くわかっている。一応きいて見るだけさ。怒っちゃいかんよ。」

佐々木経理士は受取った手提袋から、中の物を一ツ一ツテーブルの上に置き並べた後、左喜子の身近《みぢか》に立寄り、宥《なだ》めるように軽く肩先から二の腕を指の先で撫《な》でた。残暑のまだ去りきらぬ暑い日のことで、左喜子の着ているワンピースの袖《そで》は出来るだけ短く、わずかに肩先と脇の下とを隠しているばかり。二の腕に残った種痘《ほうそう》の痕がよく見える。

「やっぱり、わたしの思違いだったよ。さァみんな返しましょう。」

「もういいの。先生。何ならお弁当箱の中も調べてください。」

左喜子は別に憤慨したような様子もなく、手にしたハンケチで額の汗を押え、下ぶくれの片頰に笑《え》くぼを寄せながら、男の顔を眺めている。休戦この方、物がなくなったり盗まれたりする話は、電車に乗っても、家へ帰っても、ビルジングの中の事務所へ来ても、毎日毎日耳にしない日は殆《ほとん》どない。紙入の中の紙幣なんぞは落したのか掠《す》られたのか、分らずじまいになくなっている事がある。傘立《かさたて》の中にさしてあった傘が見えなくなったり、壁に掛けたレーンコートがいつの間にかなくなっていた話もあれば、朝持って来た弁当箱の中のお数《かず》がお午に蓋をあけた時にはもう無かったというような話もあるくらい。左喜子は自分の物さえなくならなければ、それでいいのだ。人から疑《うたがい》を掛けられる位の事に、一々気を揉んだり怒ったりしていたら限りがないとでも思っているらしい。

佐々木は初め左喜子が口惜《くや》しがって怒ったり泣いたりしはせぬかと、ないない危ぶんでいた矢先、案に相違した女の様子に、どうやら気の毒な心持もするし、またそれとは全く反対に、生来《うまれつき》手癖の悪い女に限って、そうした場合にも一向平気でしゃアしゃアしていると云うような話が思出されて、見詰めるともなく目を据える。左喜子は何と思ったか、掛けたばかりの椅子からすぐに立ち、

「先生。どこ捜してもいいのよ。着ているものぬいだってかまわないわ。」と掌《てのひら》で洋服のそこらを叩いて見せた後、顔をすこし仰向け勢よく髪を左右に二、三度振りさばきながら、早くも背中へ手を廻してフォックをはずしかけた。

左喜子は子供の時から風呂場の番台で、男や女が着ている物をぬいで裸体になるのは見馴れきっている。雇主《やといぬし》と二人きり他に人の居ないこの場合、シュミーズ一つになるくらいの事は何とも思っては居ない。

「わたし、どこにも隠しちゃ居ないでしょう。」

「わかっている。もういいよ。」と言って見たが、佐々木は突差《とっさ》に起る好奇心に駆られて、薄い布地《きれじ》に包まれた女の身の胸から腰のあたりへと、手を当てて見ずにはいられなくなった。

女は擽《くすぐ》ったいのを耐えるために悶えるように身をねじらせるにつれて、蠢《うごめ》くように身体中の筋肉の伸縮する具合。男の顔は忽《たちまち》酒に酔ったように赤くなり、額の汗は頰に流

れかけた。

「わたしが悪かった。あやまるよ。あやまり賃《ちん》に何か買って上げる。銀座まで一緒においで。」

「先生。わたし買いたいもの。わからない程沢山あるのよ。」と左喜子はわざとらしいまで艶《なまめか》しい笑顔を見せた。

佐々木経理士は事務所のものは一人残らず帰ったらしいのを幸《さいわい》、左喜子の手を取って同じエレベーターに乗った。元来遊び好きの、年はもう五十を越した男の癖として、佐々木は戦後になって、ますます放縦になったらしく見られる女事務員や、商店の売子には折さえあったら、一寸からかって見たいと思いながら、今まで一度も都合の好い機会に出会わなかったのだ。去年の暮新聞広告で左喜子を雇入れた時、赤い毛糸のスェータに紺地の男ズボンをはいた姿。胸と腰のまわりの著《いちじる》しく人並よりも凸起しているのと、年に似ず人摺《ひとず》れのしているらしい様子とに、早くも野心を抱きはしたものの、自分の事務所で使っている女には却《かえっ》て手が出しにくく、ついその儘《まま》にしている中《うち》、最初の刺戟は毎日見馴れるに従って次第に鈍くなり、遂には忘れるともなく忘れていた。ところが図らずも薄い布地の上から触って見たその身体つきと、またその挙動とに、佐々木は矢も楯もたまらぬような心持になってしまった。

まず数寄屋橋通の露店で、赤い硝子玉《ガラスだま》の指環《ゆびわ》を八百円。表通へ出てサンダルを弐千円で買ってやるまでの間に、佐々木は人込の中を歩み歩み後《うしろ》へ手を廻して女の腰を抱寄せたり、手を握りしめて見たりしたが、いやがったり気まりをわるがったりする様子は更にない。この調子なら一歩を進めても差《さし》つかえはあるまいと、佐々木は早速着物をぬがせる場所を考えた。

戦争以前ならばそういう場所は考えるまでもなく分っていたのであるが、時代の一変した今日では、差し当り何処《どこ》へつれて行っていいのか当《あて》がつかない。ふと思いついて、佐々木は橋際に客待している輪タクの男を見返り、

「おい、この近処に宿屋はないかね。泊らずともいいんだがね……。」と言いながら、そっと左喜子の様子を窺ったが、別に怪しむ様子もないので、「何か一寸食べようよ。一時間くらいで返して上げるよ。」

二台の輪タクは尾張町の四辻を越し三原橋を渡って、築地の電車通から曲った真暗な横町の、とある素人家《しもたや》の戸口に停り、車夫は一台二百円ずつの賃銭を貰った。

何事も心得顔《こころえがお》の年は四十ばかりの女が二人を二階へ案内した。ちゃんと夜具の敷いてある八畳の座敷である。佐々木は夜具を見ると共に、左喜子が驚いて逃出したりしはせまいかと危ぶむ心から、否応《いやおう》言わさず坐るより先に、ぐっと抱き締めてその場に押倒そ

うとしたが、それも無用の心配であった。左喜子は身体《からだ》よりも買って貰った物の方が大事だと言わぬばかり、それを静《しずか》に枕元に置きながら、仰向きざまに両足を開いて夜具の上に転がった。

＊　＊

左喜子が事務所の給仕をやめて中野高円寺の或貸間《かしま》に引越したのは、その夜から三日の後であった。

左喜子は佐々木の来ない日には、映画を見歩いたりダンスを習いに行ったり、半日がかりで指の爪をみがいたりするより外には用のない身になっていたが、しかしそれもいつか半年近く、初はよく飽きないと思うほど毎日のように顔を見せたパトロンの来ようが追々《おいおい》に少くなり、遂には生活費を貰う筈の月末にさえ姿を見せぬようになった。手紙を出して見たが返事がない。

様子を見にと或日事務所のあるビルジングまで行って見ると、室《へや》の番号は同じでありながら、硝子戸《ガラスど》に書いてある金文字が変って、MM貿易商社としてあるのにびっくりして、ビルジングの管理人を尋ねてきくと、佐々木先生は一ケ月ほど前に事務所を引払い、その権利を今の商社に譲ったのだ。委しい事情はわからないけれど、仕事も大分暇になったらしいので、高い家賃を払って事務室を借りて置くにも及ばなくなったのだろうと云う話であった。

左喜子は佐々木先生の住宅《すまい》は川崎だとばかりで番地は知らず、知っていても尋るわけにはゆかない。何となく急に心細くなって、その日は映画館の看板さえ見かえらず、しおしお家へ帰りかける途中、数寄屋橋の上で、津田というダンスの教師に行き会った。頭髪《かみ》を油でひからせ、新調の背広《スーツ》に思うさま高価らしいネクタイを見せた年は四十前後。甘ったるいような物優しい調子で、

「留守にしてすみませんでした。一寸用事があったんで。」

「今日はわたしもまだお伺いしなかったのよ。わたしも用があったのよ。」

「あの、岡村さん。いい話があるんですよ。一寸お寄んなさい。」

「いい話ってどんな話……。」

「岡村さん。あなた、お金もうけする気はないですか。鳥渡《ちょっと》一、二時間で千円取れる話があるんです。」

左喜子はパトロンの行衛《ゆくえ》が知れなくなった矢先、何の事かわからぬが、そのまま聞流しにしてしまう気にはなれなかった。

「先生。どんな仕事。」

「今晩ある処にダンスのパーチーがあるんです。そこへ行って踊るんです。」

「わたしでもいいの。まだろくに踊れないじゃありませんか。」

「イヤ結構ですとも。そのかわり少し条件があるんですよ。顔だけマスクで隠して、後は身体《からだ》中何も無しでやるんです。」

「じゃ、裸体《はだか》……。」

「ええ。いいでしょう。」と教師はわざと事もなげな語調《ちょうし》で、「場所は目黒で、広いお屋敷ですよ。会員組織で時々やるんですがね。そこらのダンスホールや何かにいる女は一寸連れて行けないんですよ。もう少し品のいい、身体のきれいな人がほしいんです。八時頃から十時頃までですよ。」

「でも、大丈夫なの。あの方……。」

「カフェーやホールじゃないから、絶対安全ですよ。」

「大勢なの。」

「今夜は十二、三人でしょう。」

左喜子はこの半年近く五十年輩の男の相手になって、さまざまな戯れ方を知り尽くした結果、折々自分の方からも押えきれない欲求に迫《せ》められるたびたび、噂にきく猟奇の世界を覗いてみたい心持には十分になっている。もともとその性質、その体格、その生《おい》立《たち》から見ても、この女の行くべき道は大抵きまっていたのかも知れない。戦争中国民学校を出ると、すぐに徴用されて或工場の女工になったが、親の家にいて一日追い使われ、子供を背負されて台所や焚場の掃除の手つだいをさせられるよりも、さして仕事の急しくない、名義だけ軍需品の製造場になった工場へ通うのが楽でもあったし、食後の休時間や帰道には平和の戦士達とふざけ散す娯しみさえあったので、世間の娘のように徴用される事を厭がってはいなかった。

左喜子は子供の時から入浴する男や女の裸体は見馴れている。時々女湯をのぞきに来る男があるのを、三助が水をぶっかけたり、捕《つかま》えて交番へ引張って行ったりするのをも、幾度《いくたび》となく見知っていた。そんな事実から、男は女の裸体を見たがるものだと云うことが、いつからともなく左喜子の心の底に動し難くなっていた。或日工場のかえり道、或男に挑まれた時にも左喜子は平気で着ているものをぬいだ。日曜日に近くの海辺に泳ぎに行った時にも連《つれ》の男達の目を驚した。男の驚くのが自分の勝利であったような得意を感じさせた。休戦になってから世間一般の風潮と、日々の見聞とはいよいよますますその意識を確実にさせるばかりであった。

戦争中には決して見られなかった雑誌や小説本の挿絵。新聞紙上の写真。街頭に掲げられる広告の図案。避妊薬の説明書。また省線の駅々で日夜目撃するパンパンの活躍。

寄ると触ると人々の飽きずに話をする世間の噂。それ等は生暖い風の吹くように、いつも左喜子の身をむず痒《かゆ》くさせずにはいなかった。

左喜子はわけもなくダンス教師の勧告を承諾し、その日の夕方目黒の或邸宅へ連れられて行った。

敗戦になる日まで或陸軍将官の邸宅であったのを、主人《あるじ》が追放の刑に処せられてから、もと築地辺に在った待合《まちあい》の女主人《おんなあるじ》が買取って旅館にしたのである。門内の深い植込を前にした二階建洋館の広い応接間――その頃には軍刀と勲章をさげた毬栗頭《いがぐりあたま》の将軍達が八紘一宇の軍略を講じたところは食堂となって、並んだテーブルの白い布の上に草花の色うつくしく、二階の部屋部屋はダブルベッドと洋服箪笥を据えた客室となり、後方《うしろ》につづく日本づくりの座敷座敷には朱塗《しゅぬり》の円テーブル、床の間には美人画、押入には赤い友禅の夜具が入れてあるようになった。洋館と日本座敷とをつなぐ廊下の端《はずれ》に戸があって、そこから下る広い地下室は曽《かつ》て軍部の秘密書類が収められた処、爆弾の被害を蒙る恐《おそれ》もないように築造されてあったのが、今では秘密の遊戯や賭博の行われる別天地にされている。

ダンスの教師が左喜子をつれて踊子の控処《ひかえじょ》になった二階の洋室へ上ると、今夜踊る女達の中の三人ばかりが先に来ていて、手鏡《てかがみ》を前に化粧の仕直しをしている最中であった。

挨拶から雑談に移るほどもなく、つづいて二人三人と上って来る女の人数もどうやら揃ったらしく思われた時、教師は手短《てみじか》に今夜の演芸の順序を説明した。

地下室にお客が揃うとこの家のマダムがレコードを掛けるから、それまでに女達は着ているものをぬぎ、靴下は教師が用意して来た黒いものにはき替え、顔を見せたくない人はこのマスクを冠る。靴も銀と赤いのが用意してあるから、それにはきかえ、二、三人ずつ手を取り合い小走りに廊下から地下室へ降りる。すると時分を計って西洋映画の素敵なのが映される。その上にも今夜は性交の実演を見せる人が来て十二分の興を添えさせる筈だから、皆さんもどうかそのつもりで、と云う事であった。

女達はきゃアきゃア言いながら、めいめい臆する様子もなく着ているものをぬいで、マスクを手にしたが、しかしその中で何物《なにもの》にも顔をかくさず合図のレコードおそしと踊《おど》場《ば》へ駈け下るものも二、三人いた。左喜子もその一人であった。

薄赤い照明が朦朧として地下室の広さも、壁際に据えた椅子や長椅子に腰かけた人の数をも不明にしているが、どこかに火でも焚いてあると見えて、十月の夜の室内は踊らぬ中から暖過《あたたかすぎ》ると思うくらいである。

踊っては休むたびたび飲干す冷い口あたりのいいポンチや、冷いビールが次第次第に酔を醸す。待ちかねた映画と実演とが極度の興奮を促す。舞踏の会が終って男も女も帰《かえり》仕度《じたく》にかかる頃、そっとマダムに呼ばれて今夜泊れるならば是非にもと相談をかけられる女が三人ほどにも及んだが、その中には無論左喜子も交っていた。

左喜子はその夜ほど女に生れた身の嬉しさと心好さとに恍惚としたことは、恐らく一度も無かったであろう。自分よりも先に男の眠りかけるのを幾度となく揺り起し、朝になってさすがに顔を見られるのが耻《はずか》しいような気がしたくらい。勝利と幸福の思《おもい》に浮かれつつ翌日《あくるひ》も昼近く、貸間の二階へかえって来るや否《いな》や、左喜子は手提袋《てさげぶくろ》の中から紙幣《さつ》束《たば》をつかみ出して、滞《とどこお》った部屋代やら、立替えてもらった配給物の代金も残りなく綺麗に支払った後、汗ばんだ身体《からだ》を洗いにと町の洗湯に行った。着ているものをぬぐと、昨夜《ゆうべ》から今朝方帰る時まで何一つ纏《まと》わずにいたその身体が鏡の中に立っている。左喜子は他人の姿を眺めるように、稍暫《ややしばら》くの間目を離すことができなかった。

経理士の佐々木先生が初め毎月三千円の月給しかくれなかった事務員をやめさせ、貸間を借りて月々一万円の生活費を惜しまなかったのも、そのわけは、事務所で着ている物をぬいで、この裸体を見せようとした事から始まったのではないか。そうなってから後にも、佐々木先生はいつも大きな姿見《すがたみ》の前に夜具を敷かせ、この身体のさまざまな形をなして、動き悶《もだ》えるのを見なければ承知しなかった。昨夜《ゆうべ》泊った男も踊っている中から頻《しきり》に自分の裸《はだか》になった形をほめそやした。お前のように全体に均勢の整った女は少いものだ。肥っているのがいいからと云って、首が短く、肩がいかって、胴の長いでくでくぶとりはいけない。後《うしろ》から見ると却《かえっ》て痩せていはせぬかと思われるほど、背筋の見えるくらいなのがいいのだ。胴が太いばかりで腰の辺が少しもくびれていないのはズンドウと言って、形もわるいし抱心地《だきごこち》がよくない。お尻も平べったく、いやに大きいのは駄目だ。身体の肉付は堅ぶとりで弾力がなくてはいけない。乳房もだらりと下っていず、円く堅くお椀をふせたようなのが一番いいので、お尻もそれと同じように円くしまって凸起しているのがお誂向《あつらえむき》というのだ。腿だけは太く逞《たくま》しいほど男の目には刺撃的で、脚は膝の下から細く長くなければいけない。また足の裏の土踏まずは思うさま深く、凹み、足の母指は反り返って長くしなやかなのがいい。どこからどこまでも、左喜子さんの身体は全く申分《もうしぶん》なしだねと褒めそやされた事を一々思返しながら、左喜子は四、五人流場《ながしば》にしゃがんでいる女達の身体を見遣って、自分に比較し、浴槽《ゆぶね》の中につかってからも、自分の手で自分の裸身《はだかみ》を撫でさすらずにはいられなかった。

二階へ帰って、ごろりと一寝入《ひとねいり》してから目を覚すと、またしても昨夜見た映画や実演の光景が目の前に浮んで来て、このまま一人じっとしては居られないような気がし出す。思うさま抱きしめて貰いたくてならないような心持。見れば短い秋の日は早くも傾き窓の障子には夕日がさしている。左喜子は寝転んだまま手を伸して、ぬぎすてたスカートを引寄せ、化粧もそこそこに外へ出た。そして省線電車に乗ると、間もなく新宿の駅で下りた。

何というわけもなく、左喜子はきらびやかに商品の陳列された硝子戸の前を、男や女が身を摺り合せながら歩いている賑《にぎやか》な街が見たくなったのだ。それは今に始ったことではない。女事務員をしている時分から、左喜子はパンパンらしい女供の中に交って町の角に佇《たたず》み、その女達の姿や様子を眺めながら、その話を立聞きするのが好きであった。年をとったパトロンの相手になって極端な戯《たわむ》れ方を経験するに従って、一層そういう女達や、それに接近する男等の行動が、一種の神秘と憧憬《あこがれ》とを感じさせるようになっていた。

駅の内外《うちそと》や商品の硝子戸にはもう灯がついていたが、夕日を浴びた街は見渡す遠くの方ばかり、鉛色の靄と塵埃《ほこり》とに包まれながら、あたりはまだ昼のままに明《あか》るい。左喜子は如何《いか》がわしい絵表紙の雑誌や小説を並べた露店の前を過るたびたび鳥渡《ちょっと》立止りながら、その辺の映画館にでも入って日の暮れるのを待とうと思った。

自動車やトラックの取分け激しく疾走する広い四辻を横切って、すこし歩きくたぶれたのを幸、看板の目につくまま、とある映画館の札売る窓口へと歩み寄った時、映画のポスターではなくして、何やら裸体の女が大勢さまざまな姿態を示して踊っている広告画に気がついた。そして「深夜の戦慄」だの「エログロNOワン」だの「曲線美の旋律」など云う演題が書かれているのを、同じように立留って見ている通行人の中には大きな声で読むものもあり、気まりわるそうに切符を買うものもある。

左喜子は戦争中一時レビュウの中止されていた間に成長した娘なので、看板の絵にも珍しい気がするし、また昨夜目黒のホテルの地下室へ踊りに来た女達のことも思出されるがまま、百円という入場料も惜しげなく切符を買った。

暗くした場内は空席も見当らぬほどの大入《おおいり》である。左喜子は壁際に立見している群集の中に割込み、やっとの事で、明い舞台だけはどうやら見透すことができた。

舞台には森の間から晴れた青い海の見える花園見たような景色の背景が下っていて、白い薄物から身体の透《す》いて見える衣裳をきた女が三人、古風な水瓶を頭の上に捧げながら、奏楽につれて暫く踊っていると、やがて腰から下が馬か羊のような獣になっている髯むじゃの男が出て、女達に抱きつこうとしたり裾をまくろうとしたりするのを、彼方《かなた》此方《こなた》へと女達は逃げ廻りながら退場すると、音楽が突然優しくゆるやかになって、光線の反射するきらびやかな衣裳をつけた女が一人出て来て踊りながら花を摘む。すると以前の半身獣がまた現れ、手にした毒草の花を女に渡すと、女は忽《たちま》ち酔ったようにふらふらしながら踊るのを、半身獣は抱きつくたびたび初は上着《うわぎ》、それから乳当《ブラジャ》、しまいに裾まで引剝いで真裸《まっぱだか》にしてしまっても、女は毒草の香の酔から醒めず、遂にその場に倒れるところで舞台が暗転すると、こんどは白い衣裳をつけた女が一人、何やら片仮名で画家の名らしいものを書いた板を見せながら出て入る。その度毎に鋭い照明が大きな額縁を立てた中に、裸の女の寝たり立ったりしている姿を照し出すのであった。

薄暗い場内は水を打ったように寂《しん》として、咳嗽《せき》の声一つ聞えず、暫くの間一種の緊張した沈静が場内を圧倒していたが、幕が下りかけると見るや、否や、物音荒く座席を立つもの。その後の空席を奪おうとするもの達で、場内は忽ざわつき出す中から、菓子やサイダの手籠をさげた仲売の呼ぶ声が聞えはじめた。

幕は程なく再び明きそうな気勢になったが、裸さえ見ればもう用はないというように争って外へ出る群集に押されるがまま、左喜子も同じく外へ出た。夕日の街は早くも夜になっていて、ラジオと燈火と人影とがあたり一帯の街に活気を添えている。

左喜子は自分ながら分らないほど浮立った心持になった。価《ね》をかまわず無暗に腹一ぱい、おいしい物が食べて見たいような気がした。事務員をしていた時分には喫茶店の硝子戸に並べられてある物さえ、その値段付を眺めて、いつもその儘《まま》通り過ぎてしまったのであるが、今では食べようと思うもので食べられないものは一つもないと思うと、無暗に嬉しくてたまらない気がする。それればかりではない。押合いながら街を歩いている人達は、今方レヴューの裸を見て帰る人。これから見に行こうとする人ばかりのように思いなされると、女の裸が呼び集める人気のすさまじさに、左喜子は自然と生活に対する深い安心と、自分の身体に対する得意とを感じない訳には行かなくなるのであった。

丁度今日は朝も昼も何も食べずにいたので、左喜子は昨夜ホテルで貰った金高《きんだか》をまたしても心の中に数えながら、折から開店祝の花環の賑《にぎやか》に並べられたのが目につくまま、とある中華料理屋の店に入って戸口に近い卓子に腰を掛けた。

道路の雑遝《ざっとう》に似ず店の内はがらんとしていて、片隅にアベックが一組と、帳場の近くに背広をきた若い男が一人新聞を見ながら食事をしているばかり。給仕の小女は三人とも壁に寄りかかってぼんやり外の人通を眺めている。

蕎麦とシューマイとに腹をこしらえて再び外へ出ると、その辺の横町と云う横町は今しも街娼と女給との入乱れて客引きに出初める時刻。左喜子は幾分こわごわながら曲角に佇《たたず》んで様子を眺めていると、いきなり横合から突当るように歩み寄って、手を握ろうとするものがある。驚いて振返ると、今方支那蕎麦屋で新聞を見ながら食事をしていた男。髪の毛を額に垂した面長の顔立と、すらりとした身体付とが、最初見た時からまんざらでもない男のように見られていたので、左喜子は振払おうとした手をそのまま握らせて、

「すこし歩かない。ここはあたいの縄張《なわばり》じゃないから。」

「じゃ、君。上野かい。」

「一杯飲もうよ。」

「君。女給さんか。僕、カフェーはいやだ。」

「わたし女給じゃないよ。一人じゃ飲み屋にも入れないから、そう言ったんだよ。心配しないでもいいよ。あたいが出すわ。」

「たいした景気だな。」と男は不審そうに左喜子の顔を見詰め、「今夜。遊ばせる？」

「なぜ、そんな顔してるのよ。あたいパン助に見えない。」

「見えると言ったら怒られそうだし……困るなア。」

「ねえ。あたい。今夜とても悩《なやま》しいんだよ。お金なんぞほしかないよ。」

左喜子は雑遝する人中《ひとなか》を却っていい事にして、男に抱きつきざまその頰に接吻した。そしてあきれたような男の顔を見て、可笑《おか》しくて可笑しくてたまらないと云うように身体をゆすり上げて笑いつづけた。


（昭和廿四年十一月稿）

渡鳥いつかへる

軽演劇一幕四場

街娼鈴代　（年十九）
アパートのお神《かみ》さん　（年三十）
艶歌師福井　（年廿五、六）
艶歌師松田　（年三十）
ヤクザ斎藤　（年廿五、六）
医師武田先生　（年五十四、五）
おでんや　（年五十四）
私服刑事一人
電車従業員二人
酔漢一人
女巡査二人

第一場

向島都電終点附近のさびしき横町。十一月頃の夜十一時過。新内流《しんないながし》にて幕あくと女巡査二人下手《しもて》より出で上手に入る。遊び人斎藤（年廿五、六。顔に疵《きず》あり。色白の美男。洋服。）下手より出るトすぐその後より私服の刑事一人出で、

刑事　オイ一寸《ちょっと》待て。

ト呼止める。斎藤聞えぬ振《ふり》にて上手へ行きかける。

刑事　オイ待て。貴様、斎藤だろう。

ト後から組みつく。斎藤振りほどき刑事の急処をつき上手へ駈入る。刑事起直り、

刑事　この野郎。待て。

トよろめきながら追掛けて上手に入る。

舞台暗転。

第二場

都電南千住涙橋附近の横町。十一月頃の夜十一時過。柳の立木。後《うしろ》一面の黒幕。下手寄りに年五十がらみのおでんや屋台を出している。電車従業員らしき制服制帽の男二人屋台の前に立ち、

男の一　オイ会計だ。みんなでいくらだ。いいよ。君。今夜は僕が出しとくから。いいと言うのに。

おでんや　三百七拾円になります。

男の二　イヤ君に出さしちゃ済まない。三百七拾円だな。ああ君。僕に払わしてくれ。

（ト百円札を出す。）

おでんや　〽エ参拾円のおつり。毎度ありがとう御ざい。

ト二人の客なお暫《しばら》く争いながら上手に入る。街娼鈴代。年二十位。洋装外套。ハンドバッグを提げ上手より出るとその後より汚れた作業服の職工酔いながら、

職工　姐さん。ちょいとねえさん。

ト呼びかける。鈴代一寸振返り知らぬ顔にて下手へ行きかける。

職工　一人歩きは危険だぜ。送ってッてやろう。

鈴代　いいえ。いいんですよ。家《うち》はすぐそこですから。

職工　遠慮するな。一しょに行こう。（ト手を取ろうとする。）

鈴代　何するんだよ。この人《ひた》ア。
ト突き飛《とば》す。職工よろけて倒れる。鈴代おでん屋の灯を見てかけ寄り、
鈴代　おじさんおじさん。
職工　よくも人を突飛ばしたな。承知しねえぞ。
おでんや　店の邪魔だ。止しなさい。
職工　この野郎。承知しねえぞ。
ト立ちかかって見たがおでん屋の姿に、
職工　この野郎。この野郎。
ト呼びながら下手へ入る。
おでんや　馬鹿野郎。おととい お出でだ。
鈴代　おじさん。すみません。何かおいしそうな物。取って下さいな。
おでんや　アイヨ。今夜アいつもより早かないか。
鈴代　早いかも知れないわ。宵の口に狩込《かりこみ》があったらしいんだよ。こんな晩はどうせろくな事アありゃしないからね。好加減《いいかげん》にして切上げてしまったのさ。
おでんや　今夜はこの辺も馬鹿に静《しずか》だよ。景気のわるい晩はどこも同じだと見えるな。
鈴代　お天気も毎日毎日はっきりしないわね。

おでんや　一日いいかと思うとすぐまた降りだからね。今夜アおいらもそろそろ仕舞《しま》おうかと思っていたのよ。ハイお茶。ぬるいかも知れねえよ。

鈴代　ありがとう。（ト一口飲み）ぬるいわ。もう少しわかしてよ。

ト茶を捨る。この前より第一場の斎藤下手より出でそっとあたりの様子を窺い上手へ行きかけ、鈴代の捨てる茶をズボンに掛けられ、

斎藤　おい、気をつけろ。

鈴代　アラ、御免なさい。

ト二人顔を見合せ、

斎藤　鈴坊《すうぼう》じゃねえか。

鈴代　アラ斎さん。まア久振《ひさしぶり》ねえ。どうして。

斎藤　どうもしねえよ。相変らずだ。（ト鈴代の様子を眺め、）お前も相変らずらしいじゃねえか。

鈴代　そうよ。今時分《いまじぶん》こんなところうろうろしてるんだから。気まりが悪りいわ。

斎藤　それァおれの方で言うこった。あの時分にゃ、お前にもとんだ心配をさせたが、やっぱりヤクザは止められねえのよ。今夜ここで会ったなア、やっぱり縁があったんだ。東京にゃうろうろして居られねえからどっか遠くへ、草鞋《わらじ》をはこうと思って

るのよ。さっきも後をつけられて、すんでの事に喰《くら》い込むところよ。じゃア、あばよ。

鈴代　兄《にい》さん。気をつけてね。

斎藤　お前も身体《からだ》大事にしなよ。あんまり丈夫な方じゃねえからな。

鈴代　ええ。ありがとう。（トじっと思入《おもいいれ》。行きかける男を引止め、）兄さん。一寸待ってよ。

斎藤　何だ。何か用か。

鈴代　兄さん。わたしの外套引掛けておいでよ。今夜あたい達の方も狩込があったし、世間がそうぞうしいようだから、用心した方がいいよ。この外套貸すからパンパンに化けておいで。その方がいいよ。

ト鈴代緑色の外套をぬいで男に着せ頭巾《ずきん》を冠《かぶ》せてやる。

斎藤　でも、お前。困るだろう。外套がなかったら。

鈴代　まだそう寒かないから。そんな事心配しないでもいいよ。

斎藤　すまねえな。じゃ借りて行こう。

鈴代　兄さん。すっかりパンパンだよ。そんなら大丈夫だよ。

斎藤　じゃ、あばよ。

鈴代　気をつけてね。

ト男の後姿を見送っている。下手より艶歌師二人（福井松田）手風琴ギタラを弾き「湯の町エレジイ」か何かを唄いながら出る。

福井　〽伊豆の山々月あはく
あかりにむせぶ湯のけむり
あゝ初恋の
君をたづねて今宵また
ギターつまびく旅の鳥

トおでんやの店先に立寄り、

福井　おじさん。今晩。
おでんや　今晩。お前さん達も大分早いね。
松田　たまにゃ怠けたくなるよ。一杯つけてくんな。オヤ鈴代さんじゃないか。この間から、逢ったらお礼をしようと思っていたんだ。
鈴代　アラ何のお礼なの。
福井　あの晩。傘を貸してもらったお礼だよ。おいら達の家業は毎晩この通《とおり》のお荷物だから。雨に逢っちゃ往生さ。何かいいもの、そう言いなさいよ。

鈴代　ええ。ありがとう。でも、わたしお腹一ぱいだから。
松田　遠慮しないでよ。食べたくなければ一杯どうだい。
鈴代　お酒駄目よ。じゃ勝手に食《たべ》るわ。（ト鍋の中の物を取り）わたしも実は会いたかったのよ。兄さん達に会ったら聞いてみたいと思ってた事があるのよ。
福井　どんな事だい。
鈴代　わたし、兄さん達の御仲間になって見たいと思っていたんだけど。わたしでもできるか知ら。
福井　何だと思ったら。おいら達の仲間入をして門附《かどづけ》になろうッて言うのか。
鈴代　ええ。この商売していりゃどうにかお金にゃ困らないのよ。だけど身体が心配だしね。いつまでも長くやっていられる商売じゃないからね。そうかといって、女給やダンサーになるには衣裳がいるでしょう。だから兄さん達に相談して唄でやって行けるもんなら、やって見たいと思ってたのよ。
福井　そうか。それァいい考《かんがえ》だ。おいら達も初《はじめ》は乞食か何かになった気でやり始めたんだがね。やって見ると思ったより収入《みいり》はあるしね。なかなか面白いんだ。鈴代さんが仲間に入ってくれりゃ、野郎二人きりよりずっと景気が好くなる。なア松《まっ》ちゃん。
松田　そうとも。女が入ればどんな晩でもあふれる心配はねえよ。

福井　じゃ。鈴代さん。ここで一曲やって御覧よ。いいも悪いも、やって見なくッちゃ話ができないからな。
松田　何がいいんだ。鈴《すう》ちゃんの一番好きな唄。一番お得意な唄は何だい。
鈴代　じゃ、気まりが悪いけど。わたし。「夜ごとの溜息。」あれがいいわ。
松田　よしきた。「夜毎の溜息。」はいよ。
鈴代　〽染めるルージユも誰故に。
　街の酒場をわたり鳥
　こんな女になりながら。チヨイト
　なんであなたと逢へませう。
　許してね許して。
　あなた浮世だわ。
福井　いい声だ。申分なしだ。
松田　流しながら出かけよう。
鈴代　アラ。今夜からもう始めるの。
松田　善は急げさ。
ト三人つづいて次の一節を合唱しながら下手に入る。

三人　〽はなれ〴〵の淋しさに
　　いつか迷うた恋の道……。
おでんや　オイ忘れもの。会計だよ。
　ト追いかけて下手に入る。
　　　　　　　　　　　　　　舞台暗転。

第三場

墨田区荒川町辺。艶歌師の住む汚きアパートの一室。平舞台。正面引ちがいの硝子窓《ガラスまど》。炭俵盥《たらい》など置いてある。上手襖《ふすま》の破れた押入。下手出入口のドアー。その外廊下。上手寄りに鈴代シュミーズ一ツ、毛布をかけ夜具の上に眠っている。松田窓に腰をかけ手風琴を引き福井下手の火鉢にて物を煮ながら、唄の稽古をしている。四月頃の午後。鈴代眼を覚し暫く二人の唄をきいている。

鈴代　兄《にい》さん。もう何時。
松田　福ちゃん。何時だろう。もう三時頃じゃないか。
福井　(腕時計を見ながら)三時半だ。鈴《すう》ちゃん。今小豆が煮えるよ。お砂糖の配給があっからね。
鈴代　あら、そう。（ト起直り）わたしお湯へ行ってくるわ。
福井　お前、まだ寒けがするんだろう。お湯はよした方がいいぜ。もう一日二日我慢しなよ。
松田　お湯ばっかりじゃない。商売もすっかりよくなるまで休んだ方がいいぜ。
鈴代　イヤ。わたし今日はどうしても外へ出たいわ。一人ッきり寝ちゃいられないわ。昨夜《ゆうべ》でこりごりしたもの。
福井　そんなに淋しかったのか。じゃ今夜は二人ともお付合《つきあい》に休もうよ。
鈴代　アラそんな事しないでもいいわ。お湯へ行って見れば分るわよ。お湯へ入って暖まッてもまだゾクゾクしるようだったら、おとなしく留守番するわ。
福井　そうか。そんなら今の中《うち》行っておいで。
ト鈴代ズボンに毛糸のシャツを着て行こうとする。
福井　寒いといけない。上衣か何か引掛けておいで。
鈴代　いいわよ。すぐそこだもの。
福井　心配だから。着ておいでと言うのに。
ト無理に着せかけ親切に後から襟を直してやる。鈴代石鹼タオルを持ち下手に入る。

福井　我儘《わがまま》言うほど女はかわいくなるもんだ。（ト思入あって）しかし、松田、君どう思っている。

松田　何だ。

福井　彼女のことさ。彼女の健康だよ。夜の商売にゃ向かない女らしいな。僕達の仲間になったのは、たしか去年の十一月時分だったな。

松田　そう。早いもんだ。もう半年になる。

福井　時々寒けがするッて。寝るのはこれで三度目だ。見たところ顔色もわるくないし、それほど弱そうでもないんだがね。

松田　弱いどころか、馬鹿に達者だって、お前よろこんでたくせに。

福井　今だって相変らずだよ。おれの方がお勤めするような始末だがね。時々妙に寒がったり熱が出たりするのが気にかかるのよ。

松田　一度お医者に見せたらどうだ。直ぐそこに武井さんというお医者がいるじゃないか。

福井　そうだ。忘れていたよ。見てもらえと言っても面倒がって、なかなか行きそうもないからな。今の中鳥渡《ちょっと》行って、来て貰えるかどうか、頼んで見よう。

松田　そうしたまえ。何しろ彼女はわれわれには大事な女だ。あの児《こ》が唄《うた》って歩くようになってから、毎晩あふれる心配はなし、収入《みいり》はならし倍になっているからね。

トアパート管理人の神《かみ》さん(年三十位、厚化粧。色っぽい女。)下手より出で、

お神　あした七日分お米の配給があるよ。ちょいと印を押して下さい。

福井　松ちゃん。印はたしかあの箱の中に入ってるよ。

お神　どこへ行くの。

福井　表のお医者まで行ってくる。鈴代の病気はどうもただの風邪ばかりじゃ無さそうだからね。一度診察して貰おうと思ってさ。頼んだら来てくれるだろうね。

お神　武井先生かい。あの先生なら気軽ないい先生だから、すぐ来てくれるよ。

ト福井下手に入る。お神さん俄《にわか》に色ッぽい様子になり、

お神　松田さん。あの人あたしが来たんで、気をきかして出て行ったんじゃないかい。

松田　それだって構わないじゃないか。お神さんとおれの事はいくら隠そうと思っても福井には隠しきれないよ。

お神　それはそうさね。だけれど福井さんに知れると、すぐ鈴代さんにも知れる筈だからね。ひょっとした事から内のデコボコに感づかれでもすると面倒臭くなるからね。

松田　そんなに御亭主の事が気になるなら、一層今の中止《よ》したらどうだい。

お神　あんた止す気でも私はよさないよ。松田さん。あんた、えばった事を言うけど、

毎日毎晩福井さんと彼女の仲のいいとこ見せつけられて、一人《ひとり》でおとなしくしていられるかい。

松田 お神さんはどうだ。若い燕なしで居られるつもりかい。

お神 だから、こうして昼間でもちょいちょいあんたの顔を見に来るんじゃないか。みんなが帰って来ない中だよ。

松田 じゃ物干へ上ろう。

お神 今日は向の十号室が空いているよ。あすこで、ゆっくり。

松田 そうか。それじゃ鶯《うぐいす》の谷渡りでも、達磨《だるま》のでんぐり返しでも何でも出来るね。

ト二人おかし味の仕草よろしく下手に入る。福井下手奥より出で、

福井 おや、どこへ行ったんだろう。不用心じゃないか。商売道具でも盗まれたら大変だ。

ト室の中に入りそこらを片づけている。鈴代鼻唄をうたいながら下手より出る。

福井 どうだ。心持。何ともないか。

鈴代 ええ。何ともないわ。もう直ったようだわ。今夜はみっしり稼《かせ》がなくっちゃ、ねえ、兄さん。三日なまけてしまったから。

福井 うむ。でも、無理しちゃいけないよ。風邪は馬鹿にできないって言うからね。

鈴代　家にいるよりか外へ出る方が気が晴れ晴れするのよ。わたし今夜はどうしても外へ行くわ。家にいるのはいや。

福井　じゃ一所に出かけるとしよう。

鈴代　わたし夜になると燈《あかり》のついた賑《にぎやか》な処へ行きたくなって、我慢ができないのよ。トも毛糸のシャツをぬぎ化粧にかかる。福井その後姿を眺めながら、

福井　鈴代。お前、表の武井先生というお医者様。まだ知らなかったかね。さっき事務所のお神さんと話をしていたからね、ついでにここへも来て貰うように頼んだよ。一度見てお貰いよ。

鈴代　そう。でもわたし、お医者様に見てもらう程悪いような気がしないわ。風邪ひくのは癖なのよ。

福井　あのお神さんは世話好《ずき》だからね。言いなり次第に世話になっていないとうるさいからさ。おとなしく見ておもらいよ。

鈴代　じゃ見てもらいます。

トやはり化粧をしている。五十年配の医者武井革包《かばん》をさげ下手より出る。

武井　福井さん。こちらかね。

福井　おいそがしいとこ。ありがとう御在《ござい》ます。

武井　今度の風邪は大事にしないといけません。一ト月たっても直らんのがありますから。患者はあなたですか。
鈴代　ええ。
武井　寝てから咳漱《せき》がでますか。
鈴代　ええ。どうかすると。たいした事はありませんけど。
武井　じゃ一寸《ちょっと》見ましょう。（ト脈を見て）おぬぎなさい。寒かありませんか。
トシュミーズをもぬがせ聴診器にて胸から背中を診察する中容易ならぬ病気だという思入《おもいいれ》。
武井　いつごろ結婚しました。
鈴代　あの、ついこの間《あいだ》……。
武井　じゃ新婚ですな。
福井　まだ、やっと半年《はんとし》です。
武井　そうですか。大《たい》してどこが悪いと言うのでもありませんがね。全体にひどく疲労していますからな。何でも身体《からだ》を楽に、無理をしちゃいけませんよ。
福井　はァ、そんなに疲労していますか。
武井　今日は初て診察したんだから、もう暫《しばら》く様子を見ましょう。薬は直ぐ拵《こしら》えて置きます。いつでも取りにおいでなさい。

福井　はい。後程《のちほど》取りに参ります。

ト医者を送りながら共に下手に入る。鈴代外出の支度をする。松田シャツのボタンを掛けながら下手奥より出で、

松田　もうへとへとだ。ひどい目にあった。(トどびんの茶をのみ)もう出掛ける支度か。

鈴代　ネエ。松田兄さん。今夜吉原の方へ流して行きたいわ。この正月だったわね。あれっきり一度も行かないから。

松田　そうだったね。戦争前にゃ吉原は賑だったぜ。見せたいようだった。三月になると仲《なか》の町《ちょう》は桜の花盛り。それから後は花菖蒲、秋になると菊の花だ。両側ともずっとお茶屋の二階。芸者が上っている。新内の流が通るね。声色屋《こわいろや》が来る。ボアン。ええお二階のお客さま。播磨屋。高島屋。ゆうべも宿で寝もやらず。……菊見がてらに里の露。濡れて見たさに来て見れば、案に相違の愛想づかし。

鈴代　あら。三亀松《みきまつ》はだしだわ。

松田　おいらん。それじゃアつれなかろうぜ。

ト福井心配そうな様子にて下手より出る。

鈴代　兄《にい》さん。早く支度してよ。今日は吉原へ行って見ましょうよ。

福井　たまにゃ吉原もいいだろう。だがね。鈴代。すこし話があるんだ。おれの言うこと聞いてくれないか。

鈴代　どんな話。

福井　お前の病気のことだよ。まアおすわり。気にしちゃいけないよ。アノお医者様のはなしさ。お前の病気はこんな空気の悪い狭苦しいところに居ちゃアいけないそうだ。一ト月でも二タ月でも、暫くでいいから空気のいい静なところへ行っていろ。そうすると早く直るッて言うんだがね。

鈴代　（思入よろしく）ああそう。兄さん、わたしお医者様の言うこと、もう能《よ》くわかってるわ。このままこうしていると段々わるくなって、起きられないようになるといけないって言うんでしょう。わたし、みんなの迷惑になるといけないから。じゃ、田舎の家《うち》、木更津におばさんがいるから、そこへ行きます。（ト泣く。）

福井　鈴代。わるく思っちゃいけないよ。

鈴代　兄《にい》さん。わたしの事忘れないでね。

福井　何《なに》言うんだよ。これッきり別れると言うんじゃない。おれも一緒に行かれるようなら、一緒に行きたいんだが……。

鈴代　兄さん。わたし自分の身体のことはお医者様に言われないでも能く知ってるのよ。

福井　ねえ、兄さん。だから、今夜だけ思切《おもいき》り一緒に夜通し唄って歩《ある》かしてよ。
鈴代　いいとも。今夜はお前の気のすむように流して歩こう。
松田　嬉しいわ。兄さん。
福井　早くよくなって。早く帰って来なさいよ。迎いに行くよ。
　さア出かけよう。
　ト福井と松田そっと涙を啜り楽器を取上げる。
舞台暗転。

第四場

同じアパートの一室。一箇月程たった或日《あるひ》の午後。福井夜具をたたみ毛布を窓に干している。松田はシャツのボタンをつけようとして針のメドに糸の通らぬ体《てい》。

松田　鈴坊がいてくれるとわけはねえんだが、男ばっかりじゃ始末がつかねえ。アいたい。
　ト針をさした指をなめる。
福井　今頃はどうしているだろう。あの病気は。直ぐに直る病気じゃないからな。

ト茶棚の上に置いてある女の写真を手に取り小声に唄いながら眺めている。アパートのお神さん下手より出で、

お神　福井さん。室代に電燈料を貰いに来たよ。今月から電燈料は倍になったんだよ。

福井　そうかい。ありさえすればいくらでもいいがね。今月は天気がわるいんでカラッきし稼げないんだ。半分上げるから後は暫く待ってもらえないかね。

松田　天気がわるいばかりじゃない。彼女がいなくなってから毎晩の上りも半分せいぜいだ。女がいるのと居ないのじゃ大変なちがいなんだよ。

お神　もうかれこれ一ト月になるかね。まだよくならないのかね。

福井　しばらく便《たより》がないから、心配しているんだ。

お神　そうかい。今日は電燈料だけ貰って置こう。

福井　そうしてくれると助かるよ。いくら。

お神　一燈、百二十円。

ト福井より金を受取りそっと松田に色目を使い下手に入る。

福井　おらアもう門附《かどづけ》もいやになった。

松田　おれもそうよ。何だかつまらなくって仕様がねえ。外に何かいい商売はないもんかなア。

福井　そうよなア。靴みがきもゾッとしねえし、輪タクでも借りて、パンパンの客引《きゃくひき》でもするか。(トポケットを探り)煙草持っていないか。

松田　一本なしだ。火鉢の中の吹殻《すいがら》でも探すがいい。

ト煙草の空箱を投捨てる。下手より第一場の斎藤(見にくからぬ服装)ボストンバッグを提げて出で、

斎藤　鳥渡《ちょっと》うかがいます。八号室はどこでしょう。

松田　八号室はここですが。何か御用で。

斎藤　わたしは鈴代の知合いのものなんです。久しいこと会わないんですよ。方々聞合《ききあわ》してやっと尋ねて来たんです。

福井　そうですか。アノ折角ですが鈴代は少し身体がよくないんで、先々月木更津の家へかえりました。処番地は分っています。お教えしましょうか。

斎藤　イヤここに居なけれア、それでようございます。実は借りてたものがあるんで、この外套ですよ。これを返そうと思って尋ねて来たんです。

福井　その外套。

斎藤　彼女にそれをお見せになれば、私のこともみんな分りますから。

福井　そうですか。お名前は何と仰有《おっしゃ》るんです。

斎藤　斎藤というヤクザ者です。あの晩。外套を借してもらったおかげで助かったようなわけなんで。これはお礼のしるしです。外套の借賃《かりちん》ですよ。帰って来たら渡してやって下さい。では、たのみましたよ。

ト下手に入る。

松田　どういう訳だろう。さっぱり分らない。お金はいくら置いて行ったんだ。

福井　千円札だ。一枚二枚。三枚ある。ひょっとすると昔馴染《なじみ》の彼氏かも知れない。とにかく預物《あずかりもの》だから仕舞って置こう。

トこの時《とき》雨の音。下手にて女の声。

女の声　雨がふって来ましたよ。洗濯物が濡れちまいますよ。

別の声　はい。ありがとう。

福井　馬鹿に降って来やがった。

ト窓に干した毛布を取入れる。

松田　この降りじゃ今日もまたお休《やすみ》か。

福井　イヤに暗いな。(ト電燈をつけ)仕様がねえから一杯飲もうや。まだ有るだろう。

松田　大丈夫。

ト一升罎からコップに酒をついで飲む。

お神　福井さん。早く来ておくれ。鈴代さんだよ。帰って来たよ。

ト下手にて呼ぶ。福井松田下手に行きかける。お神さん鈴代を抱くようにして扶《たす》けながら、

お神　しっかりおし。

福井　びしょ濡れだ。おい。おれだよ。よく帰って来た。

鈴代　済みません。もう大丈夫よ。馳出したもんだから息が切れたのよ。水、頂戴。

ト三人して鈴代を室の中に入れてねかす。

お神　濡れたもの着せといちゃいけない。おぬぎよ。

ト上衣をぬがせ、斎藤の置いて行った外套を掛ける。鈴代閉《つぶ》った眼をひらき、

鈴代　あら、このマント。

福井　さっき斎藤さんていう人が来たんだ。お前から借りたんだからって、持って来たのだ。お礼だからッてお金も三千円置いて行った。

鈴代　あ、そう。じゃあの晩、うまく逃げられたんだわ。

福井　お前のおかげで助かったと、そう言っていたぜ。

ト鈴代何とも言わずまた眼をつぶる。皆々心配そうに眺めている。鈴代福井の手を探って握り、

鈴代　兄さん。許してね。わたしほんとに淋しくって田舎の家にはいられなかったのよ。どうせ死ぬのなら東京で死にたいと思って、無理に逃げ出して来たの。

福井　すこし静にしてお休みよ。

松田　お医者呼んで来よう。

鈴代　わたし時々夢を見たわ。わたし達三人で歌って歩く夢ばかり見ていたわ。兄さん。もう一度わたしに歌わしてよ。アノ初ての晩歌ったあの唄……

福井　うむ。アノ……

松田　夜毎の溜息。そうだろう。

ト鈴代初めとぎれとぎれに唄い出す。福井と松田もつづいて唄い三人の合唱。よき程に静に幕。

（昭和廿五年五月稿）

老　人

臼木は長年もと日本橋区内に在った或《ある》病院の会計をしていた時分から、株式相場にも手を出し、早くから相応に財産をつくっていたが、支那事変の始ったころ、年も六十近くなったので、葛飾区立石町《たていしまち》に引込み、老妻に釣道具と雑貨とを売らせ、自分は裏畠に花や野菜を栽培したり、近くの中川や江戸川へ釣に出たりして老後の日を楽しく送っている。

伜《せがれ》が一人、娘が一人あったが、伜の方は出征すると間もなく戦死し、娘はそれより以前に結婚して下ノ関に在る良人《おっと》の家に行ってしまったので、その後戦争が終った明《あく》る年の秋、老妻に死なれた時、臼木は全く孤独の身となった。年は六十七になっていた。

葬式の時には老妻の従妹《いとこ》に当るお近という産婆がその住んでいる甲府の町から、また下ノ関にいる娘常子というのが出て来て始末をしてくれたが、二人とも初七日の法事の済み次第帰ることになっていた。その日寺から戻って来て、三人夕飯の膳に向った時、

「では父さん。わたし達はあした帰りますよ。父さんはこれから先、どうなさるつもりなの。一人で困りゃしませんか。お店の番もしなければならないし。配給物も取りに行かなければならないでしょう。」と言出したのは娘の常子である。

臼木はわざとらしく別に困りもしないというような調子で、

「まア、どうにかして見ようよ。困るといったところで仕様がないからな。悴が生きていて嫁でも貰っていれば家の事だけはやってくれたろうが、死んでしまったんじゃどうにもならない。」

産婆のお近はこれもわざとらしいまで事もなげに、「おじさん。どんなもんでしょう。もう一度おかみさんを貰って見たら。」

「何を言うんだ。はははは。この年になって女房が貰えるものか。こっちで貰おうと思っても来手《きて》があるまい。」

「そんな事はありませんよ。広い世間にゃ七十になってから茶飲みばなしの相手を貰ったような話も珍しくはありませんからね。」

「そうかね。縁は不思議なものだというから、そんな話もあるかも知れない。しかし見ず知らずの年寄同士じゃ二人顔をつき合したところで、どうなるものだか一寸《ちょっと》考えがつかないね。それよりか、お前達、あした帰るんならもう仕度をして置くがいいぜ。」

「帰りの乗車券は此方《こっち》へ来る時駅へ申込んで置きましたからね。いつでも買える筈です。わたしの方は山梨県だからわけはないけど、常子さんの方は食料も一日分じゃ足りますまい。」

「京都に心やすくしている家《うち》がありますから、そこでまた後《あと》の分は拵《こしら》えてもらいます。」と常子が答えた。

臼木は大切な用事を忘れていたと云う風で、

「亡《なく》なった人の形身《かたみ》分《わけ》をしなければならない。ほんとは四十五日か七十五日にやるのだろうが、ついでだから今の中《うち》、帰りの荷物と一ツにして持って行って貰いたいね。帯でも襦袢《じゅばん》でも欲しいものは選《よ》り取って持って行くがいい。」

「ええ。ありがとう。戦災から着物は全く宝物になりました。」

「その箪笥に入れてあるから、まア出して御覧。」

食事をした後の茶ぶ台もそのまま片づけずに、お近と常子とは箪笥の引出から一枚一枚衣類を取出した。

「婆さんの若い時分に着たものは、大地震の時箱崎町の家で焼いてしまったから、それはみんなその後に拵えたものだ。震災の時、常子、お前はたしか小学校へ行ったばかりだろう。婆さんの着物がそのまま役に立つようになったのかと思うと、月日の立つのは早いもんだな。」

「まったくですわ。わたしも好加減《いいかげん》お婆さんになってしまいました。」

「常子さん。あなた。お子さん、お幾人《いくたり》です。」と産婆のお近がきいた。

「二人います。一人が十。次のが八ツになります。二人とも女ですし、たいして世話もやけませんから、年寄達に預けて参りました。」

常子の子供は臼木には孫にあたるのであるが、まだ一度も顔を見る折がなかった。臼木は初めて聞くような心持で、

「そうか。二人とも女の児か。お土産に何か買って置けばよかったが、この時節じゃア何処《どこ》へ行っても買うような物はありゃしない。常子。箪笥の中に何か赤いものでもないか。さがして見てくれ。」

「そんなにいろいろ戴いて行かなくってもよう御在《ございま》すよ。この頃の子供は戦争から馴れてしまいましたからね。わたし達の子供時分のように食るものも着るものも、あんまり欲しがりませんからね。」と言ったが、常子はそれでも女の子の着物に仕立て直せるような、華美《はで》な裏のついた羽織を取上げ、両方の袖まで裏返して見た。

時計が十時を打った。

従妹《いとこ》のお近は大島紬《つむぎ》の小袖と黒繻子《じゅす》の帯を選み、常子は稍《やや》荒い縞の錦紗《きんしゃ》お召《めし》の二枚

襲《がさね》と紋附の羽織と帯とを貰うことにした。二人は座敷一ぱいに取広げた衣類をもとの箪笥にしまい、それから自分達の荷物を纏めた時には夜は早くも十二時近くであった。時々鉄橋《てっきょう》を渡る電車の響のかすかに聞えたのも、今は杜絶《とだ》えて、空を走る風の音ばかりが耳につく。

「あした、何時にたつんだね。早いのか。」と老人は何がなしに二人の女の顔を見た。二人が此度《こんど》のようにここの家へ来合せて、自分と一所に茶ぶ台を取囲んで食事をするような折は、何か特別の事でも起らないかぎり、まず無いと思わなくてはなるまい。老人は突然何の理由《わけ》もなく、それは今夜が最後であるような気がした。この次二人がこの家に来合せるのは、自分が病気になって死ぬ時であろう。と云うような気がした。

常子は至極《しごく》気軽な調子で、「午前十一時に東京駅で乗りかえるんですから、九時にここを出れば大丈夫でしょう。おばさんの方は。」

「わたしは新宿からだからね。時間なんぞ構わずに、常子さんと一所に出掛けましょう。」

「そうか。わしもそこの駅まで送って行きたいが、今日お墓参《はかまいり》をするにも隣の人に留守番をして貰うような始末なんだからな。わしは行かないよ。帰ったら皆さんに宜しく言ってくれ。」

「ええ。かしこまりました。」
二人が入れ直す茶を飲んだ後、老人は二階に、二人の女達は下座敷《したざしき》に寝る仕度をした。

＊　＊

老人は燈《あかり》を消して夜具の中に這入った。今日は昼過に墓参をしたり葬式に来てくれた町内の人達のところへも礼参《れいまいり》に立寄ったりして、かなり疲れもしたので、眼をつぶればすぐに眠られるつもりであったが、なかなかそう思うようには行きそうもない。寝返りをするたびたび自分では思出そうとも思っていないさまざまな事が、秩序なく心の中に浮んでくるのであった。

老人は二十五の春、或専門学校を卒業して或会社に雇われたが、三年の後会社の破産に遇い、一時しのぎのつもりで或病院の会計に雇われて見たのであるが、病院は丁度建物を増築する盛況に向っていた時で、給料も会社員よりも多額であるばかりか、何かにつけて目立たない余徳もあるところから、そのまま腰を据えたようなわけであった。その時病院に石田浜子という附添《つきそい》看護婦がいて、石田は埼玉県の或町からその時代の風潮に感化された若い女の例に漏れず、都会の繁華にあこがれ東京へ出て来て、初めは二、三ケ処山の手の屋敷へ女中奉公をして歩いた後X病院の看護婦に住込んだ。さして目に立つほどの容貌《さりょう》ではないが、二十《はたち》を越したばかりの艶《なまめか》しさに、大学を出たばかりの薬局の助手が忽《たちま》ち誘惑しようとしたのを、臼木が窺い知ってそれとなく注意をしたのが縁のはじまりであった。

石田は一時埼玉の生家へかえり、半年ほどして再び東京へ出て来て、他の病院に住込むと間もなく、臼木の許へ手紙を出した。二人の感情はこれから次第に親しくなり、やがて結婚のはなしが成立った。その訳《わけ》は最初石田を誘惑しかけた薬局の助手はその後《ご》不品行のため病院を解雇されてから、或未亡人を欺きその財産を横領しかけた事が警察問題となり、醜聞が新聞紙に書立てられた。それを読んだ石田はもしもあの時会計の臼木さんが居なかったなら、自分もとんだ目に遇わされたかも知れなかったと、難有《ありがた》いやら懐しいやらで、臼木へ手紙を出したのであった。

臼木は箱崎町の貸二階を引払い、石田と二人で新大橋向《むこう》の借家《しゃくや》に新しい家庭をつくった。翌年常子と名づけた女の子が生れる。やがて震災の火は二人の家庭をも、その勤先の病院をも焼き払ってしまったが、一年たたぬ中市民の生活は市街の光景と共にまた元のようになった。平穏で単調な二人の生活には毎年節分の夜に撒く豆の数をふやすより外には何の変化もなかった。

臼木はX病院の忠実な会計のおじさんとして、病院のみならずその附近の町の人達からも信用されるような好々爺《こうこうや》になった。臼木は老眼鏡の度《ど》もあまり強くならない中、紙幣を数える指先もまだ確《たしか》である中、将来家族の困らぬだけの恒産をつくって置かねばならない。それが人間生涯の目的、人間生活の真の意義だと考え、もしその目的を達することが出来たなら、それ以上人間の幸福はあるまい。そして彼はこの目的の為には職務に対する忠誠の心を失ってはならない。善行には必ず善果のあるべき筈のものだと信じていた。

ところが戦争はその所信を空しくした。国民の生活は覆《くつがえ》され、個人の私産は封鎖されてしまった。しかし彼はなお葛飾区立石町に建てた家屋だけ空襲の災に罹《かか》らなかった事を、焼けて家を失った人達の不幸に比較して、無上の幸福だと諦めるだけの余裕を失わなかった。一人息子の戦死した悲しみも事々《ことごと》しく人に向っては語りもしなかった。三十年連添った老妻浜子の病死もまた人間夫婦の生涯には、その中の一人が必《かならず》経験せねばならないものと諦めをつけていた。

＊　＊

臼木はふいと暗闇の中に七十二歳まで生きていたその父の面影を見た。父はその配偶者が六十で死んだ一周忌の来ない中に、その後を追って行った。臼木がまだ専門学校在学中のことであったから何十年かの昔である。臼木は父の老後に生れた孫のような子で、早く生れた兄や姉も一人二人あったのだが、その人達はいずれも老父より先に死んでいた。

老母の病が危篤だという国元からの電報を受取り、東京から急行列車で馳けつけ、やっと葬式の間に合ったのであるが、その時来合せた親戚達が男の年寄というものは、長年連添った老妻に先立《さきだた》れると、それから後一人で長く生残るものはまず少いのが通例である。平生元気のいい丈夫な老人ほどそういう場合には却《かえっ》て脆《もろ》くぽっくり逝くものだとひそひそ話をしているのを耳にしたことがあった。

これは臼木が六十七歳の今日まで一度も思出したことのない遠い記憶である。長い間全く忘れ果てている事がどうして今夜突然思返されて来たのであろう。

それが訳もなく不思議に考えられるだけ、その身に取っては間違のない前兆のような気もする。もしそうだとすれば臼木自身もその父と同じように、そう長くは生残らないのかも知れない。

悴は自分より先に死んだ。娘は明日の朝遠く下ノ関へたって行く。たった一人になったその身にはもう思残すことは何もない。もし老父と同じようにその配偶者の一周忌さえ来ない中に死ぬることができたなら、それはどう考えても人生幸福の中の一つだと見なければなるまい。愚痴でもなければ、自分を欺く空威張《からいばり》でもなく、強いて粧《よそお》う空元気《から》でもない。ましてや戦後の世の中、代用食に折々飢《うえ》を忍んでいる人達の言葉をきけば、無理に死ぬるわけにも行かないから、自然に死んでくれるのが何よりの仕合せだと言っているではないか。

臼木老人には戦争中に成人した男や女がさほど今の世の中を悲観していないように見えるのも、これまた不可思議の一つであった。近い例を取れば娘常子の様子もそうである。乗れないほど雑沓するという汽車、硝子窓《ガラスまど》の満足なのは一つもない客車で、二日ちかく乗りつづけて行く事をも、さして難儀だとも思っていないらしい。その生れ育った箱崎町の焼跡の話やら、戦災を免れた水天宮の話などが出た時にも常子はたいした興味をもも催さず、人間はどこで生れて何処で成長して、何処に住もうとも、それはその時の都合だと、飽くまで悟りきっているようにも、老人の目からは見えるのであった。

老妻の従妹になる産婆のお近は常子よりも七、八ツ年上で、もう四十を越しているのだが、この女も戦敗後の世の中についてはさしたる不安の念も抱いていないらしく、戦争中に較べると結婚する者が激増したと見え、甲府のようなところでも、どうかすると一日に七、八軒も廻らなければならないような急《いそが》しいことがあると言って、月々に暴騰《ぼうとう》する米価や物価などは深く念頭に置いていないようにも思われた。

臼木はあの女達ももう若くはないのであるが、自分ほどには戦後の生活について底知れぬ恐怖を抱いていないらしく見られるのは、これを要するに年齢の相違に依るばかりで、外に仔細はないであろう。そう考えると、七十を目の前にひかえた自分にはもう生活と戦って行く活力のすっかり消耗している事がただ情なく思い知られるばかりであった。

下座敷に寝た二人はまだ何やら話をしている。明日の朝出発するのなら早く灯を消して眠ればいいのに。と臼木は思いながら、話声のいつか遠くなるような気がすると共に知らず知らず眠りに落ちた。

（昭和廿五年七月オール読物所載）

吾妻橋

一

毎夜《まいよ》吾妻橋《あずまばし》の橋だもとに佇立《たたず》み、往来《ゆきき》の人の袖を引いて遊びを勧める闇の女は、梅雨《つゆ》もあけて、あたりがいよいよ夏らしくなるにつれて、次第に多くなり、今ではどうやら十人近くにもなっているらしい。女達は毎夜のことなので、互にその名もその年齢もその住む処も知り合っている。

一同《みんな》から道《みっ》ちゃんとか道子さんとか呼ばれている円顔の目のぱっちりした中肉中丈の女がある。去年の夏頃からこの稼場《かせぎば》に姿を見せ初め、川風《かわかぜ》の身に浸む秋も早く過ぎ、手袋した手先も凍《こご》えるような冬になっても毎夜休まずに出て来るので、今では女供の中でも一番古顔になっている。

いつも黒い地色のスカートに、襟のあたりに少しばかりレースの飾《かざり》をつけた白いシャツ。口紅だけは少し濃くしているが、白粉《おしろい》はつけているのか居ないのか分らぬほどの薄化粧なので、公園の映画を見に来る堅気の若い女達よりも、却《かえ》ってジミなくらい。橋の欄干のさして明《あか》からぬ火影《ほかげ》には近くの商店に働いている女でなければ、真面目な女事務員としか見えないくらい、巧《たくみ》にその身の上を隠している。そのため年齢《とし》も二十二、三には見られるので、真《まこと》の年はそれより二ツ三ツは取っているかも知れない。

道子は橋の欄干に身をよせると共に、真暗な公園の後《うしろ》に聳えている松屋の建物の屋根や窓を色取る燈火を見上げる眼を、すぐ様《さま》橋の下の桟橋から河面《かわづら》の方へ移した。河面は対岸の空に輝く朝日ビールの広告の灯と、東武電車の鉄橋の上を絶えず往復する電車の燈影《ほかげ》に照され、貸ボートを漕ぐ若い男女の姿のみならず、流れて行く芥《ごみ》の中に西瓜《すいか》の皮や古下駄の浮いているのまでがよく見分けられる。

折から貸ボート屋の桟橋《さんばし》には舷《ふなばた》に数知れず提燈《ちょうちん》を下げた涼船《すずみぶね》が間もなく纜《ともづな》を解いて出ようとするところらしく、客を呼込む女の声が一層甲高《かんだか》に、「毎度御乗船ありがとう御《ご》在《ざい》ます。水上バスへ御乗りのお客さまはお急ぎ下さいませ。水上バスは言問《こととい》から柳橋《やなぎばし》、両国橋《りょうごくばし》、浜町河岸《はまちょうがし》を一周して時間は一時間、料金は御一人五十円で御在ます。」と呼びつづけている。橋の上は河の上のこの賑いを見る人達で仲見世や映画街にも劣らぬ混雑。欄干にもたれている人達は互に肩を摺れ合すばかり。人と人との間に少しでも隙間が出来ると見ると歩いているものがすぐその跡に割込んで河水の流れと、それに映る灯影を眺めるのである。

道子は自分の身近に突然白ズボンにワイシャツを着た男が割込んで来たのに、一寸《ちょっと》身を片寄せる途端、何とつかずその顔を見ると、もう二、三年前の事であるが、パレスという小岩の遊び場に身を沈めていた頃、折々泊りに来た客なので、調子もおのずから心やすく、

「アラ、木嶋《きイ》さんじゃない。わたしよ。もう忘れちゃった。」

男は不意をくらって驚いたように女の顔を見たまま何とも言わない。

「パレスの十三号よ。道子よ。」

「知っているよ。」

「遊んでッてよ。」と周囲の人込《ひとごみ》を憚《はばか》り、道子は男の腕をシャツの袖と一しょに引張り、欄干から車道の稍《やや》薄暗い方へと歩みながら、すっかり甘えた調子になり、

「ねえ、木嶋さん。遊んでよ。久しぶりじゃないの。」

「駄目だよ。今夜は。持っていないから。」

「あっちと同じでいいのよ。お願いするわ。宿賃《やどちん》だけ余計になるけど。」と言いながら、道子は一歩一歩男を橋向《はしむこう》の暗い方へと引ッ張って行こうとする。

「どこへ行くんだ。宿屋があるのか。」

「向の河岸《かし》に静《しずか》ないい家があるわ。わたし達なら一時間二百円でいいのよ。」

「そうか。お前が彼処《あっち》に居なくなったのは、誰か好きな人ができて、一緒になったからだと思っていたんだ。こんな処へ稼ぎに出ているとは知らなかったヨ。」

「わたし、パレスの方は借金は返してしまうし、御礼奉公もちゃんと半年いてやったんだから、母《かア》さんが生きてれば家へ帰って堅気で暮すんだけれど、わたし、あんたも知ってる通り、父さんも母さんも皆《みんな》死んでしまって、今じゃほんとの一人《ひとり》ぼっちだからさ。こんな事でもしなくッちゃ暮して行けないのよ。」

男は道子が口から出まかせに何を言うのかというような顔をして、ウムウムと頷《うなず》付きながら、重そうな折革包《おりかばん》を右と左に持ちかえつつ、手を引かれて橋をわたった。

「此方《こっち》よ。」と道子はすぐ右手の横道に曲り、表の戸を閉めている素人家《しもたや》の間にはさまって、軒先に旅館の灯《あかり》を出した二階建の家の格子戸を明け、一歩先へ這入って「今晩は。」と中へ知らせた。その声に応じて、

「入らっしゃいまし。」と若い女中が上り口の板の間に膝をつき、出してあるスリッパを揃え、「どうぞ、お二階へ。突当りが明いています。」

梯子《はしご》段《だん》を上ると、廊下の片側に顔を洗う流し場と便所の杉戸があり、片側には三畳と

六畳の座敷が三間ほど、いずれも客があるらしく閉め切った襖《ふすま》の外にスリッパが抜ぎ捨ててある。

道子は廊下の突当りに襖のあけたままになった奥の間へ、客と共に入ると、枕二ッ並べた夜具が敷いてあって、窓に沿う壁際に小形の化粧鏡とランプ形のスタンドや灰皿。他の壁には春画めいた人物画の額がかかって、その下の花瓶には黄色の夏菊がさしてある。

道子は客よりも早く着ている物をぬぎながら、枕元の窓の硝子障子《ガラスしょうじ》をあけ、「ここの家、涼しいでしょう。」

窓の下はすぐ河の流で駒形橋《こまがたばし》の橋影と対岸の町の灯が見える。

「ゆっくり遊びましょうよ。ねえ、あなた。お泊りできないの。」

客は裸体のまま窓に腰をかけて煙草をのむ女の様子を眺めながら、

「お前、パレスにいた時分露呈症だって云われていたんだろう。まったくらしいな。」

「露呈症ッて何よ。」

「身体中どこも隠さないで平気で見せることとさ。」

「じゃ、ストリップは皆《みんな》そうね。暑い時は涼しくっていいわ。さア、あんたもおぬぎなさいよ。」と道子は男のぬぎかけるワイシャツを後《うしろ》から手つだって引きはがした。

二

道子はもと南千住の裏長屋に貧しい暮しをしていた大工の娘である。兄が一人あったが戦地へ送られると間もなく病気で倒れ、父は空襲の時焼死して一家全滅した始末に、道子は松戸の田舎で農業をしている母親の実家へ母と共につれられて行ったが、ここも生活《くらし》には困っていたので、母の食料をかせぐため、丁度十八になっていたのを幸い、周旋屋の世話で、その頃新《あらた》にできた小岩の売笑窟へ身売りをしたのである。

男はまだ初めてと云う年頃であるが、気の持ちよう一ツで、女ならば誰にでも出来る商売のこと。道子は三月《みつき》たたぬ中《うち》立派な稼ぎ人となり、母への仕送りには何の滞《とどこお》りもなくやって行ったが、程なくその母も急病で死んでしまい、道子はそれから以後、店で稼ぐ金は、いかほど抱主《かかえぬし》に歩割《ぶわり》を取られても、自分一人では使い切れないくらいで、三年の年季の明ける頃には鏡台や簞笥も持っていたし、郵便局の貯金も万以上になっていたが、帰るべき家がないので、その頃半年あまり足繁く通ってくるお客の中で、電話の周旋屋をしている田中と云う男が、行末は表向き正妻にすると云うはなしに、初めはその男のアパートに行き、やがて三ノ輪《みのわ》の電車通に家一軒借ると、男の国元から一度嫁に行ったことのある出戻りの妹に、人好きのよくない気むずかしい母親とが出て来たため、針仕事も煮炊《にたき》もよくは出来ない道子は手馴れない家庭の雑用に追われる。初《はじめ》から気質の合わない家族との折合は日を追うに従って円滑には行かなくなり、何かにつけてお互に顔を赤らめ言葉を荒くするような事が毎日のようになって来たので、道子は客商売をしていた小岩の生活のむかしを思返してふてゝ腐れる始末。それに加えて男の周旋業も一向うまくは行かないところから、一年後には夫婦別れと話がきまり、男は母と妹とを連れて関西へ行く。道子はその辺のアパートをさがして一人暮しをすることになったが、郵便局の貯金はあらかた使われてしまい、着物まで満足には残っていない始末に、道子はアパートに出入する仕出屋の婆さんの勧めるがまま、戦後浅草上野辺の裏町に散在している怪し気な旅館や料理屋へ出入りしてお客を取りはじめた。しかし毎日毎晩というわけには行かない。四、五日目に一人か二人もあればいい方なので、道子はその頃頻《しきり》と人の噂をする浅草公園の街娼になろうと決心したが、どの辺に出ていいのか見当がつかないので、様子をさぐりに、或日《あるひ》あたりの暗くなるのを待ち、映画見物の帰りのような風をして、それらしく思われる処をあちこちと歩き廻っている中、いつか仮普請の観音堂の前に来かかったのに心づき、賽銭箱に十円札を投《ほう》り込み手を合して拝んでいた時である。「アラ、道ちゃん」と呼びかけられ、驚いて振返って見ると、小岩の私娼窟にいた頃姉妹のように心安くしていた蝶子という女、もとは浅草の街娼をしていた事もあるという女なので、訳《わけ》を話して、道子はその辺の蕎麦屋に誘い、委しくいろいろの事情をきいた。

このあたりで女達の客引に出る場所は、目下足場の掛っている観音堂の裏手から三社《さんじゃ》権現《ごんげん》の前の空地、二《に》天門《てんもん》の辺から鐘撞堂《かねつきどう》のある弁天山《べんてんやま》の下で、ここは昼間から客引に出る女がいる。次は瓢簞池《ひょうたんいけ》を埋めた後の空地から花屋敷の囲い外で、ここには男娼の姿も見られる。方角をかえて雷門《かみなりもん》の辺では神谷バーの曲角《まがりかど》。広い道路を越して南千住行の電車停留場の辺《あたり》。川沿の公園の真暗《まっくら》な入口あたりから吾妻橋の橋だもと。電車通でありながら早くから店の戸を閉める鼻緒屋《はなおや》の立ちつづく軒下。松屋の建物の周囲《いまわり》、燈火《あかり》の少い道端には四、五人ズツ女の出ていない晩はない。代金は誰がきめたものか、いずこも宿賃二、三百円を除いて、女の収入は客一人につき普通は三百円から五百円、一泊は千円以上だと云う。

道子はただ何という訳もなく吾妻橋のたもとが好さそうな気のするまま、ここを出場所にしたのであるが、最初の晩から景気が好く、宵《よい》の中に二人客がつき、終電車の通り過る頃につかまえた客は宿屋へ行ってから翌朝まで泊りたいと言出す始末であった。

道子は小岩の売笑窟にいた時から男には何と云うわけもなく好かれる性質《たち》の女で、少しこの道の加減がわかるようになってからは、いかに静《しず》な晩でも泊り客のないような夜はなかったくらい。吾妻橋へ出るようになっても客のつくことには変りがなく、その月の末にはハンドバッグの中に入れた紙入《かみいれ》には百円札や千円札がいくら押込もうとしても押込めない程であった。

道子は再び近処の郵便局へ貯金をし初めた。

三

或日の朝も十時過。毎夜泊りの客を連込む本所の河岸の宿屋を出て、電車通でその客とわかれ、道子は三ノ輪の裏通りにあるアパートへ帰って来ると、窓の下は隣の寺の墓地になっている木の間から、今朝《けさ》は平素よりも激しく匂いわたる線香の烟《けむり》が風になびいて部屋の中まで流れ込んでくるようにも思われた。

昼寐《ひるね》の夜具を敷きながら墓地の方を見下すと、いつも落葉に埋れたまま打棄ててある古びた墓も今日は奇麗に掃除されて、花や線香が供えられている。本堂の方では経を読む声、鉦《かね》を打つ音もしている。道子は今年もいつか盆の十三日になったのだと初めて気がついた時である。聞き馴れぬ女の声を聞きつけ、またもや窓から首を出して見ると、日本髪に日本服を着た奥さまらしい若い女と、その母親かとも思われる老婆の二人が、手桶をさげた寺男に案内されて、石もまだ新しい墓の前に立って、線香の束を供えている。

道子はふと松戸の寺に葬られた母親の事を思い起した。その当時は小岩の盛り場に働いていたため、主人持の身の自由がきかず、暇を貰ってやっと葬式に行ったばかり。それから四、五年たった今日、母親の墓は在るのか無いのかわからないと思うと、何やら急に見定めて置きたい気がして、道子は敷いた夜具もそのままにして、飯も食わず、明けた窓を閉めると共に、再び外へ出た。

道子は上野から省線電車に乗り松戸の駅で降りたが、寺の名だけは思出すことができたものの、その場処は全く忘れているので、駅前にいる輪タクを呼んでそれに乗って行くと、次第に高くなって行く道が国府台《こうのだい》の方へと降りかけるあたり。松林の中に門の屋根を聳《そび》やかした法華寺で、ここも盆の墓参《はかまいり》をするらしい人が引きつづき出入をしていた。すぐに庫裏《くり》の玄関先へ歩み寄ると、折よく住職らしい年配の坊さんが今がた配達されたらしい郵便物を見ながら立っていたので、

「一寸伺いますが、アノ、アノ、田村と云う女のお墓で御在ますが、アノ、それはこちらのお寺で御在ましょうか。」と道子は滞《とどこお》り勝ちにきいて見た。

坊さんは一向心当りがないと云うような面持をしながら、それでも笑顔をつくり、

「御命日はいつ頃です。お葬式《とむらい》は何年程前でした。」

道子は小岩の色町へ身売をした時の年季と、電話の周旋屋と一緒に暮した月日とを胸の中に数え返しながら、

「お葬式をしたのは五年ばかり前で、お正月もまだ寒い時分でした。松戸の陣前にいる田村という百姓家の人がお葬式をしてくれたんで御在ますが……。」

「ああそうですか。今調べて見ましょう。鳥渡《ちょっと》待って下さい。そこへ御掛けなさい。」

坊さんは日本紙を横綴《よことじ》にした帳面を繰り開きながら、出て来て、「わかりました。わかりましたが、お墓はそれなり何のおたよりがないので、そのままにしてあります。お墓はありません。あなたは御身寄《おみより》の方ですか。」

道子は葬られた者の娘で、東京で生活をしているのだと答え、「お墓が無いのなら、ちゃんとした石を立てたいんですが、そうするにはどこへ頼んだら、いいのでしょう。」

「それはこの寺で知っている石屋がありますから、そこへ頼めばすぐこしらえてくれます。」

「それじゃ、わたくしお頼みしたいんですけど、石は一体どれ程かかるものでしょうか。」

「そうですね、その辺に立っているような小さな石でも、戦争後は物価がちがいますからな、五、六千円はかかるつもりでないと出来ません。」

道子は一晩稼げば最低千五、六百円になる身体《からだ》。墓石の代金くらい更に驚くところではない。冬の外套を買うよりも訳はない話だと思った。

「今持合していませんけど、それくらいで宜しいのならいつでもお払いしますから、どうぞ石屋へ、御面倒でもお話して下さいませんか。お願い致します。」

坊さんは思い掛けない好いお客と見たらしく、俄《にわか》に手を叩いて小坊主を呼び茶と菓子とを持って来させた。

道子は母のみならず父の墓も――戦災で生死不明になった為め、今だに立てずにある事を語り、母の戒名と共に並べて石に掘って貰うように頼み、百円札二、三枚を紙に包んで出した。坊さんは道子の孝心を、今の世には稀なものとして絶賞し、その帰るのを門際まで送ってやった。

道子はバスの通るのを見て、その停留場まで歩き、待っている人に道をきいて、こんどは国府台から京成電車で上野へ廻ってアパートに帰った。

夏の盛《さかり》の永い日も暮れかけ、いつもならば洗湯へ行き、それから夕飯をすますと共に、そろそろ稼ぎに出掛ける時刻になるのであるが、道子は出がけに敷いたままの夜具の上に横たわると、その夕《ゆうべ》ばかりはつかれたまま外へは出ずに眠ってしまった。

次の日の夕。道子はいつよりも少し早目に稼ぎ場の吾妻橋へ出て行くと、毎夜の顔馴

染に、心やすくなっている仲間の女達の一人が、

「道ちゃん。昨夜どうしたの。来なくってよかったよ。」

「うるさかったのかい。わたし母《おっか》さんの、田舎のお寺へお墓参りに行ったんでね。昨夜は早く寐てしまったんだよ。」

「宵の口には橋の上で与太の喧嘩があるし、それから私服がうるさく徘徊《うろつ》いててね、とうとう松屋の横で三人も挙げられたって云うはなしなんだよ。」

「じゃ、ほんとに来なくってよかったね。来たら、わたしもやられたかも知れない。やっぱりお寺の坊さんの言う通りだ。親孝行していると悪い災難にかからないで運が好くなるッて、全くだよ。」

道子はハンドバッグからピースの箱を取出しながら、見渡すかぎりあたりは盆の十四日の夜の人出がいよいよ激しくなって行くのを眺めた。


（昭和廿八年十二月作）

Ⅱ

亜米利加の思出

皆様も御存じの通り私は若い時亜米利加《アメリカ》に居たことはありますが、何しろ幾十年もむかしの事ですから、その時分の話をしてみたところで、今の世には何の用にもなりますまい。米国がいかほど自由民主の国だからと云ってその国に行って見れば義憤に堪えないことは随分ありました。社会の動勢は輿論《よろん》によって決定される事になって居ますが、その輿論には婦人の意見も加っているのですから大抵平凡浅薄で我々には堪えられなかった事も少くはありませんでした。ストラウスの楽劇サロメが演奏間際《まぎわ》になって突然米国風の輿論のために禁止となった事などはその一例でしょう。ラフカジオ、ハーン（小泉八雲）が黒人の女を愛したようなことから世に容れられなくなった事なども所謂《いわゆる》米国風輿論の犠牲と見るべきものでしょう。露西亜《ロシヤ》のゴルキイが本国を亡命して紐育《ニューヨーク》に行ったことがあるが矢張輿論のために長くその地に留《とど》まることができなかったような事がありました。しかし目下日本の情勢では亜米利加人の欠点を指摘することはできませんからそのいい方面を思出してお話をしましょう。

私は一年ほど市俄古《シカゴ》から汽車で四時間ばかりかかる田舎の町のカレッジで勉強して居た事があります。学年試験の時、生徒は答案を書いて居る間随時に教室の外へ出て休息しても差閊《さしつかえ》がない事になって居ました。しかし外へ出ても互に話をしたり運動をしたりしても、決して試験問題の答案の事には触れません。しようと思えば内証でいくらでもずるい事は出来るのですが誰一人そんな事をする者は居ませんでした。自分で学力が不十分だと思えば自分から一年元級に居残る事を請願する者も居ました。試験勉強という事はその時分の米国の学生には決して見られない事でした。学校外の生活にも感心すべき事が多かったのです。煙草を喫するものはありましたが在学中酒を飲む者はありませんでした。尤《もっと》も私の見たのは今申す通り人口わずか二万人位の田舎に在る専門学校の事で、繁華な都会の有名な大学の事は知りません。米国生活の好き方面を見ようとすれば都会を去って地方の小都市へ行かなければならない。これは米国のみには限りません。仏蘭西《フランス》は淫奔奢侈の国のように思う人もあるがそれは巴里《パリ》の一面を覗いただけの旅行者の言う事で、純粋なる仏蘭西人の家庭または地方の生活を見ればそうでない事はすぐに分る話です。

米国の田舎に住んで居る人は、それほど都会の生活にあこがれて居ません。殊に専門学校の教師などしている人はその地位と職業とを終焉のものと考え、喜んで一生をその道に投じているという風があります。教師の椅子を踏み台にして立身出世をしようとあせるような風がないのです。また生徒の気受けをよくしようと思って殊更に奇論を吐いたり新しがゝって見せたりするような風もありません。私の居た時分、米国の田舎、地方の小邑は実に理想的な健全な処のように思われました。こう云う田舎の町を散歩するとささやかな住宅の周囲にはどこにも垣根がなく、菜園や花壇などが車の通る道路に面した処につくられて居ますが、花を手折《たお》ったり果物を盗んだりする者はありません。暮方近い夕靄《ゆうもや》の立ちこめる道の上を年老いた郵便配達夫のパイプを啣《くわ》えながら歩いて行くのが、いかにも呑気に見られたものでした。郵便物をポストに入れる場合に、大きな雑誌や何か、函《はこ》の口に差入れられない物は、その儘《まま》函の下の道端に置いて行っても、盗まれるおそれが無いのでした。これも田舎の町の美風とでも言うのでしょう。兎《と》に角《かく》米国は不思議な処で白日汽車や銀行を襲うギャングもあれば、道に落ちた物も人の拾わないと云うような古風な風俗も見られたのです。

紐育市俄古あたり繁華な都会でも、普通の人の生活は決して奢侈贅沢と云う程の事は有りません。寧《むし》ろ質素で毎日殆《ほとん》ど同じ料理を食べて居るようでした。その頃私の見たところでは、一般に米国の女は料理が下手でもあり、またそれほど甘《うま》いものを食べようと云う心持がないようでした。これは仏蘭西やまた日本の明治時代の家庭に比較しての話です。米国では一般に野菜も魚も果実も日常の食事にその種類が少ないので、自然にそうなるのかも知れません。それを思うと仏蘭西の家庭や、また日本では明治時代の東京には甘いものが豊富にあったものでした。それは気候と風土の恵みでしょう。

私は五年ほど米国に居たのですが、食べる物で記憶に残るほどの物は殆ど無いと云ってもよいでしょう。ミシガン州の或《ある》田舎の町に居た時、農家で、林檎を樽漬にして飴のようにしたものを御馳走してくれた事がありました。また、ミゾリ州のこれも田舎の町の酒場で、林檎から醸造した酒を飲んだ事があります。それからペンシルバニヤ州の田舎の下宿屋で晩食の菜に毎日甘藷のふかしたのを食べた事があります。日本産の薩摩芋よりもずっと甘く栗よりもいい位だったのは今に忘れられません。林檎もミシガン州あたりの寒国のものは雨の多い日本の果実よりも身がしまって居て匂《におい》がよいのです。魚はタコマで折々海へ釣りに行ったり、また大西洋岸のものも口にした事がありますが皆大《おお》味《あじ》で、日本近海の肴のような美味《うま》いものはありません。川魚は一度も口にした事がありませんでした。

私はシャトウブリアンの小説ルネエを読んで北米南部の深林に異様なる憧憬の心を持

ち、何とかしてその地方へ行きたいと思って居たのですが、遂にその機会を得なかったのは遺憾でした。米国の生活の真に愉快なのは、南端フロリダまで行かなければ見られないのだと、私に語ってくれた米人もありました。

紐育市中の騒々しくいそがしい生活の中で、私の記憶している事は町のところどころにカーネギイの図書館があって、市民の証明書があればすぐ誰にも貸出しをしてくれる事です。仏蘭西の文芸書類も一通《ひととおり》は揃って居ました。私がツルゲネフの仏訳「猟人日記」を始めて読んだのは確か第六通の仏人の家に間借りをして居た時でした。今度日本でも婦人が参政権を得るようになったそうですが、日本の生活の日常に起る事が米国のように簡素になるのは何時《いつ》の事でしょうか。図書館の書物が貸出しをして無事に返って来るようになるまでには相応の年月を要する事でしょう。私は今まで東京の町の古本屋で時々学校の蔵書印の押してある書籍を見た事もある位です。こう云う事を防ぐためには証明書が幾枚もいるような、面倒な手続を必要とするらしいのです。何をするにも日本では署名と捺印《なついん》が必要です。隣組から食料の配給をして貰うにも認印の入用《いりよう》なのが日本現代の生活の特徴ですが、米国では預金を銀行から引出すにも署名だけで別に印鑑はいりません。日米生活の相違は印鑑の用不用の相違で万事が想像されます。今は米国の風習をほめて置きさえすればよい時代になったのですから、こんな事を云い始めたら限りがありますまい。紐育は岩の上に建てられた町ですが、東京の市街の半分は泥海《どろうみ》が土地になった処に建てられて居るのです。ここにも何かの相違があります。

私は兎に角前以《まえもっ》て申上げたように欧洲第一次大戦の起らない以前に西洋の世の中を見て来た老人です。今日世界の気運の那辺に向いつつあるかはもう私には分らなくなっています。私はただ一日も早く外国の新刊書が戦争以前のように丸善や三越の店頭に陳列せられる日の来らんを待って居ます。文化の中心から遠く隔絶している私達に取って、外国の文学は無くてはならない心の糧《かて》です。日本にもルネ・バザンの「優美なる仏蘭西」Douce France と云ったような真正な愛国の文学の現われ出でん事を切望して止みません。戦争中、私は不幸にして一たびも人心を奮起させるような愛国の文章に接する事を得ませんでした。街頭のポスターには種々様々な激語がしるされて居ましたが、これを例えれば「もう一押しだ。我慢しろ。南進だ。南進だ。」と云うようなものばかりで、これは寧ろ日本語の段々に洗練を失い、甚《はなは》だしく野卑粗暴になった事を痛歎せしめるに過ぎなかったのです。いずこの国に限らず、国民は祖先伝来の言語を愛護し、それを丁重に使用しなければならない責任があります。いかなる物でも放擲《ほうてき》して時勢の赴くままにして置けば破壊されてしまいます。絶えずこれを矯正したり訓練したりして行かねばなりません。言語と文章との崩れて行くのを矯正して行くのが文学者の任務でしょう。

鷗外先生の審美綱領の中「美の世間位」と云うところに、
「国家及自治団体は、芸術を補助すべき責あり。所以者何《ゆえんはな》にといふに、諸芸術はこれを自由競争に一任するとき、その趣味の卑陋《ひろう》に陥ることを免れざればなり。今の諸国の上流社会は、資産あるものと教育あるものと相分れたり。資産あるものは、芸術を補助すべき能ありて、芸術を賞鑒《しょうかん》すべき能なく、教育あるものはこれに反す。これ個人に芸術を補助するに堪へたるもののなきなり。この故《ゆえ》に若《も》し国家にして、現時の如くその資産を兵備に用ゐ尽して、また芸術を顧みざるときは、芸術は全く衰微し了《おわ》るに至らむ。芸術を補助するには二の方便あり。一は直ちに製作を助くるものにして、一は教育上多数の人をして芸術の美を享けしめむとするものなり。この補助の財源は租税に仰ぐより外なし。」云々。

私は本年三月初に東京の住家を失い、備中岡山の町端れに避難をして居ました。平和の世になってもまだ一度も東京へ行った事がありませんから、むかしの友達にもそれなり再会する機会もなく、世の変遷については多く知るところが有りません。それ故従って目下の社会情勢に適応した事を云々する資格もない訳です。平素思っている事を秩序なく弁じ出して当面の責《せめ》を塞《ふた》ぐというに過ぎないのです。

（昭和廿年十二月新生所載）

墓畔の梅

ふるさとの東京には、去年の秋流寓先から帰ったその日、ほんの一夜を明《あか》したばかりなので、その後は東京の町がどうなったか、何も知るよしがない。年は変って春の来るのも近くなった。何かにつけて亜米利加《アメリカ》に関することが胸底に往来する折からでもあろう。不図《ふと》わたくしは、或年《あるとし》の春、麻布広尾なる光林寺の後丘に米国通訳官ヒュースケンの墳墓をたずねたことを思出した。

ヒュースケンの事蹟は今更贅《ぜい》するに及ぶまい。開港前下田に上陸した米国の使節タウンセント、ハリスが幕府の有司と談判するには和蘭陀《オランダ》語に通ずる事の必要から、和蘭陀人にしてまた米国人なるその人を伴って来た。本国には一人の母がいたと云う。ヒュースケンは後に米国の公使館が九段下から麻布善福寺の境内に移されてから、一夜芝赤羽橋外異人接遇所から馬でかえる道すがら、薪河岸で日本の刺客数人に襲われ重傷を負い、善福寺境内の公使館に入ると間もなく息を引取った。今座右に参考書を持たないから、文久年間とばかりで、歳月を明記することができない。

葬式はどういう関係からであるか、善福寺では執行せられず、さほどには遠からぬ広尾の光林寺で営《いとな》まれ、その亡骸はその裏手の岡に登る墓地に埋葬せられた。その時の光景は英国公使オルコックが「大君《たいくん》の首都における三年」と題された名高い記録に細述せられている。それに依って見るに、葬儀の主宰者は仏蘭西《フランス》の伝道師某氏で、英米独仏の使節と随員とが参列し、独逸《ドイツ》軍艦から上陸した海兵が軍楽を吹奏した。そして、光林寺の境内には老樹が多く墓地の幽邃《ゆうすい》であった事までが仔細に描写せられている。

わたくしがヒュースケンの墓を見て置きたいという心になったのは、オルコック公使の記録に誘われたが為である。記録は乾燥なる報告書ではない。著者は後に江戸浮世絵の蒐集家として欧洲の好事家《こうずか》中に知られた人だけあって、観察は細微に渉り、文章は理路整然としていながら、時には神経質かと思われる程感情に富んでいる。

わたくしは読下の際、光林寺葬送当日の光景は、もしもわたくしにして、これを能《よ》くすべき才能があったなら、好個の戯曲、好個の一幕物をなさしむるに足るべきような心持がした。顧れば十余年前の事である。満洲事変が起ってから、世には頻々として暗殺が行われ初めた頃である。一種の英雄主義が平和に飽きた人心を蠹毒《とどく》し初めた頃である。しかるに、どういうわけからか、この新しい世の趨勢に対して、わたくしは不満と不安とを覚えて歇《や》まざる結果、日本刀の為に生命を失った外国使臣の運命について、これを悲しむ情の俄《にわか》に激しくなるのを止《とど》め得なかった。日本刀を以て外客を道に斬った浪士の心は言うまでもなく壮となすべきであろう。しかし、それと共に、老母を国に残して来た遠客の死は、更に遥に悲壮であり、また偉大であると言わねばなるまい。

わたくしは慶応義塾の教壇を退いてから、久しく広尾のあたりを通る機会がなかった。四谷塩町から青山霞町を過ぎて広尾に至る市内電車の初て開通したのは久しからざる以前の事で、その時分笄橋から、広尾の麓を過ぎて三ノ橋に至る小流の岸にはむかしながらの郊外らしい田園の風趣が残っていた。電車の屋根は沿道の樹木の垂れさがる枝に触れぬばかり。流の水の堰《せき》にせかれて瀑となるあたりには、水車がゆるやかに回っていた。

しかし震災後に至って電車は広尾の曲り角から、その支線を豊沢から恵比須の方へと延長させるようになって、水車の回っていたあたりは、市中のいずこにも見られるような乗換場の雑沓を呈する処と化した。

光林寺の門前には赤羽橋の方へ行く電車の停留場がある。門前の道路には松の老樹が両側からその枝を交えていたことを覚えているが、幾年の後重ねて来て見ると、松は大方伐り去られながら、それでもどうやら往時を思い起させるだけの一、二本を残していた。

門内に進み入り、扉のかげの花屋で香花《こうげ》を買いながら、わたくしは何と言っていいかわからぬので、まず、それとなく、

「ここのお寺に西洋人のお墓があったと思いましたが、……。」

すると、花屋の婆は、折々弔いに来るものがあると見えて、

「ええ。御在《ございい》ますよ。本堂の裏です。」

別に怪《あや》しむ様子もなく、火をつけた線香と、有合う手桶を片手にすたすた井戸の方へ。わたくしは境内を見廻しながらその後について行く。

墓は本堂のうしろ。山椿の花が見頃に咲いている崖を五、六歩上りかけた処に在った。崖土《がけつち》のくずれが、生茂った木の根で、危く支えられているので、傾斜した土の上に立てられた墓石は高さ三、四尺ばかりに過ぎぬが、前の方にのめりはしないかと危ぶまれた。石の頂に屋根形《やねがた》の飾りが載せてあって、英字で姓名及び官名。それに忌辰《きしん》が刻してある。石の傍にあまり大きくない一株の梅があって、その枝には点々として花がさいていた。

墓の周囲には結ばれた垣もないので、梅の木は隣りの墓に葬られた人の為めに植えられたものかも知れないが、わたくしの目には限りなく懐しい心持がした。立春を過ぎて後、あまり日数《ひかず》のたっていない早春の日は、冬日に変らぬ薄い軟かな光を斜に石の面に注ぎ、あるか無しかの微風に吹かれもつれる線香の烟《けむり》の消え行く末までを、あきらかに照し出

している。

わたくしは大きくゆるやかに動く波のような悲しみ――陶酔に似たような寧《むし》ろ快い哀愁に包まれながら、線香の烟を後に残して墓畔を去った。

日本の軍隊が北京で砲火を放ったのはこの年の夏である。わたくしはその後一たびも広尾を過ぎる機会がなかった。

去年爆弾は光林寺の堂を焼いたか、否《いな》か、わたくしは知らない。堂後の崖に在ったヒュースケンの墳墓が、もし無事に残っていたなら、わたくしが曽《かつ》て見た一樹《じゅ》の梅は、十余年の星霜を経ただけその幹を太くし、間もなく花をさかすであろう。

思うに米国進駐軍の兵士は既に幾度か、その国の不幸であった外交官の霊魂を慰めるために、花束と祈禱とを捧げに行ったであろう。そして、春になったら、彼等もまたわたくしと同じように墓畔に薫る一樹の梅を見のがさぬであろう。

（昭和廿一年丙戌正月時事新報所載）

冬日の窓

○

窓の外は隣の家の畠である。

畠の彼方に、その全景が一目に眺められるような適当の距離に山が聳えている。

山の一方が低くなって樹木の梢と人家の屋根とにその麓をかくしているあたりから、湖水《みずうみ》のような海が家よりも高く水平線を横たえている。

これが熱海の町端《まちはずれ》の或《ある》家の窓から見る風景である。九月の初からわたくしは此処《ここ》に戦後の日を送っている。秋は去り年もまた日に日に残少くなって行こうとしている。

しかしわたくしの室《へや》にはまだ火鉢もない。けれども窓に倚る手先も更に寒さを感じない。日は眼のとどくかぎり、畠にも山にも空にも海にも、隈なく公平に輝きわたっている。思返すと、空の青さは冬になってから更に濃く更に明《あか》るくなり、山は一層その輪廓を鮮かに、その重なり合う遠近と樹林の深浅とを明《あきら》かにしたように思われる。初め熱海の山は樟と松のみに蔽われているように見られていたが、冬になってから、暗緑の間にちらほら黄ばみを帯びた紅葉の色が見え初め、日に増しその範囲がひろくなるにつれてその色もまた濃《こまやか》に染められて行く。

目近く、窓の外の畠に立っている柿の紅葉は梅や桜と共にすっかり落ち尽し、樺色した榎の梢も大方まばらになるにつれ、前よりもまた一層広々《ひろびろ》と、一面の日当りになった畠の上には、大根と冬菜とが、いかにも風土の恵みを喜ぶがように威勢好くその葉を舒《のば》している。常磐木《ときわぎ》の茂りの並び立つ道の彼方から雞の声がきこえる。

わたくしは永年住み慣れた東京の家にいた時にも、毎年小春の日光に山吹の花の返咲きするのを見れば、いつも目新しく祖国の風土と気候とに関して、言い知れぬ懐しさと、それに伴う感謝の念を覚えて止まなかった。日本の冬の明さと暖《あたたか》さとはおそらくは多島海の牧神をしてここに来り遊ばしむるもなお快き夢を見させる魅力があったであろう。柿の葉は花より赤く蜜柑の熟する畠の日あたりにはどうかすると絶えがちながら今だに蟋蟀《こおろぎ》の鳴いている事さえあるではないか。

○

過去日本の文学は戦闘の舞台として、屢《しばしば》伊豆の山と海とをわれわれに紹介している。その事実をわたくしは疑わない。しかし今わたくしが親しく窓から見る風景と、親しく身に感じる気候とは、かくの如き過去の記録をして架空な小説のようにしか思惟させない。それほどまでに、風景は穏《おだやか》に気候は軟《やわら》かなのだ。わたくしは如何《いか》なる神秘な伝説をも、（もし在ったなら、）それを信ずるに躊躇しないであろう。美の女神エヌスの海上出現を希臘《ギリシャ》の海から、伊豆の浜辺に移し説くものがあっても、強《あなが》ちそれを荒唐無稽だとは言わぬであろう。

わたくしは昭和現在の時勢に阿《おも》ねる心でこれを言うのではない。日本の自然のあらゆる物は子供の時からそういう心持をさせていたのである。わたくしは既に幾度《いくたび》か、物に触れ時に感ずるたびたび、日本の風景草木鳥獣から感受する哀愁に就《つ》いて、古来の詩歌文学を例証として、飽くことなくこれを筆にしていた。詩興の源泉をいつもここから汲み取ろうとしていた。萩や桔梗《ききょう》の花の色と、時鳥《ほととぎす》や鹿の鳴く声――風土固有の動植物までがいかなる感情を誘い出したかと云う事である。わたくしは今更自分の旧著について云々することを欲しないが、その中に「冷笑」また「父の恩」の如き拙作のあった事を記憶している読者は、容易にわたくしの心境を推察してくれるであろう。

わたくしがここに繰返して言おうとするのは、その国の気候風土のかくまで穏和なるに反して、何故《なにゆえ》にその歴史が戦乱の断続によって綴り成されているかと云う事である。風土の穏和は何故にその感化を民族の心情に及《およぼ》すことが少かったのであろう。わたくしは他の民族との間に起った戦争については、事態の複雑多面なるが故に姑《しばら》く言うことを避けよう。わが過去の物語は寺院の僧徒にさえ兵器を携えさせた時代のあった事を教えている。彼等は鉦《かね》を打ち木魚を叩くよりも薙刀《なぎなた》を持つことを名誉となした。

平和は史乗《しじょう》の生るる以前より一たびも樹立したことがなかったのであろう。闘争は人間生活の常時で、平和は纔《わずか》にこれを為さんがための準備期もしくは休憩期間たるの観なきを得ない。「勝利」と云う言葉は、そもそもいずれの時初めて人の口から発せられて文字となる事を得たのであろう。この言語が廃滅してその意を失う時、初て真の平和が見られるものと思わねばなるまい。

○

昨日までわれわれは「平和」を口にすることを堅く禁じられていた。戦って勝とうがためには、「平和」は呪詛と見られていた。戦いに敗れて、人は再び平和を知るに至った。或人は敗衄《はいじく》の賜物としてこれを迎えた。敗衄なければ平和は遂に来なかったように思われていたからであろう。平和は民族の種の絶え果つる時、冷《つめた》い月の光のように枯木と屍《しかばね》とを照すものと思われていた。

敗衄はわれわれを救った。敗衄のために救われたわれわれの前途はどうなるだろう。われわれは日々あまりに多くの言論に耳を聾せんとしている。言論の声は爆弾の響に代ったのだ。そして生命の不安は依然として変るところがない。しかるに誰一人、立ってわれわれの前途を指さし示すものはない。その人らしく見えるものは、昨日まで勝たざる「勝利」のためにわれわれを欺き、われわれを死地に陥らしめた悪魔の、衣裳だけを着換えて来たものらしく思われる。

われわれの耳にする人の声は果してわれわれを救う目標となすに足りるであろうか。昨日は戦いの為めに、今日は翻って平和の為に奔馳する人の呼ぶ声は、己《おの》れを取巻く仲間だけのものを呼集《よびあつ》めて、平和の賜物を壟断しようとするためかも知れない。

武器の優劣は何人の目にも見える勝敗の原因である。隠れたものは尋ねにくい。日毎にその言論と行動とを取替える人達の情操の如きも、隠れたる勝敗の原因とまた全く関係がないとも言われまい。正義観念の確立は民族の光栄を守る強力の武器である。これ無きところに平和の基礎は置き得ぬであろう。

正義の観念は何に依って養われるか。一たび養い得るも、時あればまたこれを失うことがあるだろう。百年のむかし亜墨利加《アメリカ》の船は相模の浜辺に来て江戸の都を脅した。当時の政治家は国民の一人をさえ傷けず、しかもまた名実ともに、敗衄亡国の汚名から国を救った。今日の事態は全くそれと相反している。原因は何か。その探究は現在のみならず将来を戒しめ将来を安全ならしめる道を示す手段になるであろう。現在の窮乏を救おうが為に、政体の変革を叫ぶものもある。しからざるものもある。各観るところ信ずるところに依るのであろう。これに対してわたくしはただ是非判別の識見に富まざることを憾《かな》しまなければならない。しかしただ一言、わたくしは言うべき事を知っている。事の勝敗はその事に当る人物の如何《いかん》に因る。ただこの一語である。人物の如何とは、即ち誠実の有無、正義観の強弱をさすのである。信念の如何を謂《い》うのである。

○

畠に沿う道のかなたに車の駐《とま》る音と村の子供の声が聞える。葉の落ちた梅林を透して米兵に連れられた日本ムスメのキモノの閃くのが見える。冬の日は少し斜めになっただけ却《かえっ》て近く照りつけて来たように思われる。彼等はムスメと相携えて向《むこう》に見える山腹の蜜柑園に登って行くのであろう。手にする行厨《こうちゅう》はムスメを喜ばす甘い物に満たされているのだろう。冬の日は短くとも彼等が歓を尽すにはまだ十分の時間があろう。日の光はもとより公平である。わたくしもまた窓の明るさ暖さに心急がずこの文を草し終るであろう。

○

爆弾はわたくしの家と蔵書とを焼いた。わたくしの家には父母のみならず祖父の手にした書巻と、わたくしが西洋から携《たずさえ》帰ったものがあった。わたくしは今辞書の一冊だも持たない身となった。今よりして後、死の来るまで——それはさほど遠いことではなかろうが——それまでの間継続されそうな文筆生活の前途を望見する時頗《すこぶる》途法に暮れながら、わたくしは西行と芭蕉の事を思い浮べる。

歌人となろうが為めでもなければ、また俳諧師となろうがためでもない。わたくしはただこの二人の詩人がいずれも家を捨て、放浪の生涯に身を終ったことに心づいたからである。家がなければ平生《へいぜい》詩作の参考に供すべき書巻を持っていよう筈がない。さびしき二人の作品は座右の書物から興会を得たものではなく、直接道途の観察と羇旅《きりょ》の哀愁から得たものである。

一人は宮中護衛の職務と妻子とを捨て、他の一人もまた同じように祖先伝来の家禄を顧みず、共に放浪の身の自由にあこがれ、別離の哀愁に人の運命を悲しんだ。いずれにしても希望の声を世に伝えたものではない。

しかるに、時栄えた昭和の軍人政府は日蓮宗の経文の或辞句をさえ抹消させながら、世に山家集と七部集の存することを忘れて問わなかった。徳川幕府の有司は京伝《きょうでん》を罰し、種彦春水《たねひこしゅんすい》の罪を糾弾したが、西行と芭蕉の書の汎《あまね》く世に行われている事には更に注意するところがなかった。酷吏の眼光はサーチライトの如く鋭くなかったのだ。

西行は鎌倉幕府の将軍に謁見を許され銀製の猫を賜わるの光栄に浴したが、用なきものとしてこれを道に遊ぶ児童に与えて去った。今の世の学者詩人にして政府の与るものを無用となして道に捨てたなら、恐らく身の安全を保つことは出来まい。鎌倉時代は武断の世であっても今に比すればなお余裕があった。

芭蕉の声を聞いてその門に集ったものの中には武士も少くなかった。彼等は屢《しばしば》夜を徹して無用なる文字の遊戯に耽ったが、人の子を賊《そこ》なうものとしてその会合は禁止せられずその門徒は解散せられず時勢と共に益《ますます》盛《さかん》になった。中央公論社や改造社の運命よりも遥に安全であった。

今日のわれわれよりして芭蕉の生涯を見ると、芭蕉はその文徳を慕って集り来る門弟に別れを惜しみながらも、一所に安住することが出来ず、終生羇旅の寂寞を追究して止まなかった。芭蕉が旅の目的は寂寞であって、これなくしては自然の美も詩興を呼ぶに足りなかったように思われる。寂寞と詩興とは一致して離すべからざるものであったらしい。仏蘭西《フランス》の人モーパッサンにも寂寞を追求して止む能《あた》わざる病的の性癖があった。或時は北亜弗利加《アフリカ》の沙漠にさまよい、或時は地中海の暗夜に孤舟を漂わせたのも、その目的とするところは無人の境に寂寥の悲愁を探求したに他ならない。巴里《パリ》の繁華もモーパッサンの眼には人生寂寞の影を宿す処に過ぎなかった。

芭蕉とモーパッサンとは時代と民族とを異にしていながら、何が故にその求むるところに変りがなかったのであろう。わたくしは二人とも人生の浮誉名声に安んじ得なかったが為だと思う。浮誉名声は人間相互の関係から、人の行動と心情とを拘束する嫌いを生じる。ここにおいて心の自由と境地の寂寞とはまた一致して分ちがたいものとなる。人生の真相は寂寞の底に沈んで初めてこれを見るのであろう。

○

亜弗利加の沙漠に天幕の生活を営んでいる遊牧の民には、一定の家がない。家のない民族には歴史も芸術も存しない。存する必要がない。これはモーパッサンの紀行に見る所である。歴史なく芸術なき民族の世は虚無である。史乗なければ過去は暗夜に等しく芸術がなかったら現実も刻々に消えて行く影に過ぎまい。これ等のものなき人の世の寂しさは一度文化に浴したわれわれの能《よ》く堪え得べき所であろうか。

われわれの生活は俄《にわか》に亜米利加人のそれと密接な関係を生ずるようになった。それは今後二十幾年続くべき筈だと云う。戦争前銀座丸の内あたりの光景は、或人の眼には、既に著しく米国風に化せられていた。今後世態人情の転化し行く処の何であるかは、火を見るよりも明《あきらか》であろう。しかし世運は常住するものでない。物極まれば必《かならず》変転するのは自然の法則である。われわれの子孫が再び古き日本を追想すべき時も来ずには居まい。回顧の資料は書籍に優るものはない。われわれは現在において既に民族文化の宝物たるべき書物の大半を失った。将来これを得ることは至難であるかも知れない。けれども難事は難事であるが故に、心あるものには却て一層の精力を奮起させる基《もとい》になるであろう。奇を猟り稀を求めんとする欲望は生命の力のあるかぎり人の心より消え尽すものではない。われわれが江戸の文物を追慕したように、われわれの子孫もまた彼等には最も近かった現代を回顧せずにはいないであろう。半世紀のむかしとなった明治の世を語るのも、また戦敗の今日を記録に留めるのも、われわれ現代人の為すべき任務の一つでない事はあるまい。

戦敗は言うを俟《ま》たず、民族に取って不幸の最大なるものだ。しかし戦勝のみが民族の光栄であるとも限られまい。文化の影響を広く他の民族に及し、その民族をして幸福と智識の開発に利する所多からしめるのが、勝者たる光栄の最大にして不朽なるものであろう。支那も、印度も、希臘も、一たびは不朽なるこの光栄を担った民族であった。匈《きょう》奴《ど》の西欧侵略は何等の痕跡をも他の民族の文化には留めなかった。これに反してサラセン人が侵略の跡は西班牙《スペイン》の文化に固有の跡を残す力があった。印度北方の仏像には希臘芸術の痕跡が見られる。仏蘭西印象派の絵には江戸浮世絵の影響がある。北米人の勝利は如何《いか》なる感化を形において、精神において、日本文化の上に残すであろう。わたくしは希望する――食前の祈禱と、街頭における夫婦の接吻と、ジャズが持っている世界風靡の魔力ばかりに限られない事を。

◯

日の暮はさむしい。どんな人にも日の暮はさむしいだろう。なぜだ。そしてどういう寂しさだと、われながら問うても答えられぬ幽《かす》かな寂しさである。

日の暮は子供の心にもさむしいらしい。思出はわたくしの心にも、絶えずそれを語ってくれる。

窓から見える畠は日かげになった。畦の枯木に干された洗濯物を人が取りおろしている。雑木林の向うから、

「もういいかい。」

「もういいよ。」と呼んだり応えたりする子供の声がきこえて来る。かくれんぼをする声だ。

その声も夕風の音にまじって、わたくしの耳にはさびしく聞える。

子供はもっと外で遊んでいたいのだ。暗くならない中《うち》、すこしでも余計に、もう暫《しばら》く遊んでいたいのだ。遊び友達と別れて家へ帰るのが残り惜しくてならないのだ。この心持が、日のかげるに従い、呼び合う声の中に籠められて、きく人の耳にさびしさと悲しさとを送って来るのだろう。

この心持は小鳥の声にも含まれている。日ねもす日の暖さに恵まれていた冬草の葉末にも見られるような気がする。

日の暮のさびしさを思知るのは、日の最も短い冬の半《なかば》に如《し》くはない。まだかと思っている中いきなり暗くなるからだ。断罪の宣告のように急激に来るからであろう。日の暮を悲しむ心は後悔と絶望の思《おもい》に似通っている。すっかり暮れ果ててしまった後、月の光、もしくは灯火《とぼしび》のもとに、どうやら落ちつく心持は「あきらめ」の静けさに似通っている。

○

今年もやがて冬至の節になろうとしている。

わたくしには――現在のわたくしには、このごろの暮方が悲しく思われて堪えられない。

この家《や》の窓にさす冬の日の暖なうちに、手先の冷える寒さの来ない中に、紙一枚でも多く胸にある事をかいて置きたいと思うからだ。海辺の宿りを去って町の家にかえれば、寒さは忽《たちま》ち筆持つことを許すまいと危ぶむからだ。老の身には若き人のように来る年の春を待つ余裕がない。慾張《よくばり》の婆が明日の命を知らず爪に火をともして銭を数えるように、わけもなく筆が取りたいのだ。読残した書物が読みたくてならないのだ。何の為だ。何の為にもならない事を知っていながら、追われるようにあせっているのだ。老いて後、寸陰を惜しむ心ほど、思えば我ながら浅ましく悲惨なものはない。わかかりし日を、如何にして送ったか。師と親とは教えたり戒しめたりしなかったか。後悔と慚愧とは虱の如く身をさいなむ。

迷蔵戯《かくれんぼ》する子供の声は、小鳥の声と共にもう聞えない。小鳥も子供も安んじて明日の日を待つのだろう。雨の降る日のあることも今からは予想せずに。

○

日は暮れてしまった。何も見えなくなった。窓の外には闇がだんだん濃く深くなって行く。その彼方から、遠くかすかに鉦《かね》叩く音がきこえて来る。道を隔て、谷川を渡り、山径を登る林の奥に寺がある。その寺から聞えて来るのだろう。

その寺はむかしむかし西の方の都から彷徨《さまよ》って来た尊い人が、初めて庵を結んだ跡だと云う。その人はわたくしが日本の史上に最も尊崇する人物の一人なのだ。その人は戦勝の後栄えるべき筈の世の中が、善からぬ政治のために再び敗れる事を予想し、世と人とを見限って姿を隠したのだ。破るるを知って戦うのも、世を逃れて姿を隠すのも、結果は同じ絶望のさせた事だろう。一人は花やかに、一人は静《しずか》に、各その身の職分に応じて最後の処置を取ったのだ。罪は世の中に在る。時代に在って、人には無い。大廈《たいか》の覆る時、一木はこれを支える力がない。時の運はその力その価なき匹夫にも光栄を担わせ、その才ありその心ある偉人にも失墜の恥辱を与える。いつの世にも歴史は涙の詩篇ではなかったか。

江戸三百年の事業は崩壊した。そして浮浪の士と辺陬《へんすう》の書生に名と富と権力とを与えた。彼等のつくった国家と社会とは百年を保たずして滅びた。徳川氏の治世より短きこと三分の一に過ぎない。徳川氏の世を覆したものは米利堅《メリケン》の黒船であった。浪士をして華族とならしめた新日本の軍国は北米合衆国の飛行機に粉砕されてしまった。儒教を基礎となした江戸時代の文化は滅びた後まで国民の木鐸となった。薩長浪士の構成した新国家は我々に何を残していったろう。まさか闇相場と豹変主義のみでもないだろう。

降《くだ》る亜米利加に肌を濡らさじと言って自害した烈婦の出ない事を、今の世に問うて慨嘆するのは無理であろう。江戸時代にも長崎や下田に残った綺譚が幾らもあるではないか。

わたくしは好んで「後庭花」の曲を聞こうとするものではない。けれども洋人を見れば、ぞろぞろその後についてチョコレートを貰おうとする子供を憎むまい。道に落ちたシガーの吸殻を拾う紳士を嘲るまい。彼等をして、斯くなさしめたのは誰ぞ、誰の罪ぞ。

わたくしはホテルの食堂でふと心安くなった洋人から、その国の雑誌と新刊書を貰った。喜んで貪るようにこれを読んだ。口に飢《うえ》を覚えるように、心にもまた常に飢を覚えている故である。珈琲《コーヒー》の香も嗅ぎたい。アラン・ポーの詩もよみたい。町のムスメを憎しみ嘲けるに先だって、おのれの身を省みねばならない。首陽山の蕨《わらび》は大むかしの話である。智慾の乞食は哀である。

（昭和二十年十二月十日草）

仮寐の夢

○　家が焼けてから諸処方々人の家の空間をさがして仮寐《かりね》の夢を結ぶようになって、ここに再び日本在来の家の不便を知るようになった。襖《ふすま》障子を境にしている日本の家の居室には鍵のかかる処がないので、外出した後の用心をすることができない。空巣ねらいの事はさて置き、俄雨《にわかあめ》の用心には外出のたびごとに縁側と窓の雨戸をしめて帰るとまたそれをあけなくてはならない。むかしから雨戸と女房に具合の好いものはないと言う諺がある。日本の家に住むにはまず雨戸の繰出し方から練習して行かねばならない。雨戸も二、三枚ならば余程楽であるが、五枚六枚とつづく長い縁側の雨戸と来たら、指先を傷めぬように手袋でもしてかからねばなるまい。ピエールロチのたしか日光紀行に旅館の女中が夕まぐれに何枚と知れぬ雨戸を巧みに繰出す技芸を見て嘆賞するくだりがあった。日本人が家居の様式は江戸時代から明治を経て昭和の今日に至るも、大体において変るところがない。政治は変っても日本人の生活は一、二世紀前のむかしと一向変っていないのだ。戦いに負けて政体を云々する人の声も聞かれるようだが、それ等の人の住む家と雨戸の不便とはこの後も長くむかしの儘《まま》につづくのであろう。紙がないと言いながら襖や障子の代りになるものは誰も考案しないようである。政治は口と筆とさえあればこれを論ずるに難くはないが、戸障子の如何《いかん》は実際の問題で空論ではないからであろう。

○　半紙だか美濃紙だか、また西の内だか何だか知らぬが、兎《と》に角楮《かくこうぞ》の樹皮から製した日本紙を張った障子の美は、もう久しい前から、田舎の旧家とか寺とか云う特別な処に行かないかぎり見られないものになっていた。しかしわたくしにはその記憶だけは今でもどうやら消えずに残されている。暗く曇った日に、茶室の障子の白さを茂った若葉の蔭に見る快感は西洋の家には求めても得られない。昼過の軟《やわらか》な日光に、冬枯れした庭木の影が婆娑《ばさ》として白い紙の上に描かれる風趣。春の夜に梅の枝の影を窓の障子に見る時の心持。それは既に清元浄瑠璃の外題にも取入れられている。赤く霜に染みた木の葉や木の実に対照する縁先の障子の白さの如きは到底油絵には現せないものであろう。戦争は日本固有のさまざまなる好《よ》き物を滅した中に、障子の事も数え入れられるであろう。

○　人の家の貸間に住んで見ると、家屋も庭園も他人のものであるから、地震にも暴風雨にも何の心配もいらない。垣が倒れようが戸が破れようが、間借りの人は主人をさし置いて兎や角言うことはできない。差出口をするのは僭越であり失礼であろう。雨漏《あまもり》がして居られなくなれば引越先をさがすより仕様がない。引越す目当がなければ枕元に盥《たらい》でも持出して徐《おもむろ》に空の晴れるのを待つばかりだ。国家社会に対するわれわれ庶民の生活もまずこれに似たものらしい。治世の如何は台閣の諸公の任意に依るもので、庶民の力の及ぶべきところではない。間借の人の義務は滞《とどこお》りなく間代を払い畳に焼焦しをしなければよいのである。間代を払っても古家の雨漏りは速急に直るものではない。家賃や間代を先取《さきどり》した家主が店子《たなこ》に向って濡れた着物の損害を償ってやった話は聞いた事がない。大岡政談などにも無かったようである。庶民の蒙る敗戦の被害は貸間の雨漏りに似ていると思えば間違はないであろう。

〇　二十余年前震災で東京が焼原になった時、誰が言出したのか頻《しきり》に遷都の説が伝えられた。これを聞いてわたくしは心窃《こころひそか》によろこんでいた。帝都の遷される処のいずこであるかは知るよしもなかったが、もしその事が実行せられる日には、この東京に居残るものは直接社会に関係のないものと、殊に東京の風土を愛するものとばかりになるであろう。そして東京の町々はひっそりとして江戸のむかしを追憶するに適する処になるであろうと思った故《ゆえ》であった。東京は徳川氏の都城にした処である事は言うに及ばない。薩長の軍隊は戦勝の結果この都城を占領し、諸侯の空屋敷を兵舎と官庁に当て、ここに新しい政府を建設した。何の事はない。他人の建てた古家に住込んで手当り次第間に合せの手入をしたようなものである。かくして半世紀あまりの月日は過ぎ、間に合せの大都会は突然地震の為に焼払われ、どうやら見直せるようになったかと思ったのも暫《しばら》くのあいだで、忽《たちま》ちもとの焼原に還ったのである。兵火を免れた町のところどころには今だに震災当時のバラックが立っているではないか。元来安政のむかし黒船の砲火に焼き払われるべき筈の都会であったのだから、事遂《つい》にここに至ったのも避け難い宿命であったのかも知れない。東京の町々が新《あらた》に建て直されるのはいずれの時誰の力に依るのであろう。隅田川は如何《いか》なる風景を現出するのであろう。浅草観音堂は永くむかしの場所に在ることを許されるだろうか。ここにふと思出したのは米国ボストンの美術館は江戸浮世絵を多く保存しているので世界に名を知られている事である。その研究者の中《うち》最も有名であったのは、フェノロサで、それは米国人であった。もし米国人が、将来東京の建直しに助力するような事があるとしたら、それは明治のむかし薩長人が手入をしたよりも遥に美術的ではあるまいかと云うような気もする。

○　戦後復興するものの中でその最も目覚しげに見えるのは文芸書類と雑誌の刊行である。在来われわれの見聞した国情から推せば文芸の如きは微々としてますます振わぬ筈のものであるが、物資欠乏の世に在って雨後雑草の生える勢を示している。その原因はそもそも奈辺に在るか。売る者があっても買うものがなければ事は休《や》むわけである。図書出版の殷盛は購求者の多きを証するもの。これ今の世において見る不可思議中の不可思議ではないか。むかしの人は世が衰えると、遊び場が栄えると言ったが、これが真実ならば現在は邦家衰頽の極に至ろうとしている時である。銀行貯金の封鎖から、やがて平価切下の噂が事実となるに至れば、文芸はますます盛になるのであろう。

○ 一時古書の翻刻が盛に行われたころの事であった。古書も必ず読まねばならぬものは容易に翻刻されず、しからざるものばかりが行われると、鷗外先生の言われた事をおぼえている。昨今雑誌屋の店頭に並べられるものを見れば誰しもこの感を深くするであろう。わたくしは数年前から飯を炊く時、その煮える間鍋の傍に立って平素読まない書物を読むことにしていた。飯は鍋の傍についていないと知らぬ間に焦げつく恐れがあるからだ。わたくしは初め四書の仏蘭西《フランス》訳本を原本に対照して読むことにした。米の煮え終るまでに四、五章はゆっくり読むことが出来た。四書をよみ終ってからはこれも和仏の両書を対照しながら新約聖書を読んだ。江戸時代を知るには是非とも儒学の一般を窺って置かねばならない。それと同じく西洋の事を知ろうとするには何がさて置き基督《キリスト》教の何たるかを知って置かねばならぬと、晩蒔《おそまき》ながら心づいた故である。罹災の後わたくしは今だに空しくそれ等の書をさがしている。それにつけても遊戯の書は、砲火の歇《や》むと共に数知れず坊間に現われたのを見てわたくしは鷗外先生の言葉を思い出さねばならなかったのだ。去年岡山の町端れに避難していた頃、同行のＳ氏は朝夕炊事の際片手に仏蘭西文典をひらき、片手の団扇《うちわ》で七輪の火をあおぎながら、時たま初学者の読むものを読むと大に得るところがあると言って居られた。

○　今年は五月の節句に武者人形を飾ってもいいか知らと心配しているものがある。どうしようと問われてもわたくしには返事ができない。五節句の祝儀はもともと封建時代の遺習で、明治のむかし既に廃止の布告が出ている。よすもよさぬも各人思いのままにしてよい事であるのに、満洲占領の頃から百貨店やカフェーの店頭に神功皇后や楠公の人形が飾り出されて旧習復興の有様を呈するようになった。節句につき物の柏餅も砂糖がなくて出来なければ、世は花より団子のたとえで節句の飾物もいらない訳である。その頃祭日に国旗を出さぬと獅子ならぬ志士があばれに来ると聞いて下町の横町などでは驚いて三越へ旗を買いに行ったと云う話をきいた事もあった。もしも節句の武者人形や鯉幟《こいのぼり》に軍閥の臭味があるとしたら、鳥居の立っている日本国内の神社は稲荷と天神とを除いて大方武将を祭ったものであるから、八幡様を初めとして十中の八、九は片端から取払いをしなければなるまい。町内氏神の祭礼も七五三の祝儀も、自由主義を迎える世には遠慮しなくてはならなくなる。心配は参詣をする氏子よりも御幣を振る神主と提灯《ちょうちん》屋のふところ都合であろう。

○　わたくしは仏寺の庭や墓地に対するほど神社の境内については興味を感じていない。神社は何やらわたくしには縁もゆかりもない処のような気がする。いずこの寺の門内にもよく在る地蔵尊を始め、迷信の可笑味《おかしみ》を思い出させる淫祠も、また文人風の禅味を覚えさせる風致も、共に神社の境内には見られない故でもあろう。華表《とりい》の形や社殿の様式も寺の堂宇や鐘楼を見る時のような絵画的感興を催さない。いずこの神社を見ても鳥居を前にした社殿の階前にはきまって石の狛犬《こまいぬ》が二つ向合いに置かれている。狛犬は後脚を折曲げて行儀好く居ずくまり、前の片足を上げて何やら人を招くような形をしていながら、吠えでもするように角張った口を開いて牙を現し、近寄れば飛付きそうな恐しい顔と態度とを見せている。階下の賽銭箱を見守るつもりかも知れない。通りがかりに交番に立っている巡査を見るといわれなく狛犬の態度が思い出される。神社の広大なものには寺の三門と同じような門があって、裸体の仁王尊の代りに矢を背負い弓を持った人形が塵だらけになって金網の中に胡坐《あぐら》をかいているが、いやに取りすましたその顔は、受付口の役人のように、もし何かきかれたら係りがちがうから他所《よそ》へ行ってきけと言うようにしか見えない。神社の境内に在るものでわたくしの興をひくのは絵馬堂と神楽堂ばかりである。絵馬堂は奉納の絵額と俳諧の献句が見られ、神楽の催しには仮面の可笑味がある故である。日本人の面貌は神楽に用《もちう》る面によって代表されていると言った人がある。色白く鼻の高い尊《みこと》の面は貴族を代表し、手拭で頬冠《ほおかむり》をした、口のまがった、目っかちのひょっとこは農夫、もしくは一般の人民の顔を代表したもの。般若《はんにゃ》はヒステリーの女、おかめは普通一般の女の顔で、日本人男女の面貌は悉《ことごと》くこの四種類の中に含められて、例外のものは殆《ほとん》どないと云っても差問《さしつかえ》はないというのである。わたくしはこの説に左袒《さたん》しているのであるが、近年神楽や馬鹿囃子もすっかりすたれて、お亀やひょっとこの仮面も玩具屋の店頭には見られぬようになった。男女衆議院議員当選者の容貌はどれに属するものだろう。

○　日本の文書に羅馬字《ローマじ》綴《つづり》を用うべきや否《いな》や。これがまた近頃問題になっているそうだ。しかしこれはもう問題にすべき事ではあるまい。生活の全体が既に勝者の手中にあるかぎり言語文字の如きは我等の考慮すべき問題ではない。つらつら思うに日本人の多くは維新以後自国の言語文字。自国の文化については何の考《かんがえ》をも持っていなかったようである。特にこれを愛重する心は無かったようにも見られる。祖国の風土草木に対してもまた確乎《かっこ》とした考はなかったようである。明治の初年日本人は電信を布設するために風土の美を顧ず東海道の松並木を伐採しかけた。それを妨げ止めたのは英国の公使パークスであった。神道の研究を称え初めたのもまた英国人チャンバレンであった。博物館の創立もまた西欧人の勧告に基く所だと聞いている。吾々は今日吾々の生活や風俗について言うべき何物をも何等の権能をも持っていない。現在家族と共に起臥《おきふし》している家屋すら或《ある》場合にはこれを捨てねばならないのだ。国字国語の如きは時勢の趣くままに任すより外はない。

○　明治二十三年初めて議会の開かれた時分にはいずこの学校にも官省にも西洋人が教師また顧問として招聘されていた。時の人が御雇《おやとい》教師と言ったものである。わたくしの通学していた神田一ツ橋の中学校にも元英国海軍士官であったシーモル先生と云う人がいた。その頃から内地雑居と称して外国人も邦人と同じく市中随意の処に住むことができるようになったのであるが、やはり旧居留地であった築地明石町が主なる居住地で、次は麻布と小石川辺とであった。汽車停車場の掲示は皆英語で一等客車には殆ど西洋人ばかりしか乗っていなかった。避暑地では軽井沢日光逗子《ずし》鎌倉あたりが西洋人向で立派な別荘は大抵西洋人の建てたものであった。その頃の西洋人の生活に関する事は当時の英国公使フレーザーの夫人が著した書に委しく述べられている。麻布今井町に住んでいた英国人アーノルドも日本に関する二、三の書を著している。この人は日本の文字を解し和歌をよんだらしい。海と陸《シーエンドランド》と題した書中、今井町の家の事があったので、わたくしは読過の際手帳にその大意を訳載して置いた。幸《さいわい》に焼けなかったからここに次の如く写し直して置こう。

東京の市中には草の青々とした空地、庭園、小高き丘阜が随処に散在している。人家の密接している街路と小道とはただ一区域においてこれを見るばかりである。余の寓居した今井町の高台などは遠い田舎に行ったようで空気は新鮮で煤烟《ばいえん》が無いから、住宅や商店の或《あるい》は黒く或は白く引続いているあたりを越して、向側にも此方と同じような青々とした坂が幾筋もある辺までずっと見渡すことができる。坂の上には余の住んでいる此方の高地と同じように、樹木と庭園とに囲《かこま》れた軽快なる住宅、心地好げな別荘らしい家屋が幾軒も見える。余は家に置いてある人力車に乗って一走り走らせると、わけなく、絵画的な群集の雑遝《ざっとう》している真直《まっすぐ》な広い街路、また狭い町の只中に達することができる。それ故余は都会生活の煩累なくしてしかも万事に便宜な田舎の生活をする事ができるのだ。日が暮れるとあたりは全く田舎の村のように静になって、門外を過る按摩《あんま》の声と、夜廻の打つ拍子木の響が聞えるばかり。空気はいつも清涼で、人口の多いにも係らず何処《どこ》の家でも炭火の外に燃《もや》すものがないから従って烟突というものがない為、山岳中の女王とも称すべき富士の山は六十五マイル隔っているけれど、毎日西方の空に雪を戴いたその頂上を見せている。今日この頃の時節は日本では厳寒の最中なので花の見られる時ではなく、夜の寒さは庭のささやかな蓮池にも厚い氷をはらせるのであるが、それでも薔薇と椿の花を絶《た》やすことはない。またさまざまなる常磐木《ときわぎ》は、日本の風土に馴れた蘇鉄や竹などと一緒になって、四季不変なる緑色の着物を着ている。春を待って紅白の花をつける筈の梅と桜の梢はまだ裸のままで一枚の葉さえもない。(略)

わたくしがまだ焼かれずに麻布の家にいた時であるからこの記事に少からず興を催したのである。

○ 東京市内から西洋人の姿の追々《おいおい》稀になって行ったのは、日露戦役の頃からであろう。官省会社等に顧問として雇われていた西洋人は大方任を解かれるようになった。西洋人の教を待たなくとも日本人だけで差閊《さしつかえ》はないというようになったのだ。日本人のこの得意と慢心とが四十年の後今日の失敗を招いたのではあるまいか。それは兎も角、今日より以後近き将来において、吾々は再び内地雑居の頃に似たような時勢の光景に接するのであろう。すばらしい最新式の自動車を走らせるものはこれ洋客。国内形勝の地に宏壮な楼閣を築いて夜宴を張るものはまたこれ洋客と云ったような光景を見るのであろう。むかし市中の寄席に英人ブラックの講談が毎夜聴衆をよろこばしたことがあった。倫理学者デニング先生の講義は江戸児《えどっこ》流の巻舌と滞りなき日本語とによって聴客を驚かせた。これから先の世の中にもそれに似たような事が続々として現われずには居ないであろう。

（昭和廿一年四月廿五日稿）

細雪妄評

小説の巧拙を論ずるには篇中の人物がよく躍如としているか否《いな》かを見て、これを言えば概して間違いはない。

人物の躍如としているものは必ず傑作である。人物が躍如としていれば、その作は読後長く読者の心に印象を留める力がある。作者はその人物を空想より得来ったか、或《あるい》はモデルによろしきを得たか否かは、深くこれを追究するに及ばない。

谷崎君の長篇小説「細雪」は未完ではあるが、既に公刊せられた上中の二巻を読んで、わたくしはその人物のさして重要でないものに至るまでその面目は皆活けるが如く躍如としているのに驚かされた。（篇中なにがしと云う下女の如き、或は隣家に住む独逸《ドイツ》人の家族の如き、白系露国人の老婆の如き皆躍如としている。）

曽《かつ》てわたくしは小説作法なるものを草して、小説をつくろうとする青年に示して、小説述作の基礎とすべきものは人物に対する観察と、全篇を構成すべき思想とである事を説いた。而してこの二事はその熟すべき時間を待たねばならない。速急には為し得べきものでない事を併せ論じた。

「細雪」を見るに、作者がこの一篇をなすに当って多数なる人物の観察と、つづいてその構想とに、かなり長い歳月を必要としたことが推察される。戦争中その上巻の公表よりして今日に至るまでの歳月を数えても既に五年を閲《けみ》している。

細雪の作風は純然としてまた整然として客観的の範囲を厳守している。明治以来わが現代の小説中、その作風のかくの如く整然として客観的なるものは未だ曽て見られなかった。田山花袋一派の作者が一時小説に客観的作風の重んずべきを説いたことがあったが、その作例には却《かえ》ってこれが証となすべきものを示すことが出来なかった。その傑作と称せられる「蒲団」の如きも、今日よりこれを観れば純然たる客観的作品となすには作者の態度において欠くるところが尠《すくな》かった。これに反して、「細雪」は余の見るところその客観的なることは蓋《けだ》しフローベルの「ボワリイ夫人」、また「感情教育」の二大作に比するも遜色なきものであろう。

元来客観を主とした長篇小説は布局に変化が少いので、動《やや》もすれば読者を倦ましめ易い。これを救うものは深刻なる心理描写を試むるに、洗練の極地に達した文辞の妙を以てするより外に手段がない。非凡なる文章家にあらざる限り、客観的長篇の小説は作り得られるものでない。二葉亭鷗外二家の著作は能《よ》くこれを証明している。

谷崎君が初めて文壇に現れたのは、明治四十三、四年であった。歳月を閲すること四十余年である。その間に制作せられた諸名篇の中、その客観的手法を用いて目覚ましき成功を示したもの、この「細雪」に若《し》くはない。

「細雪」の篇中、神戸市水害の状況と、嵐山看花の一日を述べた一節とは、言文一致を以てした描写の文の模範として、永遠に尊ばれべきものであろう。わたくしは鷗外先生の蘭軒伝の他に、その趣を異にした言文一致体の妙文を得たことを喜ばなければならない。

「細雪」は昭和年代の関西における一旧家族の渾然たる歴史である。わたくしは今日まで東京以外の生活については全く知るところがない。篇中人物の行動と感情と、また風土気候に関しても、初めて知るを得たものが少くない。「細雪」閲読の興味は宛《さなが》らダヌンチオの小説を読んで伊太利《イタリア》の風物を想い見るが如くである。

「細雪」上中の二巻を通読して、わたくしの得た印象を述べると、教養ある関西人の生活の裏面、その感情の根柢には今日もなおゆるやかなる平安朝時代の気味合の湮滅《いんめつ》せずに存在している事である。この一事は東京に成長して他郷を知らないわたくしには非常なる興味を催さしめた。篇中東京へ移住しなければならない若き婦人が、暫《しばら》く関西を後にする名残りに、家族と共に嵐山に花を見に行く情味の如きは、蓋しその一例である。何となく平家物語に見るような情調が、今なお関西人の胸底には潜み隠れているのである。彼等が嵐山の看花はわれわれ東京の人が曾て年々隅田川に花を見た時の感情とは全く異るところがある。

作者の関西における一般の観察は全く驚くべき境にまで到達している。一年二年の観察を以てしては到底能くすべきかぎりではない。小説の巧拙は、その観察と思想との如何《いかん》を見て、これを論ぜよと、わたくしの言ったのは、恐らく大した間違いではあるまい。妄評多罪。

（昭和廿二年十一月草）

出版屋惣まくり

文学書類を出版する本屋も私は明治三十四、五年頃から今日まで関係していることだから話をしだせば限りがないくらい沢山あります。文学者の方から見れば本屋というものは概して不愉快なものさ。口と腹とはまるでちがっている人間ばかりだから心持好く話はできない。文学者は初から一枚書けばいくらだと胸算用をして金のためばかりに筆を執るわけでもないんだから本屋と金の取引をするだけでも愉快ではない。

明治時代には今日のように一冊について定価の幾割を取るというような印税の約束は一般には行われていません。（これは文学書類についての話で、辞書だの法律書だのの事は知りません。）明治の末年に小説を出す本屋は春陽堂、博文館、金港堂などが重《おも》なもので、今の新潮社の前名新声社はその頃からそろそろ新作家の作物を出しはじめたのです。初は神田錦町の神田警察署の側に店がありました。それから明治四十二、三年頃には市ケ谷見附内から飯田町に移ったのです。春陽堂は紅葉《こうよう》露伴《ろはん》のものを出すので文学書肆の中では一番有名でした。店は日本橋通三丁目の角で土蔵造りでした。その時分には印税の契約はしないで一冊大抵三、四十円で原稿を買取ってしまうのです。作家はみんな生活に困っていたから本屋から前借をしていました。ですから一冊いくらだと云うはっきりした掛合もしなかったわけです。著作権だの出版権だのとそんなむずかしい話は作者と本屋との間にはまだ起らなかったのです。その時分には本屋の態度も純然たる商人で今日の岩波のように日本の文化を背負って立つのだと云うようなえらそうな顔をしているものは一人もありませんでした。

版権のことがそろそろ面倒になり初めたのは明治三十五、六年（?）に紅葉山人の死後直《すぐ》にその全集が博文館から発行されたころからのようです。紅葉先生の著作は初から晩年の「金色夜叉」に至るまで皆春陽堂から出ていたのですが、全集は重に巌谷《いわや》小波《さざなみ》先生が編纂されたような事から博文館から出版されました。（小波先生は当時博文館編輯局の総長でした。）それから高山樗牛《たかやまちょぎゅう》の全集が出版されたがこれも博文館から出ました。しかしその著作の中で「瀧口入道」その他二、三のものが春陽堂から出ているのですが春陽堂でも別に苦情は云わなかったそうです。後年私の全集が春陽堂から出た時「あめりか物語」と「ふらんす物語」とが初《はじめ》博文館の出版であったにも係らず博文館から苦情を云わなかったのは「瀧口入道」や「金色夜叉」などを無断でそれぞれの全集に編入した弱身が在った為だと云う話です。それですから震災後改造社が一円全集本に私の「あめりか物語」を入れて出すと忽ち版権侵害の苦情を云立て裁判沙汰にすると云う騒になったのです。

博文館から著作を出版させてその為に後でゴタゴタしたのは私ばかりではありません。北原白秋も迷惑をしたことがあったようです。巌谷小波先生は館主大橋新太郎とは友人の関係もあったし三十年間も編輯局に居られたにも係らずお伽噺《とぎばなし》の全集か何かを他の本屋から出版された時訴えられて莫大の損害を蒙った事があります。「金色夜叉の真相」と云う書はこの損害を償うために病中に執筆されたものです。長年その店のために尽力された人に対しても金の事になると直に訴訟沙汰にするのは言語道断です。博文館に限らず店が大きくなるとどの本屋も金には却《かえっ》てきたなくなるようです。冨山房も大きな本屋ですが私が曽《かつ》て春陽堂から出した「下谷叢話」を是非出さしてくれと云うから改訂して出すと、後から郵便で出版契約書を送って来て印をおせと云うのです。契約書を見ると本屋の出版権を認める事、十五年間他の書肆から出すことを禁止する事と云うような条件が書いてあるのです。私は博文館で懲り懲りしていますから早速弁護士を頼んで掛合って貰い先今日《まず》までのところでは別に損害は受けていません。三省堂は同じ神田の教科書屋ですが私の物を何かに引用したからと云って礼金を贈ってくれた事がありました。

兎《と》に角《かく》小説は芸術的感興でかくものですからそれを本にして出版するのも矢張り芸術的興味に基くものでその版権がどうだこうだと云って裁判沙汰にするのは迷惑千万な話です。私がこれまで関係した本屋で私の方から今でも感謝しているのは籾山書店です。籾山書店と知合になったのは明治四十三年に雑誌「三田文学」の創刊される時でした。初め雑誌の売捌《うりさばき》方を依頼する思わしい本屋が無くて困っていたのです。上田敏《うえだびん》先生は日本橋角の大倉はどうだろうと云われたのですが森先生はひどく反対でした。それでも編輯も売捌も本屋の手を借りずに一切三田文学会でやろうと云う話になったのですが突然籾山書店が現れて万事私の云う通にすると云う約束をしてくれたのです。三田の文学がその後世に認められるようになったのは籾山書店の尽力の結果です。籾山書店は一しきり森先生の著作をはじめ私のものも単行本にして出しましたが大正七、八年頃から出版を止めて売捌店になりました。その為私のものは春陽堂が引受けることになったのです。籾山書店で出したものをまとめて全集にする話になったのです。春陽堂とは別に版権の契約だとか何とかいう角張った野暮な話はありません。

春陽堂もその頃は今日とは違って正直な好い本屋でした。私の方から何とも云わないでも印税はちゃんと計算して本が出たその月の末には必ず支払をしてくれました。中央公論社が雑誌の外に単行本を出すようになったのは震災時分からのように記憶しています。

岩波書店と知合になったのは鷗外全集重印の事からです。昭和十二年に佐藤春夫さんが岩波で私の「濹東綺譚」を出したいと云う話があるから承諾してくれと云う事でした。私は岩波書店は大学に関係のある人が好きなように思われるし、それに「濹東綺譚」のようないかがわしい処の事をかいた小説なんぞは不向きだろうと考えて、どっちでもいいようにと返事をしたのです。本ができると挿絵をかいた画家の謝礼は私の印税の中から差引くと云う話を持出されて驚きました。それから現金の支払は本が売出されてから三箇月後だと云うはなしをされ、まるで此方から無理に頼んで出版して貰ったような話だと思ったがお金の事で愚図愚図云うのはいやだから私の方では何にも云いませんでした。画家の謝礼を著者が支払うなんて云う事は馬琴北斎《ばきんほくさい》のむかしから聞いた事のない話です。「濹東綺譚」の表紙の意匠は私がしたのですがこれについて本屋は別に謝礼も何も寄越しはしませんでした。

戦争後は新しい出版屋が数知れず出来ました。一しきり新生社の雑誌に寄稿したのは文壇に関係のない方面から紹介されたからです。しかし誤植が多いので段々いやになって書かなくなったのです。鎌倉文庫は初に川端《かわばた》さんが来ての話だったから単行本の出版を承諾したのです。しかし印税の支払になると現金の中へ第二封鎖の小切手をまぜて寄越すような事をするのでその後は用心して一切関係しない事にしています。今日まで多年の経験から考えて見ると、出版商と出版の話をするには直接に応接するのは大に損です。文学も芸術も商品に下落してしまい、自分も印税でおまんまを食うようになったら法律に明《あか》るい代理人を頼んで出版の掛合をして貰うのが一番良いと思います。

この原稿は去年（昭和廿三年）の春頃に書いたのですが公表したところで何の益にもならないと思って寄贈雑誌と一しょに焚付《たきつけ》にしてしまおうと押入の中にほうり込んで置いたのですが、この頃河出書房の店員がたびたびやって来て現代文学大系とかいう叢書の中に私の大正年中につくった小説数篇を編入したいと云うのです。印税金は何月何日にきっとお払いしますと云うからいやいやながら承諾するとそのまま製本見本を送って来たなり、約束の日になっても綺麗に印税の支払をしない始末です。奸商を相手に金銭の掛合をするのは不愉快ですから一杯喰わされたと思ってそれなりにしてしまいました。戦敗後の出版屋の遣口《やりくち》はまずこんなものなのでしょう。彼等は洋服をきて大きな革包《かばん》を提げ大きな顔で歩き廻っていますが信用のおけないことは闇屋よりももっと甚《はなはだ》しいのです。戦敗後の文化の程度も出版商の善悪から見れば大抵推察される次第です。日本の出版界も本の奥附にぺたぺた印を押さなくても報酬を著者に贈るようになりたいものです。西洋の本には支那の本も同じこと、印紙を貼りつけるような不体裁なものは存在していません。実に厭《いと》うべき習慣であります。

（昭和廿四年七月晦）

浅草むかしばなし

浅草公園のはなしもあんまり古いことは大抵忘れてしまったからここでは話すことはできない。十二階の初めて建てられた時も、六区に米国南北戦争のパノラマの出来た事も、見に行ったことは記憶しているがはっきりした年代がわからないから暫《しばら》くおあずけにして置こう。僕が二十になった頃から（即《すなわち》　明治三十年頃から）のことならどうやら記憶しているようだ。一番はずれの江川劇場は玉乗《たまのり》や手品の興行で人に知られていた。現在吉本のグランド映画劇場のところには何があったか、今ではわからない。その隣の現在ロック座の在るところは戦争で取払になるまでは萬盛座と云う劇場で剣劇と五一郎一座の軽演劇をやっていた。その以前は萬盛庵という蕎麦屋であった。戦争中までオペラ館の在ったところはたしか都座と云って源氏節と女芝居がかかっていたと思う。常盤座は古くから現在の処にあった芝居小屋で、明治三十年代には新派の役者が出ていた。山口定雄の一座、その後に佐藤歳三の一座が出ていた事だけ記憶している。今の映画女優山田五十鈴《いすず》の父山田九州男《くすお》(女形)も出ていたと思う。間違っているかも知れない。その時分映画館はまだ一軒も無かった。常盤座の向側はルナパークで、その以前には人工の富士山があった。興行町の広い通はその辺で行留りになり、そこから細い路地のような横町を抜けると表通の古書肆浅倉屋の近くに出るのだ。明治四十年頃には映画館は既に盛であった。安来節の踊や泥鰌《どじょう》すくいの流行ったのは大正になってからだろう。委しいことは知らない。その時分現在の松竹座は御国座という芝居で、沢村訥子《とっし》の一座がかかっていた。大正十年頃に自火で焼けて新築してから松竹座になった。松竹少女歌劇の初めて興行されたのは松竹座だ。公園劇場だったか観音劇場だったかはっきり覚えていないが、大正時代に今の大勝館の裏あたりにも劇場があって一時中村又五郎が明治座の左団次一座から分れて一座をつくっていた事もあった。公園裏の宮戸座は明治三十年頃に新しく出来た芝居で、初は伊井《いい》蓉峰《ようほう》一座が掛っていたと思う。大正の初頃には旧派に代って源之助翫《がん》五郎《ごろう》鬼丸秀調《しゅうちょう》などが掛っていた。活動と芝居とを一所にした連鎖劇というものも掛っていた。

公園内外の料理屋や飲食店は大正十二年の地震までは数も多いし繁昌もした。料理屋では花屋敷の近くの松島が会席茶屋で人に知られていた。一直も花屋敷の裏にあった宴会茶屋だ。しかしその頃一番繁昌していたのは公園裏の鳥料理屋大金だろう。芸者の箱も入るし心持のいい風呂場もあった。震災前道路取ひろげの頃に閉店したらしい。千束町の通にあった平野と云う鳥料理屋も大金に劣らぬ家で、庭も座敷もわるくはなかった。震災後も繁昌していた。吉原帰りの御客が仲の町の芸者幇間《ほうかん》を引連れて来るので朝早くから風呂が焚いてあった。公園内外の料理屋の上等な家はいずれもむかしから仲の町とは連絡がついていた。日本堤に平松。廓内に金子と云う料理屋があった。いずれも山谷の八百善や重箱と云う鰻屋などと並び称せられた処で、懐中のさむしい人達の行くところではない。その時分の遊び方は時勢と共に今では遠い昔のことになってしまった。日本堤の平松は明治三十五、六年頃には牛肉屋常盤となり、廓内の金子は明治四十年代には既に廃業していたらしい。

話は再び公園に戻る。弁天山鐘撞堂の近くに菅野という鳥料理屋があった。初は手軽で行き易い家であったが大正になってから芸者でもあげなくてはいけないような騒しい家になった。伝法院裏門前の天麩羅屋仲清も初は食事を重《おも》にした家であったが、これも震災頃には女中がお召《めし》の着物に厚化粧をしてお酌に出るようになってお客の種類がすっかり変ってしまった。仲清の近処に古びた煉瓦づくりの何とか云う洋食屋があった。公園で洋食屋らしい洋食を出す家はこの一軒だけであったが震災で焼けたなり廃業したらしい。公園裏に逢坂屋という洋食屋があるがここも料理はわるくなかった。戦災後も引つづき商いをしているそうだ。金龍館横手の賑《にぎやか》な商店街には戦災前、花屋、みやこ、米作。それから薬湯のとなりに貝類の料理や釜飯を出す店があった。その中で米作という店の料理はなかなかうまいもので、いつも江戸前の新しい肴を用意していた。しかし戦災後は米作も釜飯屋も見えなくなった。仲店裏の岡田、丸留、その隣の宇治の里は古くから東京の人には広く知られた家だったがこれも戦災後まだ復興しないようである。仲店から馬道へ出る通にあった金田という鳥鍋屋は芸者づれの客も堅気の家族連もよく行った店であったが今はどうなったか知らない。現在食べ物屋で人の目につくのはとんかつ屋と中華蕎麦屋である。震災前公園の名物であった藪蕎麦は観音堂の裏手から震災後は千束町の花柳界に移転したが、名高い汁粉屋松村は戦後公園内のもとの処近くに店を出しているという噂である。梅園という汁粉屋も近頃もとの処に看板を出している。江戸時代には梅園院というお寺の在った処だと云う話だ。牛鍋屋は戦争前までは今半にちんや屋に常盤の三軒が繁昌していた。仲店の常盤は代替がして大増になったのは震災後だったと思う。千束町に夜通起きている吾妻と云う牛肉屋は安いので名高いものであった。戦災後は無いようである。

（昭和廿五年三月九日東京日日新聞所載）

解説――戦後荷風文学の世界

岸川俊太郎

一九四五(昭和二十)年三月十日未明、東京を襲ったアメリカ軍の大規模空襲によって、麻布の偏奇館は一夜にして焼尽に帰した。永井荷風はその様子を『断腸亭日乗』に記している。

三月九日、天気快晴、夜半空襲あり、翌暁四時わが偏奇館焼亡す、火は初長垂坂中程より起り西北の風にあふられ忽市兵衛町二丁目表通りに延焼す、余は枕元の窓火光を受けてあかるくなり隣人の叫ぶ声のたゞならぬに驚き日誌及草稿を入れたる手革包を提げて庭に出でたり、谷町辺にも火の手の上るを見る、又遠く北方の空にも火光の反映するあり、火星は烈風に舞ひ紛々として庭上に落つ、(……)

偏奇館は荷風が約二十五年にわたり住み続けた自邸である。荷風はこの場所で『つゆのあとさき』や『濹東綺譚』をはじめとする数々の名篇を生み出した。戦災によって偏奇館を失った荷風は流浪の身を余儀なくされる。従弟の杵屋《きねや》五叟《ごそう》が住む代々木の家、知人で作曲家の菅原明朗が住む東中野の国際文化アパートなどを経て、菅原の故郷である明石へ。戦火を逃れ最後にたどりついた岡山の地で、荷風は終戦の報を聞いた。「今日正午ラヂオの放送、日米戦争突然停止せし由を公表したりと言ふ、恰も好し、日暮染物屋の婆、雞肉葡萄酒を持来る、休戦の祝宴を張り皆々酔うて寝に就きぬ」(『断腸亭日乗』八月十五日)。

終戦の翌月、荷風は五叟一家が先に身を寄せていた熱海の木戸正宅へ移り、約四ヶ月を過ごした。翌年一月、五叟一家とともに千葉県市川市へ転居した荷風は、以後、三度引越すも市川を出ることはなかった。荷風は市川を終焉の地に選んだのである。

終戦を迎えたとき、六十五歳。亡くなるのが一九五九年、七十九歳のときであるから、荷風は十四年近く、戦後を生きたことになる。本書が収録するのは、荷風が戦後に執筆した小説十篇、戯曲一篇、随筆七篇である。紙幅の都合もあり戦後に発表された作品すべての収録はかなわなかったが、本書によって戦後の荷風文学の展開をたどることはできるだろう。

もっとも、戦後の作品は評価されてきたとは言い難い。その代表として石川淳の「敗荷落日」(『新潮』一九五九年七月)を挙げることができる。

おもへば、葛飾土産までの荷風散人であつた。戦後はただこの一篇、さすがに風雅なほ亡びず、高興もつともよろこぶべし。しかし、それ以後は……何といはう、どうもいけない。荷風の生活の実状については、わたしはうはさばなしのほかにはなにも知らないが、その書くものはときに目にふれる。いや、そのまれに書くところの文章はわたしの目をそむけさせた。小説と称する愚劣な断片、座談速記なんぞにあらはれる無意味な饒舌、すべて読むに堪へぬもの、聞くに値しないものであつた。

このような石川の評価がいつのまにか一人歩きをし、戦後の荷風文学の一つのイメージを形づくることで、肝心の作品に触れる機会が遠のいてしまう。これは石川の曖昧な筆致にも原因があるように思われる。「葛飾土産までの荷風散人であつた」という一文は、「葛飾土産」(一九四七年執筆。一九五〇年二月、『葛飾土産』に収録)までは評価に値するという解釈も含むはずだが、すぐに「戦後はただこの一篇」という言葉が続くために、全体の印象として「葛飾土産」を除く戦後の作品は「すべて読むに堪へぬもの」という見方を引き寄せてしまうのである。はたして、戦後の荷風は「精神の脱落」(「敗荷落日」)と言い切れるだろうか。

近年、川本三郎氏『老いの荷風』(白水社、二〇一七年六月)などの好著によって、戦後の荷風文学を再評価する機運が高まりつつある。本書がこうした戦後の作品を読みなおす機運の一助になれば幸いである。

なお、本書に「葛飾土産」が収録されていないのは、すでに『荷風随筆集』(上下巻、岩波文庫)に収められているからである。戦後の名随筆「草紅葉」も同じ理由で収録を見送った。戦後の随筆作品に興味をもたれた方はぜひ『荷風随筆集』を併読していただきたい。

巻頭に収録した「問はずがたり」は一九四六年七月の『展望』に掲載され、同月末に単行本『問はずがたり』(扶桑書房)として刊行された。この作品を語る上で執筆経緯の説明は欠かせない。単行本の「序」に荷風はこう記している。

小説不問語《とはずがたり》。初はひとりごとと題せしが後に改めしなり。昭和十九年秋の半頃より麻布の家に在りて筆とりはじめその年の暮れむとするころほひに終りぬ。あくる年の冬熱海にさすらひける頃後半を改竄して増補するところあり。初て完結の物語となすことを得たり。

荷風自身が明らかにするように、「問はずがたり」は戦中に執筆された部分と戦後あらたに加筆された部分からなる。戦後の創作意識を探る上で重要なのは、一度は擱筆された小説の続きに荷風を向かわせたものは何であったのか、ということになる。「問はずがたり」は、フランスへの滞在経験もある画家の「僕」が、終戦までの二十数年の半生を自身の女性遍歴と重ねながら回想するという内容である。作品は「上の巻」と「下の巻」の二部構成をとる。ここで注目したいのは、「下の巻」の「八」の冒頭箇所である。

僕は今岡山県吉備郡□□町に残っている祖先の家に余生を送っている。五十年前に僕の生れたところである。

昭和二十年八月十五日の正午、僕はこの家の畠から秋茄子を摘みながら日軍降伏の事をラジオによって聞知ったのだ。

僕の生涯は既に東京の画室を去る間際において、早く終局を告げていた。新しい生涯に入ることを、僕はもう望んでいない。僕は昨日となった昔の夢を思返して、曽て「問はずがたり」と題したメモワールをつくって見たことがあった。ここにそが最終の一章を書き足して置こう。

それまで終戦の前年を現在時としていた「僕」の回想が、「下の巻」の「八」以降、終戦後からの回想に切り替わるのである(「下の巻」の「一」の冒頭で「僕」の回想する現在時が「一九四四年十二月」であることが明かされている)。これにより、戦後に加筆された部分が「下の巻」の「八」以降であることがわかる。戦後の荷風の創作意識を解き明かす鍵はそこに求められるだろう。

「八」以降では、度重なる空襲から逃れ、故郷の岡山に疎開し、やがて終戦を迎える「僕」の姿が描かれる。荷風自身の罹災体験が反映されていることは言うまでもない。「僕の生涯は既に東京の画室を去る間際において、早く終局を告げていた。新しい生涯に入ることを、僕はもう望んでいない」と語られるが、むしろ重要なのは、その言葉に反して「僕」の視線が終戦後の新たな現実を捉えていることである。たとえば、「進駐軍の噂がいろいろに言いつたえられる」(「下の巻」「十」)と、当時のアメリカの動向が書きとめられる。

ここで、「僕」と二十年近く連れ添った辰子の連れ子、雪江に注目したい。東京・丸の内で事務員として働く雪江は、作品後半になるにつれ存在感を増していき、「雪江の全人格は恋その物のために出来ているとしか思われない」（「下の巻」「四」）と描かれるように、「僕」は雪江の捉えどころのない奔放な性格に惹きつけられる。さらに「八」以降の加筆部分では、新たな時代を生きていく雪江の行動に関心が寄せられる。「日軍降伏」後まもなく、疎開先の岡山で、「僕」は雪江と恋仲だった声楽家の春山春夫と偶然再会する。雪江の様子を尋ねると、春山は「亜米利加人のオッフィス見たような処へお代りになったそうです」、「もう日本人なんぞにはつき合いたくないと仰有るものですから、つい、わたくしも遠慮して居りました」と答え、雪江との関係が終戦を機に終わりを告げたことをほのめかす。「あの児は世間で云う型にはまった無軌道女の方ですからな」と言う「僕」に同調するように、春山は雪江のことを「全くの自由主義者」と評すのである。そして次のように続く（「下の巻」「十」）。

春山はせめての心やりに、それとなく当てこすりの厭味を言うつもりらしく、丸の内へ通勤する女事務員の中には彼の人達と日比谷公園で出会うものも少くない。銀座に再興したカフェーの女給やダンサアは日本人のお客には見向きもしないようになった実例を語り、

「しかし無理もありません。彼の人達の近付きになれば、お金ばかりじゃありません。煙草でもチョコレートでも、欲しいものに不自由はしませんからな……。」

終戦後に加筆された「問はずがたり」の後半部分からは、アメリカ軍が闊歩する「占領期」という新たな時代相と、そのような時代相を受けとめる日本人の新たな「生」に対して荷風が強い関心をもっていたことが浮かび上がってくる。こうした時代観察者としての眼差しが、荷風を小説の続稿へと向かわせたのだろう。荷風は続稿を執筆していた時期に、「丸の内及銀座辺女事務員米兵に媚を売るもの日にまし多くなり日比谷公園内出会の光景頗奇なるものありと云」(『断腸亭日乗』一九四五年十一月八日)と記している。これが戦後の雪江の描写と結びついていることは明らかだろう。

ここで見落としてはならないのは、荷風がその文学的営為を通して、GHQ／SCAP(連合軍総司令部、以下GHQと表記)による検閲と抵抗の交錯する地点に身を置くよう強いられていたということである。

「問はずがたり」は『展望』掲載に際して、接吻などの場面を含む性描写を中心に徹底した削除、書き換えが行われたにもかかわらず、GHQの検閲に抵触し、削除指示を受けた。実は、その箇所が先に掲げた引用部分なのである。削除理由は「fraternization」（占領軍将兵と日本人との親密な関係描写）であった。本書収録の本文では占領軍将兵のことを「彼の人達」と婉曲に表現しているが、雑誌掲載に先立つ原稿の段階では「進駐軍の兵卒」、「米兵」という直接的な表現が記されていた（「後記」『荷風全集』第十九巻、岩波書店、一九九四年十一月）。

荷風は、自らの作品が検閲に抵触することで、「自由」という旗印の下に隠蔽された、GHQの検閲という新たな「権力」を自覚することになった。荷風がGHQの検閲に鋭い視線を向けていたことは、大阪で起きた「米国憲兵」の発砲をめぐる一件について、「此事件米人検閲の為新聞紙には記載せられず、米人口には民政の自由を説くといへどもおのれに利なきことは之を隠蔽せんとす、笑ふべきなり」（『断腸亭日乗』一九四六年四月六日）という一文を記していたことからもうかがえる。

こうした検閲と向き合う荷風の姿を一層浮き彫りにしてくれるのが、『罹災日録』である。これは、『断腸亭日乗』の一九四五年一年間の日記を荷風が生前に公表したものである。『罹災日録』は雑誌『新生』に一九四六年三月から六月にかけて発表された。ところが、掲載に際して、十五箇所に及ぶGHQに関する記述が削除された。そこには、GHQの検閲が深い影を落としているのである。たとえば、先に引用した「丸の内及銀座辺女事務員米兵に婬を売るもの日にまし多くなり日比谷公園内出会の光景頗奇なるものありと云」という一節も、『新生』に発表される際に、「(中略)日比谷公園のベンチの如き殆ど空席なき勢なりと云」と、日本人女性と米兵との関係を表す記述が「(中略)」に置き換えられ、続く文章も婉曲的な表現に直された。

さらに、別の特徴的な書き換えとして、九月十日の日記を取り上げたい。原本には次のように記されている。

(……)藤沢の駅にて米兵の一隊四五十人ばかり乗車せむとせしが客車雑沓して乗るべからず、米兵日本人乗客を叱咤し席より追払ひて乗り行きたり、おろされたる日本人乗客はその列車既に最終のものなれば已むことを得ず一夜を駅の構内にあかし今朝未明の汽車にて漸く家にかへりしとの話なり、是曽て満洲にて常に日本人の支那人に対して為せし処、因果応報、是非もなき次第なりと云、(……)

この記述が『新生』に掲載される際に次のように書き換えられた。

(……)藤沢の駅にて米軍の一隊四五十人ばかり乗車せむとするに会ふ。客車雑沓して乗るべからず。(中略)乗客はその列車既に最終のものなれば已むことを得ず一夜を駅の構内に明し今朝未明の汽車を待つて纔に帰るを得たと言へり。是亦曽て満州に於て当に日本人の其国人に関して為せし所。因果応報と云ふべき歟。

日本人の乗客に対して横暴な態度をとる米兵の姿が「(中略)」に変更され、前後部分が書き換えられていることがわかるだろう。だが、こうした書き換えにもかかわらず、単行本(扶桑書房、一九四七年一月)として刊行される際に、GHQからさらなる検閲を受け、列車の話全体がすべて削除されるのである(山本武利『GHQの検閲・諜報・宣伝工作』岩波現代全書、二〇一三年七月)。

また、「亜米利加の思出」や「冬日の窓」「仮寐の夢」などの随筆も検閲の痕跡をとどめている。「仮寐の夢」(『新生』一九四六年七月)では自筆原稿の段階で、GHQに関する記述が抹消されている(「後記」『荷風全集』第十九巻、前掲)。削除されたのは、「我等の日常考慮を費すことは服従の一事あるのみである。我々は弱きものだ。戦争中我々は軍閥の奴隷であつた。平和になつて後は勝者の従僕に等しいものとなつた。今日思ふところはその何れに従ふのが比較的忍び易いかと云ふ事である。我々は日夜空襲に脅されてゐた頃には、軍閥の凱歌を奏した後の世の中を想像していつも慄然としてゐた事があつた」という記述である。戦争への自らの姿勢が明らかになる重要な記述を削除することで、荷風がＧＨＱの検閲に対処しようとしたことがうかがえる。

「亜米利加の思出」(『新生』一九四五年十二月)と「冬日の窓」(『新生』一九四六年二月)も、単行本『勲章』(扶桑書房、一九四七年五月)に収録される際に、ＧＨＱから削除措置を受けた(山本武利『ＧＨＱの検閲・諜報・宣伝工作』前掲)。たとえば、「亜米利加の思出」では以下の冒頭箇所が削除された。

皆様御存じの通り私は若い頃亜米利加に居た事はありますが、何しろそれは幾十年の昔の事ですから、その時分の事を話して見たからとて、今の世には何の用にもなりますまい。米国がいかほど自由民主の国だからと云つて其国に行つて見れば義憤に堪えない事は随分あります。(中略)然し目下日本の情勢ではアメリカ人の欠点を指摘する事は出来ませんから其のよい方面を思出して御話をしませう。

このように、「問はずがたり」をはじめとする戦後の作品には、戦後の世相が描かれるだけでなく、「自由」の裏にある「占領下」という新たな権力の痕跡も刻印されている。荷風はＧＨＱの検閲を通して、「占領下」という時代状況と向き合い、その緊張関係を生きることで自らの創作営為を紡いでいったのである。その姿は石川淳の言う「精神の脱落」とはかけ離れたものであったと言えよう。

さらに、荷風は、新たな時代の情景を女性に仮託して描いていった。そのような荷風の創作意識を具体的に読みとることができる作品として「噂ばなし」(『勲章』前掲)が挙げられる。内容は、語り手の「わたくし」が「或町」にいた頃、「戦死した兄の妻を、弟が娶っていたところへ、突然兄がかえって来たという話」を聞くというものである。同作は一九四六年十月に書き上げられたが、荷風はその一年前の一九四五年十二月十三日の『断腸亭日乗』に「亡国見聞録」と題して次のような話を記載している。

南洋諸島より帰還する兵卒の中には三四年前戦死せしものと見なされ、家族へ遺骨までも其筋より送り届けられしものも尠からぬ由なり、熱海天神町に住みし一商人あり、四年前戦死し靖国神社に合葬せられしかば、親族合議の上その妻を戦死者の実弟に嫁せしめ遺産の相続をもなしたり、弟は兄嫂と兄の財産をゆづり受けしなり、子供二人出来幸福に暮しゐたりし処、この程突然死んだと思つた兄かへり来りしかば、一家兄弟大騒ぎとなりごた〳〵の最中なりと云、

荷風は熱海の地で、小説のもととなる「噂ばなし」を実際に耳にしていたのである。

翌年、この話を作品化しようと思い立った荷風は、知人の英文学者、沢田卓爾に書簡を出す。「唐突ながら少々原稿に必要の事あり左の事お尋致候もし御存じなれば御示教被下度御願致候／テニソンの詩篇にヱノック、アーデンと題するもの有之候や右は多年生死不明の漁夫が故郷に帰つて来る話と記憶致居候へ共少年の頃読み候事にて確ならず古き英学の事は尋ねる人なく候為困却の余りもしやと御質問致候わけに御坐候」(一九四六年十月二十日)。

さらに、沢田の返書に対する礼状のなかで荷風は次のように記している。「早速御返書被下御深切の段難有存申候実は熱海にてき丶候はなし戦死したと思はれし出征者が突然生還せしところその女房は自分の弟と結婚してゐたと云ふ話をき丶之を批評的にかいて見たいと存じモンパッサンの Le Retour といふ漁夫のはなしを例に取り候故もう一つ英文の例をも引用致度中学時代によみ候テニソンの詩を思出し候得共はつきりわからず突然御示教相願候処懇切なる御返書に接し感謝仕候」(一九四六年十一月一日)。

ここからわかるのは、荷風が熱海で聞いた話を「批評的に」書くために、同様の内容をもつ外国文学の作品を取り入れようとしていることである。こうして書き上げられた「噂ばなし」の冒頭は次のように始まる。

戦死したと思われていた出征者が停戦の後生きて還って来た話は、珍しくないほど随分あるらしい。中には既に再縁してしまったその妻が、先夫の生還したのに会って困っている話さえ語りつたえられている。

そういう話を聞いた時、わたくしは直にモーパサンの「還る人」Le Retour と題せられた短篇小説を思起した。テニソンが長篇の詩イノック、アーデンもまた同じような題材を取っていたように記憶している。しかしそれ等はいずれも行衛不明になっていた漁夫が幾星霜を経た後郷里へ還って来た話で、戦争の事ではない。

このように荷風は、自身が聞いた話を土台に、モーパッサンの短篇やテニスンの詩などの作品を取り入れながら自らの作品世界を創り出している。では、「噂ばなし」に込められた荷風の意識とはどのようなものであったのだろうか。それは、冒頭に引用される作品を繙くことでみえてくるだろう。

「イノック・アーデン」は、イギリスの詩人テニスンが一八六四年に発表した長篇詩で、その内容は次のようなものである（入江直祐訳、岩波文庫、一九三三年三月）。百年程前のこと、ある海辺の町に仲の良い三人組がいた。親を亡くした少年イノック・アーデン、粉屋の一人息子のフィリップ・レイ、そして港で一番美しい少女アニイ・リー。やがてイノックは周囲に一目置かれる勇敢な船乗りになり、アニイと結婚する。しかし、家族の暮らしを楽にしようと、長い航海に出たイノックはそれきり消息が途絶えてしまう。残されたアニイ達の困窮ぶりを見かねた幼馴染のフィリップは援助を申し出る。十年が過ぎ、ついにアニイはフィリップの求婚を受け入れ、新しい家族を築く。そこにイノックが故郷に戻ってくる。彼はアニイとフィリップが再婚したこと、アニイと自分の子どもが幸せな生活を送っていることを知る。イノックは彼女の新しい生活を邪魔しないよう、港の酒場の女主人にだけ自分の存在を明かし、孤独な死を迎えるのだった。

モーパッサン「帰郷」(Le retour)も漁師の夫が漁に出たまま行方不明になった後、残された妻が別の男性と再婚したところに、元夫が訪ねてくるという話である(青柳瑞穂訳『モーパッサン全集2』春陽堂、一九六五年九月)。小説は見知らぬ男が漁師の家族の元を訪ねる場面から始まる。妻と子どもたちは家の周りをうろつく男を不審に思うが、男がかつての夫マルタンであることがわかる。妻は十年間、夫の帰りを待ちながら二人の子どもを育てたが、やがてその土地の漁師レヴェスクという男と再婚し、新しい家族を築いていた。マルタンと再会した妻は、はじめ「異様な戦慄」を覚えるが、しばらく時間が経つとマルタンに対するかつての愛情が込み上げる。レヴェスクはマルタンに「さあ、きまりをつけよう」と言い、男二人だけで近くのカフェで話し合いの場をもつところで小説は終わる。その後どうなったかは描かれない。
「イノック・アーデン」はイノックの悲劇で結末を迎え、「帰郷」は、妻の所属が現在の夫と元夫との男同士による話し合いに委ねられるところで終わる。
このように両作品の内容を踏まえると、荷風の「噂ばなし」では、そのどちらとも異なる結末が用意されていることがわかる。「噂ばなし」の女性は戦地から帰ってきた元夫である兄の姿をみて、家から逃げ出す。彼女の行動の原因は「男の嫉妬と憎悪」に対する生理的恐怖に求められる。だが、兄弟の家を離れてみたことで、自分が初めて「家族的生活の道具になること」を意識した。彼女は兄と弟のどちらとも一緒になることを望まず、東京に出て一人で生きていく道を選ぶ。「噂ばなし」は女性を所有物のようにみなす男性的な家族制度そのものを否定するのである。作品の終わりには次のような一節が記されている。

（……）彼女はいつまでも同じ女ではなかった。生活の意識は死者の生還によって呼び覚まされた。むかしの儘なる家族制度には盲従していることができなくなった。

ここから浮かび上がるのは、新たな時代に自らの「生」を選び取ろうとする一人の女性の姿である。

「噂ばなし」に限らず、戦後の作品には、新しい「生」を受けとめるさまざまな女性が描かれる。たとえば、「裸体」(『小説世界』一九五〇年二月)は、終戦後、銀座の経理士事務所で働いていた左喜子という若い女性がふとしたきっかけから秘密の会員組織のダンス・パーティーに足を踏み入れる話である。パーティーの条件は「裸体《はだか》」になること。「噂にきく猟奇の世界を覗いてみたい心持」から秘密の夜会に参加した左喜子は、「裸体」になることを通して、男性を虜にする自身の身体的魅力を発見していく。左喜子にとって、「裸体」とはそれまでの自分を解き放ってくれる新たな「生」の象徴である。こうした左喜子の姿は、「問はずがたり」の雪江と重なるところがある。「裸体」は、「自分の身体に対する得意」を深めた左喜子が、新宿の横町で「街娼」まがいの行動をとるところで終わりを迎える。

「吾妻橋」(『中央公論』一九五四年三月)では、浅草の吾妻橋のたもとに毎晩立つ「街娼」に焦点が当てられる。名前を道子と言う。南千住の貧しい大工の娘だった彼女が戦争の混乱を生き抜き、浅草で「街娼」になるまでが描かれる。道子は働いて得たお金を郵便局に貯金し、病気で亡くなった母の墓石を建てようとする。「街娼」という職業の女性を特別視するのではなく、目の前の一日をたくましく生きていく一人の女性の「生」を捉えている。ここには荷風のあたたかい眼差しがみてとれる。

こうした女性の「生」に寄り添う視点で書かれた短篇として、「心づくし」(『中央公論』一九四八年五月)と「或夜」(『勲章』前掲)が挙げられる。「心づくし」では、浅草に「終戦後間もなく組織されたB劇団」の十九歳の女優の生活が描かれる。女優は千代子と言い、「戦後いずこの町と云わず田舎と云わず、すさまじい勢で繁殖して行く民衆的現代女性の標本とでも言いたい娘さん」と評される。新しく劇団に入った青年俳優の山室に淡い恋心を抱く千代子は、「山室との間が親しくなって行くのを知るにつけ、せめての心やりに、何か真実を籠めた贈物をしようと思定め」、「毛糸のスェータを編」む。千代子の思いは結局実らないが、異性に対して揺れ動く若い女性の心情が優しくすくい取られている。

「或夜」は、市川の姉の家に引き取られた季子という十七歳の若い女性が主人公である。季子はある晩、市川駅の待合所で二十四、五歳の青年から声をかけられる。二人で夜道を歩く途中、季子は青年からのアプローチを期待するが、青年にはその気がなく肩透かしを食ってしまう。「異性に対する好奇心」を秘めた若い女性の心理が丁寧に描かれている。

こうした若い女性に焦点を当てた作品以外にも、戦後の荷風は戦渦を生き抜き、新たな「生」を受けとめるさまざまな人間を描いている。たとえば、「にぎり飯」(『中央公論』一九四九年一月)は、一九四五年三月の東京大空襲から避難するさなかに出会った男女の物語である。「三月九日夜半の空襲」で男は妻子とはぐれ、女は娘と一緒に逃げたものの夫と生き別れてしまう。空襲のとき言葉を交わした二人は、終戦後、上野で偶然再会する。二人は新たな家庭を築き、市川の駅前でおでん屋を始めたが、そこに千代子のかつての夫が現れる。「噂ばなし」やモーパッサン「帰郷」と似た話である。夫婦は元夫が再び現れることを恐れるが、それきり姿をみせることはなかった。戦前、洗濯屋を営んでいた元夫は、終戦後のどさくさに紛れて「パンパン屋」になっているという。戦争は人々のそれまでの生活を一変させた。出会うはずのなかった男女を戦争が結びつけた。空襲の明くる日、二人は一緒に炊き出しの握り飯を食べる。終戦後、再会した二人は上野の停車場前の石段に腰をかけて、再び握り飯を口にする。「にぎり飯」とは、市井の人々が戦争による人生の喪失から再生していく証しなのである。

このほか、終戦後、徴兵から戻り東京の江戸川区小岩町にある運送会社に就職し、「金には不自由しない身になった」新太郎という若者が、かつて「料理方の見習」として雇われていた銀座裏の小料理屋の主人のもとを訪ねる「羊羹」(『勲章』前掲)も戦後の世相の一側面を捉えた好短編である。市川市八幡に疎開した主人の家で、鯵の塩焼、茗荷に落し玉子の吸物、茄子の煮付に白米といった、戦争直後とは思えない豪華なもてなしを受けた新太郎は、「自分ながら訳の分らない不満な心持が次第に烈しくなって来る」のを覚える。「ブルジョワの階級」や「古い社会の古い組織は少しも破壊されてはいない」と思ったからだ。新太郎は帰りに八幡の駅前の露店で「通る人が立止って、値段の高いのを見て、驚いたような顔をしている」のに気づき、「林檎の一番いいやつ」と「羊羹」を注文する。「羊羹」には、終戦後における日本の社会と経済の屈折が映し出されている。

「買出し」も終戦後を生きる人間の現実を描いた小篇である。同作は一九四八年一月に脱稿され、一九五〇年一月の『中央公論』に発表された。千葉県船橋と野田との間を往復する電車は「買出電車」と呼ばれていた。これに乗るのは、朝一番に東京からやって来て、「農家をたずね歩き、買出した物を背負って、昼頃には逸早く東京へ戻り、その日の商い」をするためである。十月初め、買出しの帰り道で、四十過ぎの「おかみさん」と「婆さん」が一緒になる。途中で二人は休憩するが、「おかみさん」は、最初昼寝をしていると思った「婆さん」がいつのまにか死んでいることに気づく。しばらく辺りの様子をうかがっていたが、おかみさんは、自分の「買出して来た薩摩芋と婆さんの白米とを手早く入れかえ」て、その場を立ち去る。帰りの道すがら遭遇した「自転車に乗った中年の男」に、婆さんから奪った米を売り渡すところで作品は終わる。

また、終戦の翌年に妻に先立たれ、「全く孤独の身」となった六十七歳の老人の心境を淡々と描いた「老人」(『オール読物』一九五〇年七月)も荷風の老境について考える上で見逃せない小品である。

戦後、市川に移り住んでから荷風はしばらく東京に出向くことはなかったが、『断腸亭日乗』に「晴。暖。午下省線にて浅草駅に至り三ノ輪行電車にて菊屋橋より公園に入る。罹災後三年今日初めて東京の地を踏むなり」と記されたのは、一九四八年一月九日のことであった。以降、晩年まで荷風は浅草に足繁く通うようになる。先に述べたように、「心づくし」「吾妻橋」の舞台は浅草だった。荷風と浅草のつながりについては、本書収録の荷風の回想「浅草むかしばなし」(『東京日日新聞』一九五〇年三月八日、九日)も一読されたい。

荷風は大都劇場や常盤座、浅草ロック座などの浅草の劇場にも次第に足を運ぶようになり、そのつながりから、「停電の夜の出来事」「渡鳥いつかへる」といった軽演劇用の戯曲も執筆した。「停電の夜の出来事」(『小説世界』一九四九年四月)は一九四九年三月から四月にかけて、「春情鳩の街」(『小説世界』一九四九年七月)は同年六月に、ともに大都劇場で上演された。また、本書に収められた「渡鳥いつかへる」は一九五〇年五月に浅草ロック座で上演され、荷風は通行人役で舞台にも上がった。同作は「渡鳥いつかへる　軽演劇一幕四場」として一九五〇年六月の『オール読物』に掲載された。

「渡鳥いつかへる」については近年、荷風晩年の創作ノートが発見されたことにより、その生成過程の解明に大きな進展をみた(「新発見草稿　永井荷風『二人艶歌師』『渡鳥いつかへる』」『新潮』二〇一八年一一月)。「解説」を担当した多田蔵人氏の精緻な分析によれば、創作ノートには、「渡鳥いつかへる」と内容の重なる「二人艶歌師」と題された小説の草稿が残されており、この小説と「かぎりなく近い時期に(あるいは並行して)戯曲の構想メモがあり、小説が中絶した後にあらためて戯曲『渡鳥』が書かれたという順序を想定しうる」という。また、多田氏は創作ノートに書き記された膨大な推敲の跡から、荷風が晩年まで創作営為への熱意を失っていなかったことを明らかにしているが、これも晩年の荷風を「精神の脱落」と断じる石川淳の認識に変更を迫るものだろう。

「細雪妄評」(『中央公論』一九四七年十一月)は小説に対する荷風の鑑賞眼が衰えていないことを明らかにしてくれる批評文である。その中で荷風は、谷崎潤一郎の『細雪』について「その客観的なることは蓋しフローベルの「ボワリイ夫人」、また「感情教育」の二大作に比するも遜色なきもの」と評し、作中の一節を引用し、「言文一致を以てした描写の文の模範として、永遠に尊ばれべきもの」とまで賞讃する。

このほか、荷風が麻布の光林寺にある、アメリカの通訳官ヒュースケンの墳墓を訪れたときの思い出を綴った「墓畔の梅」(『時事新報』一九四六年一月九日―十一日)や、明治から戦後にかけて荷風とつき合いがあった出版社について回想した「出版屋惣まくり」(『文藝春秋』一九四九年十一月)も戦後の荷風文学の広がりをうかがい知る上で一読に値する。

〔編集付記〕

一　本書は、『荷風全集』第十九巻、第二十巻(岩波書店、第二刷、二〇一〇年十月、十一月)を底本とした。

一　原則として、漢字は新字体に改めた。

一　旧仮名づかいを現代仮名づかいに改めた。原文が文語文であるときは、歴史的仮名づかいのままとした。

一　読みにくい語、読み誤りやすい語には、適宜、現代仮名づかいで振り仮名を付した。

一　漢字語のうち、使用頻度の高い語を一定の枠内で平仮名に改めた。平仮名を漢字に変えることは行わなかった。

一　本文中に、今日からすると不適切な表現があるが、原文の歴史性を考慮してそのままとした。

(岩波文庫編集部)

問《と》はずがたり・吾妻橋《あずまばし》 他十六篇

2019年8月20日 第1刷発行
2025年1月15日 第3刷発行

作 者 永井荷風《ながいかふう》

発行者 坂本政謙

発行所 株式会社 岩波書店
〒101-8002 東京都千代田区一ツ橋2-5-5
案内 03-5210-4000 営業部 03-5210-4111
文庫編集部 03-5210-4051
https://www.iwanami.co.jp/

印刷・精興社 製本・中永製本

ISBN 978-4-00-360036-8 Printed in Japan

読書子に寄す

——岩波文庫発刊に際して——

岩波茂雄

　真理は万人によって求められることを自ら欲し、芸術は万人によって愛されることを自ら望む。かつては民を愚昧ならしめるために学芸が最も狭き堂宇に閉鎖されたことがあった。今や知識と美とを特権階級の独占より奪い返すことはつねに進取的なる民衆の切実なる要求である。岩波文庫はこの要求に応じそれに励まされて生まれた。それは生命ある不朽の書を少数者の書斎と研究室とより解放して街頭にくまなく立たしめ民衆に伍せしめるであろう。近時大量生産予約出版の流行を見る。その広告宣伝の狂態はしばらくおくも、後代にのこすと誇称する全集がその編集に万全の用意をなしたるか。千古の典籍の翻訳企図に敬虔の態度を欠かざりしか。さらに分売を許さず読者を繋縛して数十冊を強うるがごとき、はたしてその揚言する学芸解放のゆえんなりや。吾人は天下の名士の声に和してこれを推挙するに躊躇するものである。このときにあたって、岩波書店は自己の責務のいよいよ重大なるを思い、従来の方針の徹底を期するため、すでに十数年以前より志して来た計画を慎重審議この際断然実行することにした。吾人は範をかのレクラム文庫にとり、古今東西にわたって文芸・哲学・社会科学・自然科学等種類のいかんを問わず、いやしくも万人の必読すべき真に古典的価値ある書をきわめて簡易なる形式において逐次刊行し、あらゆる人間に須要なる生活向上の資料、生活批判の原理を提供せんと欲する。この文庫は予約出版の方法を排したるがゆえに、読者は自己の欲する時に自己の欲する書物を各個に自由に選択することができる。携帯に便にして価格の低きを最主とするがゆえに、外観を顧みざるも内容に至っては厳選最も力を尽くし、従来の岩波出版物の特色をますます発揮せしめようとする。この計画たるや世間の一時の投機的なるものと異なり、永遠の事業として吾人は微力を傾倒し、あらゆる犠牲を忍んで今後永久に継続発展せしめ、もって文庫の使命を遺憾なく果たさしめることを期する。芸術を愛し知識を求むる士の自ら進んでこの挙に参加し、希望と忠言とを寄せられることは吾人の熱望するところである。その性質上経済的には最も困難多きこの事業にあえて当たらんとする吾人の志を諒として、その達成のため世の読書子とのうるわしき共同を期待する。

　昭和二年七月

《日本文学（古典）》〔黄〕

古事記	倉野憲司校注
日本書紀 全五冊	坂本太郎・家永三郎・井上光貞・大野晋校注
万葉集 全五冊	佐竹昭広・山田英雄・工藤力男・大谷雅夫・山崎福之校注
竹取物語	阪倉篤義校訂
伊勢物語	大津有一校注
玉造小町子壮衰書 ―小野小町物語	杤尾武校注
古今和歌集	佐伯梅友校注
土左日記	紀貫之・鈴木知太郎校注
蜻蛉日記	今西祐一郎校注
紫式部日記	池田亀鑑・秋山虔校注
紫式部集 付 大弐三位集・藤原惟規集	紫式部・南波浩校注
源氏物語 全九冊	柳井滋・室伏信助・大朝雄二・鈴木日出男・藤井貞和・今西祐一郎校注
源氏物語補作 山路の露・雲隠六帖 他二篇	今西祐一郎編注
枕草子	池田亀鑑校訂
和泉式部日記	清水文雄校注
更級日記	西下経一校注
今昔物語集 全四冊	池上洵一編
堤中納言物語	大槻修校注
西行全歌集	久保田淳・吉野朋美校注
建礼門院右京大夫集 付 平家公達草紙	久松潜一・久保田淳校注
拾遺和歌集	小町谷照彦・倉田実校注
後拾遺和歌集	久保田淳・平田喜信校注
金葉和歌集	川村晃生・柏木由夫・伊倉史人校注
詞花和歌集	工藤重矩校注
古語拾遺	斎部広成撰・西宮一民校注
王朝漢詩選	小島憲之編
新訂 方丈記	市古貞次校注
新訂 新古今和歌集	佐佐木信綱校訂
新訂 徒然草	西尾実・安良岡康作校注
平家物語 全四冊	梶原正昭・山下宏明校注
神皇正統記	北畠親房・岩佐正校注
御伽草子 全二冊	市古貞次校注
王朝秀歌選	樋口芳麻呂校注
定家八代抄 ―続王朝秀歌選 全二冊	樋口芳麻呂・後藤重郎校注
閑吟集	真鍋昌弘校注
中世なぞなぞ集	鈴木棠三編
千載和歌集	久保田淳校注
謡曲選集 読む能の本	野上豊一郎編
おもろさうし	外間守善校注
太平記 全六冊	兵藤裕己校注
好色一代男	井原西鶴・横山重校訂
好色五人女	井原西鶴・東明雅校註
武道伝来記	井原西鶴・横山重・前田金五郎校注
西鶴文反古	井原西鶴・片岡良一校訂
芭蕉紀行文集 付 嵯峨日記	中村俊定校注
芭蕉 おくのほそ道 付 曾良旅日記・奥細道菅菰抄	萩原恭男校注
芭蕉俳句集	中村俊定校注
芭蕉連句集	中村俊定・萩原恭男校注
芭蕉書簡集	萩原恭男校注
芭蕉文集	潁原退蔵編註

芭蕉俳文集 全二冊　堀切実編注

芭蕉自筆 奥の細道　上野洋三・櫻井武次郎校注

蕪村俳句集 付 春風馬堤曲 他二篇　尾形仂校注

蕪村七部集　伊藤松宇校訂

近世畸人伝　伴蒿蹊・森銑三校註

雨月物語　上田秋成・長島弘明校注

宇下人言 修行録　松平定信・松平定光校訂

新訂 一茶俳句集　丸山一彦校注

一茶 父の終焉日記・おらが春 他一篇　矢羽勝幸校注

増補 俳諧歳時記栞草 全二冊　曲亭馬琴編・藍亭青藍補・堀切実校注

北越雪譜　鈴木牧之編撰・京山人百樹刪定・岡田武松校訂

東海道中膝栗毛 全二冊　十返舎一九・麻生磯次校注

浮世床　式亭三馬・和田万吉校訂

梅暦 全二冊　為永春水・古川久校訂

百人一首一夕話 全二冊　尾崎雅嘉・古川久校訂

こぶとり爺さん・かちかち山 ―日本の昔ばなしⅠ　関敬吾編

桃太郎・舌きり雀・花さか爺 ―日本の昔ばなしⅡ　関敬吾編

一寸法師・さるかに合戦・浦島太郎 ―日本の昔ばなしⅢ　関敬吾編

芭蕉臨終記 花屋日記 付 芭蕉翁終焉記・前後日記・行状記　小宮豊隆校訂

醒睡笑 全二冊　安楽庵策伝・鈴木棠三校注

歌舞伎十八番の内 勧進帳　郡司正勝校注

江戸怪談集 全三冊　高田衛編・校注

柳多留名句選　山澤英雄選・粕谷宏紀校注

松蔭日記　上野洋三校注

鬼貫句選・独ごと　復本一郎校注

井月句集　復本一郎編

花見車・元禄百人一句　雲英末雄・佐藤勝明校注

江戸漢詩選 全二冊　揖斐高編訳

説経節 俊徳丸・小栗判官 他三篇　兵藤裕己編

《日本思想》〔青〕

風姿花伝（花伝書） 世阿弥 野上豊一郎 西尾実 校訂
五輪書 宮本武蔵 渡辺一郎 校注
葉隠 全三冊 山本常朝 和辻哲郎 古川哲史 校訂
養生訓・和俗童子訓 貝原益軒 石川謙 校訂
貝原益軒 大和俗訓 石川謙 校訂
蘭学事始 杉田玄白 緒方富雄 校註
島津斉彬言行録 牧野伸顕 序
塵劫記 吉田光由 大矢真一 校注
兵法家伝書 付 新陰流兵法目録事 柳生宗矩 渡辺一郎 校注
農業全書 宮崎安貞 編録 貝原楽軒 刪補 土屋喬雄 校訂
上宮聖徳法王帝説 東野治之 校注
霊の真柱 平田篤胤 子安宣邦 校注
仙境異聞・勝五郎再生記聞 平田篤胤 子安宣邦 校注
茶湯一会集・閑夜茶話 井伊直弼 戸田勝久 校注
西郷南洲遺訓 附 手抄言志録及遺文 山田済斎 編
文明論之概略 福沢諭吉 松沢弘陽 校注

新訂 福翁自伝 富田正文 校訂
学問のすゝめ 福沢諭吉
福沢諭吉教育論集 山住正己 編
福沢諭吉家族論集 中村敏子 編
福沢諭吉の手紙 慶應義塾 編
新島襄の手紙 同志社 編
新島襄 教育宗教論集 同志社 編
新島襄自伝 ―手記・紀行文・日記 同志社 編
植木枝盛選集 家永三郎 編
日本の下層社会 横山源之助
中江兆民 三酔人経綸問答 桑原武夫 島田虔次 訳・校注
中江兆民評論集 松永昌三 編
一年有半・続一年有半 中江兆民 井田進也 校注
憲法義解 伊藤博文 宮沢俊義 校註
日本風景論 志賀重昂 近藤信行 校訂
日本開化小史 田口卯吉 嘉治隆一 校訂
新訂 蹇蹇録 ―日清戦争外交秘録 陸奥宗光 中塚明 校注

茶の本 岡倉覚三 村岡博 訳
武士道 新渡戸稲造 矢内原忠雄 訳
新渡戸稲造論集 鈴木範久 編
キリスト信徒のなぐさめ 内村鑑三
余はいかにしてキリスト信徒となりしか 内村鑑三 鈴木範久 訳
代表的日本人 内村鑑三 鈴木範久 訳
後世への最大遺物・デンマルク国の話 内村鑑三
宗教座談 内村鑑三
ヨブ記講演 内村鑑三
足利尊氏 山路愛山
徳川家康 全二冊 山路愛山
妾の半生涯 福田英子
三十三年の夢 宮崎滔天 島田虔次 近藤秀樹 校注
善の研究 西田幾多郎
西田幾多郎哲学論集 II ―論理と生命 他四篇 上田閑照 編
西田幾多郎哲学論集 III ―自覚について 他四篇 上田閑照 編
西田幾多郎歌集 上田薫 編

《日本文学(現代)》〔緑〕

怪談 牡丹燈籠	三遊亭円朝
小説神髄	坪内逍遥
当世書生気質	坪内逍遥
アンデルセン 即興詩人 全二冊	森鷗外訳
ウィタ・セクスアリス	森鷗外
青年	森鷗外
雁	森鷗外
阿部一族 他二篇	森鷗外
山椒大夫・高瀬舟 他四篇	森鷗外
渋江抽斎	森鷗外
舞姫・うたかたの記 他三篇	森鷗外
鷗外随筆集	千葉俊二編
大塩平八郎 他三篇	森鷗外
浮雲	二葉亭四迷 十川信介校注
吾輩は猫である	夏目漱石
坊っちゃん	夏目漱石
草枕	夏目漱石
虞美人草	夏目漱石
三四郎	夏目漱石
それから	夏目漱石
門	夏目漱石
彼岸過迄	夏目漱石
漱石文芸論集	磯田光一編
行人	夏目漱石
こころ	夏目漱石
硝子戸の中	夏目漱石
道草	夏目漱石
明暗	夏目漱石
思い出す事など 他七篇	夏目漱石
文学評論 全二冊	夏目漱石
夢十夜 他二篇	夏目漱石
漱石文明論集	三好行雄編
倫敦塔・幻影の盾 他五篇	夏目漱石
漱石日記	平岡敏夫編
漱石書簡集	三好行雄編
漱石俳句集	坪内稔典編
漱石・子規往復書簡集	和田茂樹編
文学論 全二冊	夏目漱石
坑夫	夏目漱石
漱石紀行文集	藤井淑禎編
二百十日・野分	夏目漱石
五重塔	幸田露伴
努力論	幸田露伴
一国の首都 他一篇	幸田露伴
渋沢栄一伝	幸田露伴
飯待つ間 —正岡子規随筆選	正岡子規 阿部昭編
子規句集	高浜虚子選
病牀六尺	正岡子規
子規歌集	土屋文明編
墨汁一滴	正岡子規

仰臥漫録	正岡子規
歌よみに与ふる書	正岡子規
獺祭書屋俳話・芭蕉雑談	正岡子規
子規紀行文集	復本一郎編
正岡子規ベースボール文集	復本一郎編
金色夜叉 全二冊	尾崎紅葉
多情多恨	尾崎紅葉
不如帰	徳冨蘆花
武蔵野	国木田独歩
運命	国木田独歩
愛弟通信	国木田独歩
蒲団・一兵卒	田山花袋
田舎教師	田山花袋
一兵卒の銃殺	田山花袋
あらくれ・新世帯	徳田秋声
藤村詩抄	島崎藤村自選
破戒	島崎藤村

桜の実の熟する時	島崎藤村
夜明け前 全四冊	島崎藤村
藤村文明論集	十川信介編
生ひ立ちの記 他一篇	島崎藤村
島崎藤村短篇集	大木志門編
にごりえ・たけくらべ	樋口一葉
大つごもり・十三夜 他五篇	樋口一葉
修禅寺物語 正雪の二代目 他四篇	岡本綺堂
高野聖・眉かくしの霊	泉鏡花
歌行燈	泉鏡花
夜叉ケ池・天守物語	泉鏡花
草迷宮	泉鏡花
春昼・春昼後刻	泉鏡花
鏡花短篇集	川村二郎編
日本橋	泉鏡花
外科室・海城発電 他五篇	泉鏡花
海神別荘 他二篇	泉鏡花

鏡花随筆集	吉田昌志編
化鳥・三尺角 他六篇	泉鏡花
鏡花紀行文集	田中励儀編
俳句はかく解しかく味う	高浜虚子
俳句への道	高浜虚子
立子へ抄 —虚子より娘へのことば	高浜虚子
回想 子規・漱石	高浜虚子
有明詩抄	蒲原有明
宣言	有島武郎
カインの末裔・クララの出家	有島武郎
一房の葡萄 他四篇	有島武郎
寺田寅彦随筆集 全五冊	小宮豊隆編
柿の種	寺田寅彦
与謝野晶子歌集	与謝野晶子自選
与謝野晶子評論集	鹿野政直・香内信子編
私の生い立ち	与謝野晶子
つゆのあとさき	永井荷風

濹東綺譚	永井荷風
荷風随筆集 全二冊	野口冨士男編
摘録 断腸亭日乗 全二冊	永井荷風 磯田光一編
すみだ川・新橋夜話 他一篇	永井荷風
あめりか物語	永井荷風
下谷叢話	永井荷風
ふらんす物語	永井荷風
荷風俳句集	加藤郁乎編
花火・来訪者 他十一篇	永井荷風
問はずがたり・吾妻橋 他十六篇	永井荷風
斎藤茂吉歌集	山口茂吉 柴生田稔 佐藤佐太郎編
鈴木三重吉童話集	勝尾金弥編
小僧の神様 他十篇	志賀直哉
暗夜行路 全二冊	志賀直哉
志賀直哉随筆集	高橋英夫編
高村光太郎詩集	高村光太郎
北原白秋歌集	高野公彦編

北原白秋詩集 全二冊	安藤元雄編
フレップ・トリップ	北原白秋
友情	武者小路実篤
釈迦	武者小路実篤
銀の匙	中勘助
若山牧水歌集	伊藤一彦編
新編 みなかみ紀行	若山牧水 池内紀編
新編 百花譜百選	木下杢太郎画 前川誠郎編
新編 啄木歌集	久保田正文編
吉野葛・蘆刈	谷崎潤一郎
卍（まんじ）	谷崎潤一郎
谷崎潤一郎随筆集	篠田一士編
多情仏心 全二冊	里見弴
道元禅師の話	里見弴
今年竹 全二冊	里見弴
萩原朔太郎詩集	三好達治選
郷愁の詩人 与謝蕪村	萩原朔太郎

猫町 他十七篇	萩原朔太郎 清岡卓行編
恋愛名歌集	萩原朔太郎
恩讐の彼方に・忠直卿行状記 他八篇	菊池寛
菊池寛戯曲集 父帰る・藤十郎の恋	石割透編
河明り 老妓抄 他一篇	岡本かの子
春泥・花冷え	久保田万太郎
大寺学校 ゆく年	久保田万太郎
久保田万太郎俳句集	恩田侑布子編
室生犀星詩集	室生犀星自選
随筆 女ひと	室生犀星
室生犀星俳句集	岸本尚毅編
出家とその弟子	倉田百三
羅生門・鼻・芋粥・偸盗	芥川竜之介
地獄変・邪宗門・好色・藪の中 他七篇	芥川竜之介
河童 他二篇	芥川竜之介
歯車 他二篇	芥川竜之介
蜘蛛の糸・杜子春・トロッコ 他十七篇	芥川竜之介

侏儒の言葉・文芸的な、余りに文芸的な　芥川竜之介
芥川竜之介書簡集　石割透編
芥川竜之介随筆集　石割透編
蜜柑・尾生の信 他十八篇　芥川竜之介
年末の一日・浅草公園 他十七篇　芥川竜之介
芥川竜之介紀行文集　山田俊治編
田園の憂鬱　佐藤春夫
海に生くる人々　葉山嘉樹
葉山嘉樹短篇集　道籏泰三編
嘉村礒多集　岩田文昭編
日輪・春は馬車に乗って 他八篇　横光利一
宮沢賢治詩集　谷川徹三編
童話集 風の又三郎 他十八篇　宮沢賢治 谷川徹三編
童話集 銀河鉄道の夜 他十四篇　宮沢賢治 谷川徹三編
山椒魚・遙拝隊長 他七篇　井伏鱒二
川釣り　井伏鱒二
井伏鱒二全詩集　井伏鱒二

太陽のない街　徳永直
黒島伝治作品集　紅野謙介編
伊豆の踊子・温泉宿 他四篇　川端康成
雪国　川端康成
山の音　川端康成
川端康成随筆集　川西政明編
三好達治詩集　桑原武夫 大槻鉄男選
詩を読む人のために　三好達治
夏目漱石 全二冊　小宮豊隆
新編 思い出す人々　内田魯庵 紅野敏郎編
檸檬《レモン》・冬の日 他九篇　梶井基次郎
蟹工船 一九二八・三・一五　小林多喜二
富嶽百景・走れメロス 他八篇　太宰治
斜陽 他一篇　太宰治
人間失格・グッド・バイ 他一篇　太宰治
津軽　太宰治
お伽草紙・新釈諸国噺　太宰治

右大臣実朝 他一篇　太宰治
真空地帯　野間宏
日本唱歌集　堀内敬三 井上武士編
日本童謡集　与田準一編
至福千年　石川淳
小林秀雄初期文芸論集　小林秀雄
近代日本人の発想の諸形式 他四篇　伊藤整
小説の認識　伊藤整
中原中也詩集　大岡昇平編
ランボオ詩集　中原中也訳
晩年の父　小堀杏奴
夕鶴・彦市ばなし 他二篇 —木下順二戯曲選II—　木下順二
元禄忠臣蔵 全二冊　真山青果
随筆滝沢馬琴　真山青果
みそっかす　幸田文
古句を観る　柴田宵曲
俳諧随筆 蕉門の人々　柴田宵曲

新編 俳諧博物誌　柴田宵曲　小出昌洋編
子規居士の周囲　柴田宵曲
小説集 夏の花　原民喜
原民喜全詩集
いちご姫・蝴蝶 他二篇　山田美妙　十川信介校訂
銀座復興 他三篇　水上滝太郎
魔風恋風 全二冊　小杉天外
幕末維新パリ見聞記 成島柳北「航西日乗」・栗本鋤雲「暁窓追録」　井田進也校注
野火／ハムレット日記　大岡昇平
中谷宇吉郎随筆集　樋口敬二編
雪　中谷宇吉郎
冥途・旅順入城式　内田百閒
東京日記 他六篇　内田百閒
ゼーロン・淡雪 他十一篇　牧野信一
西脇順三郎詩集　那珂太郎編
評論集 滅亡について 他三十篇　武田泰淳　川西政明編
宮柊二歌集　宮英子　高野公彦編

新編 東京繁昌記　木村荘八　尾崎秀樹編
新編 山と渓谷　田部重治　近藤信行編
日本児童文学名作集 全二冊　桑原三郎　千葉俊二編
山月記・李陵 他九篇　中島敦
眼中の人　小島政二郎
新選 山のパンセ　串田孫一自選
小川未明童話集　桑原三郎編
新美南吉童話集　千葉俊二編
摘録 劉生日記　岸田劉生　酒井忠康編
量子力学と私　朝永振一郎　江沢洋編
書物　森銑三　柴田宵曲
自註鹿鳴集　会津八一
窪田空穂随筆集　大岡信編
暢気眼鏡・虫のいろいろ 他十三篇　尾崎一雄　高橋英夫編
奴隷 —小説・女工哀史1　細井和喜蔵
工場 —小説・女工哀史2　細井和喜蔵
鷗外の思い出　小金井喜美子

森鷗外の系族　小金井喜美子
木下利玄全歌集　五島茂編
林芙美子随筆集　武藤康史編
林芙美子紀行集 下駄で歩いた巴里　立松和平編
放浪記　林芙美子
山の旅 全二冊　近藤信行編
酒道楽　村井弦斎
文楽の研究 全二冊　三宅周太郎
五足の靴　五人づれ
尾崎放哉句集　池内紀編
江戸川乱歩短篇集　千葉俊二編
少年探偵団・超人ニコラ　江戸川乱歩
江戸川乱歩作品集 全三冊　浜田雄介編
堕落論・日本文化私観 他二十二篇　坂口安吾
桜の森の満開の下・白痴 他十二篇　坂口安吾
風と光と二十の私と・いずこへ 他十六篇　坂口安吾
久生十蘭短篇選　川崎賢子編

墓地展望亭・ハムレット 他六篇　久生十蘭
六白金星・可能性の文学 他十一篇　織田作之助
夫婦善哉 正続 他十二篇　織田作之助
わが町・青春の逆説　織田作之助
歌の話・歌の円寂する時 他一篇　折口信夫
死者の書・口ぶえ　折口信夫
汗血千里の駒 坂本龍馬君之伝　坂崎紫瀾　林原純生校注
山川登美子歌集　今野寿美編
日本近代短篇小説選 全六冊　紅野敏郎・紅野謙介・千葉俊二・宗像和重・山田俊治編
自選 谷川俊太郎詩集
訳詩集 白孔雀　西條八十訳
茨木のり子詩集　谷川俊太郎選
第七官界彷徨・琉璃玉の耳輪 他四篇　尾崎翠
大江健三郎自選短篇
M/Tと森のフシギの物語　大江健三郎
キルプの軍団　大江健三郎
石垣りん詩集　伊藤比呂美編

漱石追想　十川信介編
荷風追想　多田蔵人編
鷗外追想　宗像和重編
自選 大岡信詩集
うたげと孤心　大岡信
日本の詩歌 その骨組みと素肌　大岡信
詩人・菅原道真 ―うつしの美学　大岡信
日本近代随筆選 全三冊　千葉俊二・長谷川郁夫・宗像和重編
山之口貘詩集　高良勉編
原爆詩集　峠三吉
竹久夢二詩画集　石川桂子編
まど・みちお詩集　谷川俊太郎編
山頭火俳句集　夏石番矢編
二十四の瞳　壺井栄
幕末の江戸風俗　塚原渋柿園　菊池眞一編
けものたちは故郷をめざす　安部公房
詩の誕生　大岡信　谷川俊太郎

鹿児島戦争記 ―実録 西南戦争　篠田仙果　松本常彦校注
東京百年物語 一八六八〜一九〇九 全三冊　ロバート・キャンベル　十重田裕一　宗像和重編
三島由紀夫紀行文集　佐藤秀明編
若人よ蘇れ・黒蜥蜴 他一篇　三島由紀夫
吉野弘詩集　小池昌代編
開高健短篇選　大岡玲編
破れた繭 耳の物語1　開高健
夜と陽炎 耳の物語2　開高健
色ざんげ　宇野千代
老女マノン・脂粉の顔 他四篇　宇野千代　尾形明子編
明智光秀　小泉三申
久米正雄作品集　石割透編
次郎物語 全五冊　下村湖人
まっくら 女坑夫からの聞き書き　森崎和江
北条民雄集　田中裕編
安岡章太郎短篇集　持田叙子編
俺の自叙伝　大泉黒石

中上健次短篇集　道籏泰三編

永瀬清子詩集　谷川俊太郎選

左川ちか詩集　川崎賢子編

岩波文庫の最新刊

大岡 信著
折々のうた 三六五日
―日本短詩型詞華集

現代人の心に響く詩歌の宝庫『折々のうた』。その中から三六五日それぞれにふさわしい詩歌を著者自らが選び抜き、鑑賞の手引きを付しました。〔カラー版〕〔緑二〇二-五〕 定価一三〇九円

池澤夏樹訳
カヴァフィス詩集

二〇世紀初めのアレクサンドリアに生きた孤高のギリシャ詩人カヴァフィスの全一五四詩。歴史を題材にしたアイロニーの色調、そして同性愛者の官能と哀愁。〔赤N七三五-一〕 定価一三六四円

太宰 治作／安藤 宏編
走れメロス・東京八景 他五篇

誰もが知る〈友情〉の物語「走れメロス」、自伝的小説「東京八景」ほか、「駈込み訴え」「清貧譚」など傑作七篇。〈太宰入門〉として最適の一冊。(注・解説＝安藤宏)〔緑九〇-一〇〕 定価七九二円

ゲルツェン著／金子幸彦・長縄光男訳
過去と思索 (五)

家族の悲劇に見舞われたゲルツェンはロンドンへ。「四八年」が遠のく中で、革命の夢をなおも追い求める亡命者たち。彼らを見る目は冷え冷えとしている。(全七冊)〔青N六一〇-六〕 定価一五七三円

……今月の重版再開……

アナトール・フランス作／大塚幸男訳
神々は渇く
定価一三六四円 〔赤五四三-三〕

J・S・ミル著／大内兵衛、大内節子訳
女性の解放
定価八五八円 〔白一一六-七〕

定価は消費税 10% 込です

2024. 12

岩波文庫の最新刊

川本皓嗣編
新編 イギリス名詩選

〈歌う喜び〉を感じさせてやまない名詩の数々。一六世紀のスペンサーから二〇世紀後半のヒーニーまで、愛され親しまれている九二篇を対訳で編む。待望の新編。

〔赤二七三-二〕 **定価一二七六円**

チェンニーノ・チェンニーニ
辻 茂編訳／石原靖夫・望月一史訳
絵画術の書

フィレンツェの工房で伝えられてきた、ジョット以来の偉大な絵画技法を伝える歴史的文献。現存する三写本からの完訳に、詳細な用語解説を付す。（口絵四頁）

〔青五八八-一〕 **定価一四三〇円**

ルートヴィヒ・ボルツマン著／稲葉肇訳
気体論講義(上)

気体分子の運動に確率計算を取り入れ、統計的方法にもとづく力学理論を打ち立てた、ルートヴィヒ・ボルツマン(一八四四-一九〇六)の集大成といえる著作。（全二冊）

〔青九五九-一〕 **定価一四三〇円**

相馬御風編注
良寛和尚歌集

良寛(一七五八-一八三一)の和歌は、日本人の心をとらえて来た。良寛研究の礎となった相馬御風(一八八三-一九五〇)の評釈で歌を味わう。（解説＝鈴木健一・復本一郎）

〔黄二二二-二〕 **定価六四九円**

……今月の重版再開……

シュテファン・ツワイク作／高橋禎二、秋山英夫訳
マリー・アントワネット(上)

〔赤四三七-一〕 **定価一一五五円**

シュテファン・ツワイク作／高橋禎二、秋山英夫訳
マリー・アントワネット(下)

〔赤四三七-二〕 **定価一一五五円**

定価は消費税10％込です　　2025.1